HERBERT MENSEN

Das autogene Training

Buch

Das autogene Training ist die erfolgreichste und am weitesten verbreitete Entspannungsmethode des 20. Jahrhunderts. Sein Siegeszug in der modernen Medizin und Psychologie ist beispiellos. In aller Welt geben Erfahrungs- und Forschungsberichte Zeugnis von seiner heilenden Wirksamkeit. Es dient dem Gesunden zur Erhaltung seines Wohlbefindens ebenso wie dem Kranken zur Unterstützung des Heilungsprozesses.

Das autogene Training – hier in der vom Autor den neuesten wissenschaftlichen Erkenntnissen angepaßten, überarbeiteten Neuausgabe vorliegend – beruht auf der jahrzehntelangen Praxis eines erfahrenen Mediziners. Es verbindet lebendiges und exaktes Wissen mit besonders leichter Verständlichkeit und wird so zu einer Alltagshilfe für jedermann!

Autor

Dr. Herbert Mensen ist Internist und Arzt für Naturheilverfahren mit Schwerpunkt Rehabilitations- und Sozialmedizin. Er war Chefarzt der Bad Rothenfelder Teutoburger-Wald-Klinik und 27 Jahre im Vorstand des Kneippärztebundes, dessen Ehrenmitglied er nun ist.

HERBERT MENSEN

Das autogene Training

Entspannung
Gesundheit · Streßbewältigung

GOLDMANN

Originalausgabe

Dieser Band ist bereits
als Goldmann Taschenbuch Nr. 10753 erschienen

Umwelthinweis:
Alle bedruckten Materialien dieses Taschenbuches
sind chlorfrei und umweltschonend.

Der Goldmann Verlag
ist ein Unternehmen der Verlagsgruppe Bertelsmann

Überarbeitete Neuausgabe Juni 1997

Umschlaggestaltung: Design Team München
Druck: Elsnerdruck, Berlin
Verlagsnummer: 13998
CL · Herstellung: Sebastian Strohmaier
Made in Germany
ISBN 3-442-13998-8

1 3 5 7 9 10 8 6 4 2

Inhalt

Gebrauchsanleitung

Das autogene Training gleicht einem Heilmittel. Nichts anderes bedeutet das aus dem Lateinischen stammende Wort »Medikament«. Zur raschen Information liegen allen Medikamentenpackungen Gebrauchsanleitungen bei. Wer sie nicht beachtet, läuft Gefahr, Medikamente falsch anzuwenden. In diesem Sinne sollten Sie auch die folgenden Zeilen nicht überlesen, damit Sie aus der nachfolgenden Lektüre bestmöglichen Nutzen ziehen.

Dieser Band ist ein kurzgefaßtes Lehrbuch. Niemand liest Lehrbücher in einem Zuge durch wie Krimis oder Liebesromane. Lehrbücher wollen studiert sein.

Wenn Sie noch nie oder nur kaum etwas von autogenem Training gehört haben, sollten Sie das Studium in Ruhe mit den beiden ersten Kapiteln beginnen. An jedem nächsten Tag sollten Sie sich gründlich jeweils mit zwei oder drei weiteren Kapiteln beschäftigen. Die Kapitel 1 bis 8 bereiten lediglich auf das eigentliche Üben des autogenen Trainings vor.

Speziell Interessierte finden die meisten wissenschaftlichen Grundlagen der Methode in Kapitel 3.

Wer sich mit dem autogenen Training zunächst allein im Hinblick auf organisatorische und räumliche Probleme befassen muß, möge nur Kapitel 8.2 lesen. Initiatoren von Selbsthilfegruppen können sich vorweg auch schon mit Kapitel 18 beschäftigen.

Das Üben selbst wird in den Kapiteln 9 bis 12, die das Kernstück dieses Bandes bilden, zwar ausführlich beschrieben, kann aber nur unter Anleitung und Überwachung korrekt erlernt werden. Ausschlaggebend für rechtes Gelingen bleiben dennoch Selbststudium und Ihr eigener Antrieb und Fleiß!

Wer noch unschlüssig ist, ob er sich das autogene Training oder ein anderes Entspannungsverfahren aneignen will, kann zuerst Kapitel 19 durcharbeiten. Wer dagegen schon fest entschlossen ist, an einem Kurs für autogenes Training teilzunehmen, sollte dieses Buch erst ab 4. oder 5. Übung als begleitende Übungshilfe benutzen, um dem Kurs vorerst unbefangen folgen zu können.

Eilige Leser, die bereits an einem Kurs für autogenes Training teilgenommen oder Einzelunterweisungen darüber erhalten haben, mögen die Lektüre zur Wiederholung und Vertiefung des Erlernten – je nach Ausbildungsstand – mit den Kapiteln 8 bis 10 (äußere Vorbedingungen, Übungshaltungen, »Ruhetönung«, Verschönerung unangenehmer Empfindungen, »innere Uhr«, Gruppen- oder Einzeltraining?) oder auch sofort mit dem Kapitel 11 (Übungsformeln) beginnen.

Fortgeschrittene werden mit Gewinn die Hinweise auf formelhafte Vorsätze und wandspruchartige Leitsätze im Kapitel 13 lesen.

Freunde des »Naturheilverfahrens« und der Kneippkur werden spezielle Anregungen in einer ganzen Reihe von Abschnitten, besonders im Kapitel 14, finden.

Religiös und weltanschaulich gebundene Leser werden vor allem bei der Lektüre der Kapitel 13, 15, 17, 19 und 20 feststellen, daß das autogene Training ihren Überzeugungen keinen Abbruch tut und daß es, gerade weil Entspannung frei macht, jegliches Bemühen um Gott- und Welterkenntnis zu fördern vermag.

Ältere Leser werden direkt im Kapitel 15 angesprochen. Hier sei vor allem auf den 5. Abschnitt verwiesen: Wie kann das autogene Training zu einer sinnvollen Gestaltung und Bewältigung des letzten Lebensabschnitts beitragen?

Nutzanwendungen, die sich für das autogene Training aus der modernen Chronobiologie ergeben, finden sich im Kapitel 16.

Das Kapitel 17 »Entspannung aktuell« wendet sich darüber hinaus an sozialkritische Leser und an alle, die sich für autogenes Training im Zusammenhang mit der Vorbeugung und Nachbehandlung des Herzinfarkts interessieren.

Die abschließenden Kapitel 20 bis 23 sollen nach einer kritischen Bilanz zu konsequentem Weiterüben ermuntern.

Im Anhang werden speziellen Interessenten einige allgemeinverständliche Bücher zum Weiterstudium empfohlen und wichtige Anschriften vermittelt, wer wo autogenes Training lehrt.

Personen- und Sachverzeichnis sollen zu häufigem Nachschlagen anregen und Ihnen das Studium dieses Buches erleichtern.

Statt eines Vorworts

Vor etlichen Jahren hatte ich im Psychologischen Institut einer deutschen Universität im Rahmen einer internationalen Weiterbildungsveranstaltung für Ärzte, Psychologen, Pädagogen und Sozialarbeiter einen Kurs für autogenes Training zu halten. Eine amerikanische Professorin fragte: »Das ist wohl eine Art LSD-Religion?« Ein Dorfschullehrer meinte: »Sie kommen aus der Klinik X; dort sind Sie wohl hauptberuflich autogener Trainer?«

Ich antwortete, daß beides nicht der Fall sei, sondern ich als Facharzt für innere Krankheiten in manche Behandlungspläne *auch* autogenes Training einbauen würde. Um Vorurteile aufzulockern und einen medizingeschichtlichen Anknüpfungspunkt zu haben, begann ich meinen Kursus damals mit jenen Sätzen, die der bekannte Apotheker EMILE COUÉ aus Nancy im Frühjahr 1924 an sein hilfsbedürftiges internationales Publikum richtete:

»Ich bin kein Zauberer und kein mit geheimnisvollen Kräften ausgestatteter Mensch. Ich bin nicht Hypnotiseur... ich will lediglich als Lehrer eine Methode der Autosuggestion und ihre praktische Anwendung zeigen. Es ist ein großer Irrtum, wenn Sie glauben, daß diese Methode eine ärztliche Behandlung unnötig macht. Sie will und kann den Arzt keineswegs ersetzen. Sie möchte sowohl ihm wie dem Patienten nur ein wichtiges Hilfsmittel in die Hand geben. Ärztliche Behandlung und Autosuggestionsmethode harmonieren aufs glücklichste miteinander. Jenseits aber von aller Medizin möchte Ihnen diese Methode auch zeigen, wie man erfolgreich gegen seine Stimmungen und Leidenschaften vorgeht, wie man zum Meister der Erziehung an sich und seinen Kindern werden kann...«

Obschon sich die Verfahren COUÉs und des Internisten, Nerven- und Hautarztes J. H. SCHULTZ, des Begründers des autogenen Trainings, deutlich unterscheiden, eint doch beide das nüchterne Bemühen, hilfsbedürftigen Menschen zur Linderung körperlicher und seelischer Nöte durch geistige Zucht und Konzentration eine naturwissenschaftlich begründete und leicht praktikable Technik der Selbstsuggestion zu vermitteln. Dabei wollten weder COUÉ noch SCHULTZ – im Gegensatz zu einigen verwandten Verfahren – mit ihren Methoden das übrige Rüstzeug der modernen Medizin oder gar die Religion ersetzen.

Während aber COUÉ sein Hauptziel, die Menschen zur Selbstsuggestion zu erziehen, nicht erreichte, weil er sich bei der Behandlung seiner Patienten mit einer oberflächlichen Allgemeinentspannung begnügte und weil seine Behandlungstechnik einer Massenbeeinflussung gleichkam, ist das sehr viel gründlichere, individuellere und sachlichere autogene Training von SCHULTZ, dessen heute überwiegend angewandte Grund- und »Organ«-Übungen den Inhalt dieses Buches bilden, ein echtes Mündigkeitstraining, das mit ärztlichen Lektionen, Überwachungen und Eigenkontrollen systematisch und stufenweise zur Selbststeuerung, zum »Selfgovernment«, führt und so den hilfesuchenden Schüler zu jenem »Meister der Erziehung an sich und seinen Kindern« macht, der COUÉ als Fernziel vorschwebte.

Die früheste Bekanntschaft mit dem autogenen Training wurde mir während psychoanalytischer Studien vom ersten deutschen Lehrbeauftragten für Psychotherapie, Professor F. MOHR, vermittelt. Später setzte ich in der Teutoburger-Wald-Klinik der Landesversicherungsanstalt Hannover die Kurse für autogenes Training fort, welche dort seit 1958 von meinem Amtsvorgänger Professor I. VON HATTINGBERG im Einvernehmen mit Professor J. H. SCHULTZ veranstaltet worden waren. Die Teutoburger-Wald-Klinik ist eine Fachklinik für innere Krankheiten, in der vorwiegend Arbeiter mit fortgeschrittenen, chronischen Herz- und Gefäßleiden behandelt werden. In 33 Jahren nahmen dort mehr als 15000 Patienten an Kursen zur Erlernung des autogenen Trainings teil. Gut jede dritte von 65000 Heilbehandlungen wurde bei Patienten durchgeführt, die einen Herzinfarkt hinter sich hatten.

Die meisten modernen Verfahren der Psychotherapie beruhen nicht auf Erkenntnissen, die bei Sozialversicherten gewonnen wurden. Im Behandlungsgut fast aller Erfahrungsberichte dominieren das »Bürgertum« (FREUD) und das »Krankenmaterial der besseren Stände« (SCHULTZ). Auch die von SCHULTZ in seinem grundlegenden Buch mitgeteilten Ergebnisse betrafen Probanden, die »ausnahmslos mittleren und gehobenen kaufmännischen, Verwaltungs- und akademischen Berufen« angehörten.

In der Teutoburger-Wald-Klinik waren statt dessen Arbeiter zu behandeln. Es zeigte sich bald, daß bei ihnen das für das autogene Training notwendige Maß an Intelligenz, Selbstdisziplin und Gesundungswillen nicht minder zu finden war als bei anderen sozialen Schichten. Das hier vorliegende Buch hat von den dabei gewonnenen Erfahrungen profitiert. Sie haben sich auch bei Kursen bewährt, die für Ärzte, Psychologen, Sozialarbeiter und Laien aller Berufsstände im Rahmen verschiedener Weiterbildungsveranstaltungen gehalten worden sind. Das längst in die Psychotherapie und in das Gesundheits-, Kur- und Heilwesen integrierte autogene Training hat mittlerweile auch Einzug in die Erwachsenenbildungsstätten und Selbsthilfegruppen gehalten.

Inzwischen sind mehr als 70 Jahre vergangen, seit der Mentor und Nestor der Psychotherapie in Deutschland, J. H. SCHULTZ, das von ihm als »psysiologisch-rationales Naturheilverfahren« begründete autogene Training (AT) öffentlich bekannt machte. Sein Standardwerk »Das autogene Training – Konzentrative Selbstentspannung« (1932) und das dazugehörige »Übungsheft« (1935) erschienen inzwischen in 45 bzw. 70 Auflagen und insgesamt 12 Sprachen. Während der letzten Jahre trugen neben vielen kontrollierten Studien die umfangreichen persönlichen Erfahrungen von AT-Ausübenden und AT-Lehrern dazu bei, daß das mittlerweile zu Recht als »klassisch« geltende, klinisch erprobte sowie weltanschaulich und religiös neutrale autogene Training den immer rasanteren Wechsel von fragwürdigen und großspurig angepriesenen Entspannungs-, Heilungs- und Heilslehren erwartungsgemäß unangefochten überdauerte. Als einheitlich lehr- und erlernbare Entspannungs- und Lebenshilfe sowie als Basis- und Ergänzungsbehandlung bei vielen Mißbefindlichkeiten und Krankheiten hat sich das autogene Training dank seiner klaren Methodik und seines allgemein plausiblen folgerichtigen Aufbaus weltweit bewährt.

Im internationalen Fachschrifttum sind die viele tausend Titel umfassenden Beiträge zum autogenen Training kaum noch überschaubar. Neuerscheinungen erschlossen weitere Aspekte, nötigten aber auch zur Kritik. Zahlreiche Zerrbilder und Mißbräuche, die leider mit der raschen Verbreitung des autogenen Trainings einhergehen, erfordern eine eindeutige Standortbestimmung. Dank jahrelanger Mitwirkung bei den Psychotherapieseminaren, Kursen und Diskussionen des *Deutschen Therapiekongresses* gewannen einige Themen schärfere Konturen. Notwendige Abgrenzungen zu verwandten und pseudoverwandten Verfahren, die von zum Teil obskuren Heilpraktikern im Zeichen des New Age propagiert werden, bedürfen einer unmißverständlichen Darstellung. Der Verfasser entsprach deshalb gerne der Anregung des Verlags, sein Taschenbuch zu überarbeiten, die zum Weiterstudium aufgelistete Literatur durch empfehlenswerte Neuerscheinungen zu ergänzen und das Anschriftenverzeichnis zu aktualisieren. Weil der Name »autogenes Training« nicht gesetzlich geschützt ist und auch auf dem Büchermarkt und in den Medien mitunter irreführend oder gar mißbräuchlich verwendet wird, sollen die Hinweise im Anhang helfen, die Spreu vom Weizen zu trennen.

Mit dieser Neuausgabe verbindet sich der Wunsch, daß das autogene Training immer weiteren Kreisen eine dauerhafte Lebenshilfe in gesunden und kranken Tagen sein möge. Wenn die hier vorliegende überarbeitete Ausgabe in solchem Sinne

- wieder breites Interesse für das autogene Training weckt,
- dabei kaum Fragen zum autogenen Training offen läßt,
- als kursbegleitende Übungshilfe die Aneignung des autogenen Trainings erleichtert und
- sowohl die Vernunft wie auch Herz und Gemüt vieler Leser anspricht,

so hat sie ihren Zweck erfüllt.

Bad Rothenfelde, im Frühjahr 1997 Dr. med. Herbert Mensen

1

Was ist und was bewirkt autogenes Training?

»Ich bin ganz ruhig...« Mit dieser und einigen anderen Formeln beruhigen Weltumsegler, Spitzensportler und Astronauten, weltberühmte Künstler und Manager ihre Nerven und – steigern so ihre Erfolge. Sie trainieren »autogen«. Erzielen sie damit nur sensationelle Einzelergebnisse, oder kann uns diese Methode in gesunden und kranken Tagen auch bei unseren Alltagsproblemen helfen? Hilft sie auch dem »kleinen Mann auf der Straße«, dem Büroangestellten, dem Industriearbeiter am Fließband und hinter dem Schraubstock, dem Fern-, Kran- und Treckerfahrer? Kann es *schon* in der Kindheit und *noch* im hohen Alter erlernt werden? Was hat es mit dem autogenen Training auf sich? Was ist an dieser Sache dran?

Das aus dem Griechischen kommende Wort »autogen« heißt, wörtlich übersetzt, »selbsterzeugend«. Autogenes Training bedeutet selbsttätiges, systematisches Üben aus sich heraus. Nahziel dieses Übens ist eine konzentrative Selbstentspannung, das heißt, eine Entspannung durch Konzentration und Selbstbeeinflussung oder – wie es gelegentlich heißt – durch konzentrative Selbstversenkung.

Wie zwei Materialstücke beim autogenen Schweißen unmittelbar ohne Zuhilfenahme artfremder Bindemittel zusammengeschweißt werden, ist der Übende beim autogenen Training bestrebt, das »Material« seines eigenen Organismus mit Natur und Umwelt ohne irgendwelche fremde Hilfe in Einklang zu bringen.

Das autogene Training wird auch als aktive Selbsthypnose bezeichnet. In der Hypnose besteht eine gesteigerte Empfindlichkeit für Heilgedanken und gute Vorsätze. Sie regen Erholungs- und

Gesundungskräfte an, die im alltäglichen Wachzustand verschüttet sind. Das Wort »Hypnose« kommt vom griechischen »hypnos« und bedeutet »Schlaf«. Während aber die Hypnose von einem ihr eigentümlichen halbschlafähnlichen Zustand oder gar Zwangsschlaf begleitet wird, welcher durch Fremdsuggestionen von außen entsteht – durch gezielte seelische Beeinflussungen also, die von einem anderen, fremden Menschen ausgehen –, kommt die Entspannung beim autogenen Training durch Beeinflussung aus dem eigenen, mit sich selbst immer vertrauter werdenden Ich zustande. Das autogene Training braucht keinen Hypnotiseur. Es funktioniert ohne »Bindemittel«. Zwar brauchen die meisten Übenden beim autogenen Training zu Anfang einen »Lehrer«, das Ziel seiner Lehrbemühungen aber läßt sich für die Übenden in dem Vers zusammenfassen:

> »Du bist geheilt, hast Du erfaßt,
> daß ich Dir gebe, was Du hast.«

Im Gegensatz zu den oft unkritisch aufgenommenen Fremdsuggestionen der Hypnose setzen die Selbstsuggestionen des autogenen Trainings eine bewußte geistige Schulung voraus (nicht jedoch eine bestimmte Schulbildung!). Im autogenen Training wird schrittweise eine Methode vermittelt, mit welcher man lernt, planmäßig Entspannungsmöglichkeiten zu entfalten, die in jedem einzelnen verborgen sind, ohne daß man sich dessen vorher bewußt ist. Der Lehrer gleicht einem »Vorbeter«. Die Kraft des »Gebetes« muß jedoch jeder selbst erleben. Der »Vorbeter« kann alle, die ihm folgen, nur bis an die Schwelle des »Tempels der Ruhe« führen. In diesen hineingehen muß jeder selbst. Man kann den Lehrer auch mit einem Fahrlehrer vergleichen, der mit seinen Lektionen die Erwerbung des Führerscheins ermöglicht. Es ist jedoch allgemein bekannt, daß man die notwendige Fahrpraxis erst nach Aushändigung des Führerscheins selbst erwirbt.

Die wissenschaftlichen Voraussetzungen des autogenen Trainings und der logisch-physiologische Aufbau seiner Übungsfolgen können fast jedem Menschen leicht verständlich gemacht werden (vgl. Kapitel 2 und 3). Das dabei Erlernte schwingt beim Üben mit. Schlaf oder Halbschlaf würden jedes konzentrierte Üben vereiteln. Besserer Schlaf kann beim autogenen Training lediglich eines von vielen Übungszielen sein.

Hauptübungsziele sind Kräfteersparnis, Gelassenheit, Leistungssteigerung, Konzentration, Selbsterziehung, Selbstvertrauen, Charakterbildung und Gesundheit. Je sicherer diese Ziele erreicht werden, um so besser gelingt allmählich eine gleichzeitige geistige Beeinflussung von funktionellen und organischen Beschwerden. Bekanntlich werden viele Beschwerden durch Verspannung und Verkrampfung, Unbehaglichkeit, überschießenden Kräfteverbrauch, innere Unruhe, allgemeine Leistungsschwäche, Konzentrationsmangel, Unbeherrschtheit, fehlende Ziele und Hoffnungslosigkeit verursacht oder verschlimmert. Autogenes Training kann viele solcher Fehlfunktionen, Fehlhaltungen und Fehlorientierungen korrigieren.

Während hypnotische Behandlungen die Gefahr in sich bergen, daß ein durch nervöse Schwäche und Krankheit angeschlagenes Selbstbewußtsein weitere Schlappen erleidet, werden Mut und Selbstvertrauen durch die Selbstbeeinflussungen des autogenen Trainings gestärkt.

2

Wie ist das autogene Training entstanden?

»Jedermann kennt die Kraft der Imagination. Niemand zweifelt daran, daß es eingebildete Krankheiten gibt... Ist es nun aber nicht ebensogut möglich und unendlich besser, sich einzubilden, gesund zu sein?« So schrieb der Allgemeinarzt und Volkserzieher HUFELAND in der Vorrede zur 2. Auflage der Schrift IMMANUEL KANTS »Von der Macht des Gemüths, durch den bloßen Vorsatz seiner krankhaften Gefühle Meister zu seyn«.

Nicht magischen Kräften, sondern der eigenen Einbildungskraft schrieb 1841 der englische Augenarzt JAMES BRAID die aufsehenerregenden Heilerfolge des ABBÉ LENOBLE (um 1770) und des süddeutschen Arztes und Naturwissenschaftlers FRANZ ANTON MESMER (1733–1815) zu. Beide gelten als Ahnen der modernen Hypnose- und Suggestionsforschung, obwohl sie die beobachteten Heilwirkungen noch einem unbelebten oder belebten Magnetismus zuschrieben. Auch den sogenannten magnetischen Schlaf deutete BRAID als Folge seelischer Beeinflussung. Er gebrauchte dafür erstmals das Wort »Hypnose«. Seitdem ist dieser Begriff aus der Psychotherapie nicht mehr wegzudenken.

Die Lehren KANTS, HUFELANDS und BRAIDS fanden ihre beste Bestätigung im Wirken des Apothekers EMILE COUÉ (1857–1926). Die Suggestionsformeln, die er an Hilfesuchende richtete, gingen von Mund zu Mund: »Ça passe, ça passe« (»Es geht vorbei, es geht vorbei«) oder: »Es geht mir von Tag zu Tag in jeder Hinsicht besser und besser.« Professor J. H. SCHULTZ, der Begründer des autogenen Trainings, würdigte den »Couéismus« als »Kunst der Selbstüberredung«. COUÉ streute jedoch den »Samen« seiner positiven Gedanken sozusagen in den Wind. Seine »Saat« ging nur unvollständig auf, weil ihm die Kenntnisse zur notwendigen »Bodenkultivierung« fehlten. Anders als bei den formelhaften Vorsätzen und Leitsprüchen des autogenen Trainings (siehe Kapitel 13) handelt es sich bei der »Methode Coué« um ein Überreden und Einreden von angestrebten Zuständen ohne vorherige »Feldbestellung«. Es fehlt jene stufenweise Vorbereitung durch Selbsteinübung von »organismischen« (leib-seelischen) Gesamtumschaltungen, die kennzeichnend für das autogene Training sind. Nur eine entsprechende geduldige Vorbereitung kann jedoch auf Dauer eine allmähliche und anhaltende Verwirklichung des Angestrebten gewährleisten.

Mit mehr Berechtigung als den »Couéismus« hat man das autogene Training einen »übenden Weg zu aktiver Selbsthypnose« genannt. In der Tat ist es eine legitime Tochter der Hypnose.

Angeregt durch Selbsthypnoseübungen des weltberühmten Hirnforschers OSKAR VOGT, der in Zürich bei dem Medizinprofessor und Universalgelehrten AUGUSTE FOREL die Hypnose erlernte und weiterentwickelte, fielen SCHULTZ bei Rapporten psychologisch geschulter Hypnotisierter (die sich dank einer speziellen Technik in Hypnose frei äußern konnten) stets gleiche Angaben über *Schwere- und Wärmeempfindungen* auf. Anschließend berichteten viele Hypnotisierte in immer gleicher Reihenfolge auch von *Herz- und Atemberuhigung, Leibwärme und Stirnkühle*. Damit verbundene Funktionsänderungen bewirkten in gesetzmäßigem Ablauf eine »zentrale Umschaltung« im Sinne einer Allgemeinentspannung, verwandt mit der Umschaltung beim Schlaf. SCHULTZ erkannte, daß seine wegweisenden Beobachtungen Ausdruck der physiologisch-logischen Stufenfolge einer »organismischen Gesamtumschaltung« waren. Damit war die Hypnose endgültig jeglichen magischen Zaubers entkleidet.

Es war das Verdienst von SCHULTZ, seine Erkenntnisse für eine Kette von konzentrativen Einstellungen (»Übungen«) und formelhaften Vorsätzen zu nutzen. Da die Probanden selbst – mit Anleitung, aber ohne Einwirkung des Arztes – die Übungen machten, sprach er von der konzentrativen Selbstentspannung des »autogenen«, d. h. selbsttätigen, aus sich herauskommenden Trainings. Im Gegensatz zur Hypnose können alle entsprechenden

Übungen jederzeit vom Trainierenden selbst gesteuert und beendet werden.

Wenn die genannten Empfindungen die Hauptursache des geheimnisvollen Entspannungszustandes der Hypnose sind, muß es möglich sein, ähnliche Zustände auch allein durch stufenweise Fremd- oder Selbstsuggestionen von

1. Gliederschwere,
2. Wärmeempfindungen in den Gliedern,
3. Herzberuhigung,
4. Atemberuhigung,
5. Leibwärme und
6. Stirnkühle

hervorzurufen. Tatsächlich gelang SCHULTZ der Nachweis, daß man unter Verzicht auf die sonst üblichen Hypnosetechniken nur durch entsprechende Suggestions- und Selbstsuggestionsformeln hypnoseähnliche Wirkungen erreicht.

Wir wissen heute, daß die von SCHULTZ beschriebenen gesetzmäßig auftretenden Empfindungen tatsächlich keine Sinnestäuschungen oder unterderhand eingeflüsterten Einbildungen, sondern Ausdruck apparativ registrierbarer Umstellungen im Organismus sind:

1. Der *Schwereempfindung* entspricht eine meßbare Entspannung der Muskulatur. Sobald unsere Glieder nicht mehr durch Muskelspannungen im Zaum gehalten werden und so locker in den Gelenken hängen wie etwa die Arme einer Stoffpuppe in einer Öse, bekommen wir ein Gefühl für ihre Eigenschwere. Der Volksmund beschreibt dieses Gefühl als Bettschwere, bleierne Müdigkeit oder Müdigkeit zum Umfallen, wobei diese Müdigkeit jedoch niemals als unangenehm empfunden wird. Jüngere Menschen nennen diesen Zustand »abgeschlafft«. Im Schwäbischen kennt man dafür den Ausdruck »lommelig«.
2. Den *Wärmeempfindungen* entsprechen Entspannung und Mehrdurchblutung der Gefäße, die zuvor durch Muskelverspannungen und Kälte gedrosselt waren. Die Haut strahlt vermehrt Wärme ab, was durch entsprechende systematische Mes-

sungen von Professor SCHULTZ, aber auch von anderen Forschern objektiviert werden konnte. (In Japan wurden bei der Wärmeübung des autogenen Trainings sogar Hauttemperatursteigerungen von 5 bis 7 Grad festgestellt!) Die Entspannung der Gefäße führt außerdem zu einer spürbaren Entlastung des Herzens.

3. Die Empfindung des *ruhigeren Herzschlags* ist Ausdruck einer »Ökonomisierung« der Herzarbeit mit Verlangsamung der Herzschlagfrequenz und verbesserter Pumpleistung bei Sauerstoffeinsparung und vermindertem Energieaufwand. Schon während der Schwere- und Wärmeempfindungen verschwinden bei nervösen Menschen oft lästige Extraschläge des Herzens. Bei gleichzeitiger Registrierung der Herzstromkurve (EKG) ist auch eine Besserung von krankhaften EKG-Veränderungen nachweisbar (z. B. Normalisierung sogenannter »vegetativer T-Zacken« und Verschwinden von Hypoxie, d. h. Mangeldurchblutungszeichen).
4. Eine *Beruhigung der Atmung* durch Schonung der willkürlich betätigten Atemhilfsmuskulatur und Einschaltung der passiven Bauch- und Flankenatmung mit gelockerten und unwillkürlich vertieften Zwerchfellbewegungen ist die zwangsläufige Folge der ökonomischeren Herzarbeit: Wenn das Herz durch ruhigeres Schlagen weniger Sauerstoff verschwendet, brauchen wir nicht mehr verkrampft nach frischer Luft zu schnappen. Wir können dann getrost die Atmung von selber kommen lassen. Der Psychotherapeut H. VON HATTINGBERG sprach von einer Lösung unseres »Atemkorsetts«.
5. Auch die auf die Atemberuhigung folgende *Leibwärme* ist leicht erklärbar. Gelockerte Atmung verbessert sofort die Blutzirkulation in allen Bauchorganen, während sich zuvor das zum Herzen zurückfließende Blut bei unnatürlicher Preßatmung durch Brustkorbüberdruck und Zwerchfellverkrampfung im Leib staute. Sobald sich diese Stauung löst, durchströmt den Leib eine wohltuende Wärme.
6. Wie kommt es zur *Stirnkühle*? Ähnlich wie bei »ableitenden« Kneippanwendungen, etwa den temperaturansteigenden und wechselwarmen Arm- und Fußbädern, den Schenkelgüssen und

den Leib- und Wadenwickeln: Sobald Arme, Beine und Leib besser durchblutet sind, weder Brustkorbverspannungen noch innere Unruhe das Blut zum Kopf drängen, und sobald die Zornesadern nicht mehr anschwellen, wird die Stirn angenehm kühl (nicht kalt!).

Die in diesen sechs Stufen ablaufenden Umstellungen des Organismus vollziehen sich so logisch beziehungsweise physiologisch, daß mitunter die jeweils zu erwartenden Empfindungen den von SCHULTZ gewählten Selbstsuggestionsformeln (siehe Kapitel 11) vorwegeilen. Dieser Umstand zeigt, daß es sich wahrlich nicht um bloße Einbildungen im volkstümlichen Sinne handelt, nicht um eine »illusionäre Umgestaltung normaler Empfindungen«, sondern um »nachprüfbare Erweiterungen realer Leibwahrnehmungen« (J. H. SCHULTZ). Dabei sind weder unbelebte »magnetische« noch belebte »kosmische« Kräfte eines »unsichtbaren Lebensfeuers« oder »magnetischen Fluidums« am Werke, wie einst LENOBLE und MESMER vermuteten und wie uns heutzutage New-Age-Therapeuten eines angeblich anbrechenden »Wassermannzeitalters« wieder glauben machen möchten. Wohl aber werden mit autogenem Training, um abermals die Sprachweise des »Mesmerismus« zu gebrauchen, »Verfestigungen« des Organismus und »Stockungen der Säftezirkulation«, »Energieblockaden« und »Disharmonien« zwischen Mensch und Natur durch Muskellockerung, Blutzirkulationsförderung und Funktionsumstellungen von Herz, Atmung, Verdauung und Stoffwechsel nachhaltig behoben, wenn auch auf andere Art und Weise, als LENOBLE und MESMER in ihrer Epoche zu ahnen vermochten. Obschon wir deren Theorien nicht mehr nachvollziehen können, verdienen doch die Systematik ihrer Erfahrungsauswertung und ihre leidenschaftliche Hilfsbereitschaft, der eine beachtliche schöpferische Phantasie zugute kam, unseren Respekt.

Insofern nannte STEFAN ZWEIG in seinem Buch »Heilung durch den Geist« den Arzt FRANZ ANTON MESMER, der heute als Hauptvorläufer der neuzeitlichen Psychotherapie und des autogenen Trainings gilt, zu Recht »einen der liebenswürdigsten Forscher unter den Deutschen«. Etwas von seiner Ausstrahlung, von seinem »Charisma«, haben Zeitgenossen immer wieder auch dem Nestor und Mentor der Psychotherapie in Deutschland und Begründer des autogenen Trainings, dem streng naturwissenschaftlich geschulten Internisten, Nerven- und Hautarzt Professor Dr. med. Dr. med. h. c. J. H. SCHULTZ, nachgesagt.

Wir sind oft geneigt, Apparaten mehr zu glauben als uns selbst. Es kann deswegen zweckmäßig sein, dem Übenden anhand von Meßgeräten aufzuzeigen, welche Veränderungen sich in seinem Organismus vollziehen (Entspannung der Muskulatur, Erhöhung der Hauttemperatur, Beruhigung von Herz und Atmung usw.). Durch ein solches »Bio-Feedback« kann auch dem letzten Zweifler nachgewiesen werden, daß ungewohnte Organempfindungen, die beim autogenen Training eine »organismische Gesamtumschaltung« signalisieren, weder Sinnestäuschungen noch gar Hirngespinste sind. Schon vor Jahren haben systematische Untersuchungen in der ehemaligen DDR und anderswo gezeigt, daß ein vorgeschaltetes »Bio-Feedback« die Erlernung des autogenen Trainings erleichtern kann. Leider sind entsprechende Geräte aber kaum gruppenweise einsetzbar und auch nur spärlich verfügbar. Bio-Feedback-Heimgeräte sind nicht billig und können natürlich nicht bei jeder Aufregung ihren Dienst unauffällig tun. Um so mehr kommt es darauf an, Skeptiker von den wissenschaftlichen Grundlagen des autogenen Trainings mit ausdauernder Geduld zu überzeugen (vgl. Kapitel 3).

SCHULTZ hat sich selbst immer als einen »unheilbaren Physiologen« bezeichnet. Es war stolz darauf, daß die Grundlage seiner Methode nicht nur durch die Psychologie, sondern auch durch die Physiologie (= Lehre von den biologischen Funktionsvorgängen im Organismus) erklärt werden konnte und daß er Schüler von MAX VERWORN, einem der bedeutendsten Physiologen seiner Zeit, war.

Weil autogenes Training nichts mit Zauberei und Magie zu tun hat, sprechen manche Wissenschaftler lieber von »Apperzeption« statt von Suggestion. Man versteht darunter die passive, konzentrierte Aufnahme von etwas Gegebenem, wie z. B. dem tatsächlichen Eigengewicht unserer Glieder oder unserer tatsächlichen Körperwärme, in das Bewußtsein. Man nimmt »wahr«, was wahr ist. Wörtlich bedeutet das aus dem Lateinischen kommende Wort »Apperzeption« etwas »hinzubemerken«.

Jeder ist bestrebt, seine Gedanken in die Tat umzusetzen. Durch gedankliche Apperzeption wird deshalb das Wahrgenommene – hier also *Gliederschwere und -wärme, Herz- und Atemberuhigung, Leibwärme und Stirnkühle* – nicht nur im Bewußtsein, sondern auch tatsächlich vertieft. Man kann diese gedankliche Apperzeption, das Hinzubemerken durch Aufmerksamkeitszuwendung, auch als eine »passive Konzentration« bezeichnen, welche im Gegensatz zur »aktiven Konzentration« steht, bei der es sich um ein bewußtes Wollen unter Einsatz von Energie handelt. Die konzentrative Selbstentspannung des autogenen Trainings ist eine *passive* Konzentration, bei der man sich innerlich ganz auf etwas einstellt, ohne sich dabei körperlich anzustrengen. Im Gegensatz zu Turnübungen, die »aktive Konzentration« erfordern, vollzieht man bei den Übungen des autogenen Trainings eine »innere Gymnastik« (»Psychogymnastik«).

3

Zur Objektivierung des autogenen Trainings

3.1 Was bei den einzelnen Übungen alles gemessen wurde

Schon die Reproduzierbarkeit und die immer gleiche Reihenfolge der Übungsphänomene lassen vermuten, daß dahinter naturwissenschaftliche Gesetzmäßigkeiten stecken. Seit jeher verlockte deshalb das autogene Training die Forschung dazu, diesen Gesetzmäßigkeiten mit Maß und Zahl auf die Spur zu kommen, sie in Kurven und Tabellen darzustellen und deren »statistische Signifikanz« nachzuweisen. Es kann kaum verwundern, daß kein anderes Entspannungs- und Heilverfahren über mehr als sechs Jahrzehnte in seiner Wirkungsbreite ebenso systematisch, gründlich und vielseitig überprüft wurde wie das autogene Training. Neben der kritischen Auswertung von Allgemeinbeobachtungen und von gehäuften gleichartigen Erfahrungen bei speziellen Krankheiten wurden dabei zur Registrierung körperlicher und seelischer Vorgänge in zahlreichen voneinander unabhängigen Untersuchungsreihen weltweit *mehr als 60 verschiedene Meß- und Testmethoden* benutzt.

Hauttemperaturmessung und Elektrokardiogramm (EKG) wurden schon erwähnt. In Anlehnung an die bei den sechs autogenen Trainingsübungen gesetzmäßig auftretenden Empfindungen und an die ihnen zugrunde liegenden Funktionsänderungen werden sogleich zahlreiche weitere Untersuchungen genannt.

Daß auch widersprüchliche Befunde erhoben wurden, einzelne Meßmethoden mit Fehlermöglichkeiten belastet und einige Ergebnisse mitsamt Schlußfolgerungen umstritten sind, sei nicht verschwiegen. Insgesamt fügen sich die erwähnten Untersuchungen aber doch zu einem facettenreichen Mosaik, das die Wirksamkeit des autogenen Trainings eindrucksvoll belegt und das allen, die sich ihm zuwenden wollen, zur Erlernung und Aneignung ein gutes Gewissen geben kann. *Welches sind nun diese Untersuchungsmethoden, deren Ergebnisse in etwa dem logisch-physiologischen Nacheinander der sechs Übungsfolgen zugeordnet werden können?*

1. Lockerungen von übermäßigen und unnötigen Muskelspannungen können schon ohne Apparate von erfahrenen Ärzten ertastet werden. Nach dem Anheben einzelner Glieder z. B. stellen sie beim Loslassen fest, ob die Probanden Arme oder Beine entsprechend ihrer Eigenschwere schlapp herabfallen lassen (wie etwa unsere Haustiere beim Ausruhen) oder ob sie noch gegenspannen. Vor Beginn des eigentlichen Übens können auch die Probanden selbst durch Antippen einzelner Muskelgruppen prüfen, ob sie straffe Waden oder – was beim autogenen Training wünschenswert wäre – »Pudding in den Waden« haben. Mit Spannungslösungen einhergehende feinste elektrische Schwankungen wurden mit der Methode der *Elektromyographie* (EMG) schon in den zwanziger Jahren von SCHULTZ' Mitarbeiter BINSWANGER erfaßt. Seine Untersuchungen wurden später vielfach bestätigt.
2. Durchblutungsabhängige Mehrdurchwärmungen der Haut wurden nicht nur mit der *Hautthermometrie*, sondern auch mit der *Thermographie* objektiviert. Dabei wird die von der Durchblutung abhängende Wärmestrahlung mit verschiedenen Mustern und Farben auf eine Art photographischer Platte gebannt. Als weitere Untersuchungsmethoden wurden *Pulswellenaufzeichnungen*, sogenannte *Wärmeleitzahlmessungen* (Fluvographie), *Radioisotopen-Clearance* und die *Ultraschall-Doppler-Sonographie* herangezogen. Schließlich wurde mit *photoelektrischen Methoden* der *Sauerstoffsättigungsgrad des Hämoglobins*, d. h. des roten Blutfarbstoffs, bestimmt (*Oxymetrie* = Blutsauerstoffmessung). Mit der *Kapillarmikroskopie* konnten am Nagelfalz Durchblutungsänderungen in den feinsten Haargefäßen, den Kapillaren, sogar direkt sichtbar gemacht werden. Mit der *Elektrodermatographie* wurden außerdem Veränderungen des

elektrischen Widerstands und der elektrischen Leitfähigkeit der Haut gemessen, die auch gewisse Rückschlüsse auf die »Haut als Spiegel der Seele« zuließen.

3. Zusammen mit *Blutdruck-* und *Pulswellenregistrierungen* ließen bei der Herzübung *Routine- und Langzeit-Elektrokardiogramme* und verschiedene *kreislaufanalytische Untersuchungen und Berechnungen* Rückschlüsse auf Veränderungen der Pumpleistung und des Sauerstoff- und Energieverbrauchs des Herzens wie auch auf die Menge und Fließgeschwindigkeit des Blutes im Kreislaufsystem zu.
4. Hinsichtlich der Atmung konnte mit *Lungenfunktionsprüfungen* verschiedenster Art, welche die Mechanik und den Gasaustausch der Lungen überprüfen, nachgewiesen werden, daß sich auch das Atemgeschehen beim autogenen Training ökonomisiert. Eine aufgeregte Atmung wird beruhigt. »Falsches« Atmen normalisiert sich, wie bereits im vorigen Kapitel kurz dargelegt wurde. *Langzeitbeobachtungen zur Puls- bzw. Herz- und Atemfrequenz* ergaben zudem, daß sich unnatürliche Frequenzen nach Aneignung des autogenen Trainings allmählich in den Normbereich einpendeln. Damit strebt auch ein überhöhter oder erniedrigter *Puls-Atem-Quotient* wieder auf seinen natürlichen Mittelwert von 4 zu. Da ein anormaler Puls-Atem-Quotient auch als einfachster Maßstab für bestimmte vegetativnervöse Fehlregulationen gilt, spricht die Frequenzregulierung zugleich für eine Stabilisierung des vegetativen Nervensystems.
5. Was im einzelnen bei der Konzentration auf die vermehrte Leibwärme geschieht, blieb länger verborgen. Trotzdem trugen *Röntgenuntersuchungen* und *Analysen der Verdauungssäfte* (Katheteruntersuchungen) auch hier schon bald zur Aufklärung bei. Erst die Zunahme diagnostischer *Magen-, Darm- und Bauchhöhlenspiegelungen (Endoskopie, Laparoskopie)* gab indessen einen genaueren Einblick in Mehrdurchwärmungen und Durchblutungsverbesserungen, die während der Leib- oder Sonnengeflechtsübung bei Konzentration auf vermehrte Leibwärme tatsächlich auftraten. Daß damit eine verbesserte Sekretion der Verdauungs- und Stoffwechselorgane einhergeht, versteht sich fast von selbst. So erlaubten denn auch zahlreiche

Blut- und Urinuntersuchungen Aussagen über den Einfluß des autogenen Trainings auf die Produktion von lebenswichtigen Streß- und Stoffwechselhormonen sowie von spezifischen Blutkörperchen, die unerläßlich zur Streßbeantwortung und Abwehr von Infekten sind. Zum Nachweis der Beeinflußbarkeit von sogenannten »Risikofaktoren«, die als Herzinfarkt-Schrittmacher gelten, wurden außer den Blutdruckwerten auch der *Zucker- und Harnsäurespiegel im Blut* und eine Reihe verschiedener *Blutfettfraktionen* überprüft. Zu guter Letzt wurde durch Messungen des Sauerstoffverbrauchs und der Kohlensäureabgabe mit sogenannten *Grundumsatzbestimmungen* die zur Erhaltung aller Organfunktionen notwendige Energie- und Wärmeproduktion des Körpers kontrolliert.

6. Das Empfinden von Stirnkühle ergibt sich unter anderem aus der allmählichen Wahrnehmung von feinsten Strömungen in der uns umgebenden Luft. Die Umgebungsluft ist in der Regel kühler als wir selbst. Autogen Trainierte sind schon bald zur Wahrnehmung eines sonst kaum beachteten körpernahen kühlen Lufthauchs in der Lage, weil zahlreiche in der Stirnhaut angeordnete temperaturempfindliche Nervenendigungen (Thermorezeptoren) überwiegend aus »Kaltrezeptoren« bestehen. Die Angaben darüber, ob die Stirn beim autogenen Training meßbar kühler wird, d. h. ob die *Stirnhaut-Temperaturen* absolut absinken oder eine kühlere Stirn nur durch stärkere Erwärmung der Wangen vorgetäuscht wird, sind widersprechend. Entscheidend ist jedoch, daß autogen Trainierte – im übertragenen Sinn – mehr mit »kühlerem Kopf« als zuvor »hitzköpfig« reagieren.

Solche »vernünftigeren« Reaktionsweisen wurden in letzter Zeit unter dem zunehmenden Einfluß klinischer Psychologen mit nicht wenigen *psychologischen Meßmethoden* aus dem umfangreichen Repertoire der modernen Testpsychologie reichlich dokumentiert. Dazu wurden an Einzelmethoden, oder auch kombiniert zu ganzen »Testbatterien«, *gut zwei Dutzend verschiedene Verfahren* eingesetzt. Sie können Aufschluß über wichtige Eigenschaftsbereiche, Konzentrations- und Erinnerungsleistungen, Ängste und Affekte, Verdrängungs- und Kontrollmechanismen, aber auch über einen Wandel von Einstellungen zum eigenen Inneren und zur Umwelt geben. Mehrere Untersuchungen wiesen nach, daß sich unter autogenem Training sogar das gesundheitsgefährdende sogenannte *Typ-A-Verhalten* wandeln kann. Typisch für dieses Verhalten sind Ungeduld, Hektik und Karriere- bzw. Konkurrenzstreben. Bei zusätzlichem Mißtrauen, Verdruß, Zorn, Ärger, gebremster Wut und feindseliger Einstellung gegenüber Mitmenschen und Umwelt bedeutet das Typ-A-Verhalten speziell für familiär und sozial schlecht Eingebundene eine Herzinfarktgefährdung höchsten Ranges. Daß andererseits mit allgemeiner Entspannung und mit den erwünschten Einstellungs- und Haltungsänderungen beim autogenen Training als Ausdruck einer Harmonisierung im seelischen und vegetativ-nervösen Bereich auch *Veränderungen des Hirnstrombildes* (EEG) einhergehen, ist seit langem bekannt.

Bedenken wir *zusammenfassend* noch einmal, was das autogene Training bewirkt, wie es entstand und was alles durch Messungen bei seinen Übungen nachgewiesen wurde, so erkennen wir auch durch die »Brille der Wissenschaft«, daß es hier (wie schon zuvor bei der ärztlichen Hypnose) um vorbeugende und heilende *Muskellockerungen*, um *Förderung der Blutzirkulation*, um *Herz- und Atemberuhigung, Anregung der Verdauung und des Stoffwechsels* und alles in allem um *Entspannung und Nervenberuhigung bei »kühlem Kopf«* geht. Genau mit diesen Prinzipien versuchten die vorwissenschaftliche und Volksmedizin, aber auch die Allgemein-, Kurort- und naturheilkundlich ausgerichtete Medizin seit Jahrtausenden mit Erfolg vorzubeugen und zu heilen. Massagen, Abreibungen, Waschungen, Wickel und Güsse, Teil- und Ganzbäder, Packungen, Kräuterinhalationen und Dämpfe, Herzkompressen und Leibauflagen, Diät, Tees und bestimmte Bewegungs- und Ruhereglements, bei denen mehr oder minder bewußt der »Arzt als Droge« auch eine psychotherapeutische Rolle spielte, wirkten ähnlich wie das autogene Training. Wir machen uns also bei der Realisierung seiner sechs Übungen systematisch jahrtausendealte Heilprinzipien zunutze. Auch heutzutage können alle genannten Methoden das autogene Training in vielen Fällen sinnvoll ergänzen.

3.2 Forschungsprojekte heute und morgen

Psycho-Onkologie, Psycho-Rheumatologie, Psycho-Immunologie

Nach der Rückschau auf die Geschichte der Heilkunst wollen wir nun, ehe wir dieses 3. Kapitel abschließen, noch einen Blick in die Zukunft werfen. Es darf nämlich nicht unerwähnt bleiben, daß die in jüngster Zeit immer aktueller werdenden Wissenszweige der *Psycho-Onkologie, Psycho-Rheumatologie* und *Psycho-Immunologie* – die sich mit der Bedeutung von seelischen Faktoren bei der Entstehung und dem Verlauf von Krebs-, Rheuma- und Abwehrschwächekrankheiten befassen –, dem autogenen Training neue Forschungsfelder erschließen. In mühevoller Kleinarbeit ist die Forschung dabei, das Geheimnis zu lüften, warum das autogene Training auch solche Krankheiten beeinflussen kann, wie autogen trainierende Kranke nicht selten an sich selbst erfahren und aufmerksame Kenner schon seit jeher immer wieder berichtet haben.

Systematische, »charakterologische« Testuntersuchungen bestätigten inzwischen frühere Einzelmitteilungen, wonach man in den Vorgeschichten von Kranken mit Krebs und schwerem chronischen Rheumatismus überdurchschnittlich häufig ausgeprägte Verzichthaltungen mit verbissener Pflichterfüllung sowie Überanpassungen und Selbstüberforderungen bis zur Selbstverleugnung findet. Hierbei könnte autogenes Training, das zu Recht auch als »Arbeit am Charakter« bezeichnet wird, ähnlich wie beim infarktgefährdenden Typ-A-Verhalten, schon im Vorfeld sinnvoll sein, wenn es gelingt, einige Verhaltensweisen zu ändern.

400 v. Chr. vermutete HIPPOKRATES, der »Vater der Medizin«, einen Zusammenhang zwischen Trauer, Melancholie und weiblichem Brustkrebs. Erst seit kurzem wissen wir, daß man das Hineinfressen von zermürbendem Trübsinn, Enttäuschungen, Mißmut, Hoffnungslosigkeit und Zorn ebenso eindämmen muß wie das Wuchern von Krebszellen. Auch dazu kann das autogene Training beitragen. Hier bleibt noch viel zu tun.

Im einzelnen sind die Verhältnisse freilich so kompliziert, daß sie an dieser Stelle nicht mit wenigen Zeilen allgemeinverständlich erklärt werden können. Allein zum Einfluß seelischer und sozialer Faktoren auf die Entstehung, Häufigkeit und Wachstumstendenz von Krebstumoren liegen aus jüngster Zeit mehrere hundert Arbeiten vor. Sie belegen in Übereinstimmung mit Tierexperimenten ein vielschichtiges Zusammenspiel zwischen Nerven- und Immunsystem, Streßmechanismen, körpereigenen Erregungsstoffen und bösartiger Krankheitsneigung. Zugleich aber lassen sie schon jetzt keinen Zweifel mehr daran, daß neben allen üblichen Vorbeugungs- und Behandlungsbemühungen auch eine Begleitbehandlung mit seelischen Mitteln, wie sie das autogene Training darstellt, grundsätzlich sinnvoll ist.

4

Hat sich das autogene Training bewährt? Verbreitung, Selbstzeugnisse, Langzeitergebnisse

Einige Leser wird kaum interessieren, was beim autogenen Training im einzelnen passiert. Hauptsache, es hilft. Es hilft tatsächlich, und dafür spricht vieles, auch unabhängig von den zuvor angeführten Meß- und Testergebnissen. Von anderen, nur lückenhaft oder falsch informierten Interessenten hört man indessen nicht selten Einwände, die fast alle mit einem skeptischen oder hochtrabenden »Ja, aber...« beginnen.

Es läßt sich nicht leugnen, daß andere Entspannungsverfahren verschiedenster Herkunft ebenfalls versuchen, ihre Daseinsberechtigung wissenschaftlich zu untermauern. Entscheidend für die Güte eines Entspannungsverfahrens sind aber nicht allein das Woher, das Wie und das Was, sondern auch das Wohin; d. h., wir müssen prüfen, aus welcher Ecke es kommt. Ist es nicht nur plausibel, sondern auch weltanschaulich und religiös neutral? (Etliche Verfahren behaupten das von sich zu Unrecht!) Ist es überall und jederzeit ohne Begleitaufwand leicht praktizierbar? (Wenn ich beruhigende Musik höre oder mich an einem sommerlichen Strand von der Sonne bräunen lasse und dazu eine Flasche Bier trinke, sind auch Entspannungseffekte nachweisbar!) Ist alles, was bei der Entspannung geschieht, die stets gleichbleibende Folge einer unumstößlichen, logisch-physiologischen Gesetzmäßigkeit? Vor allem aber: Wohin zielt die Entspannung? Dient sie mir dazu, ein eigenständiges, unverwechselbares Selbstvertrauen aufzubauen und damit kritisch nach eigenem Ermessen mein Leben zu meistern? Oder lasse ich mich unkritisch wie bei einem Drogentrip durch Streßabbau und Entspannung von den Ideologien verführerischer Träumer und Sektierer einlullen? (Selbst die Jünger des verstorbenen Bhagwan und maßgebliche Verfechter des New Age haben das autogene Training in den Dienst ihrer Heilsansprüche zu stellen versucht!) Entspannung ist niemals Selbstzweck. Es kommt immer darauf an, was man damit anfängt!

Wenn nachfolgend zur Beantwortung der Frage, ob sich das autogene Training bewährt hat, einiges über seine *Verbreitung*, über *Selbstzeugnisse* und über die *Ergebnisse von nachgehenden Langzeituntersuchungen* berichtet wird, so bezieht sich das Mitgeteilte nur auf ein autogenes Training, das im Sinne seines Begründers ohne Mißbräuche angewandt wurde. Sein autogenes Training bewährte sich ohne gesteuerte Propaganda und – abgesehen von ärztlichen Empfehlungen – auch ohne mächtige Protektion, ohne einflußreiche Lobby und ohne den hilfreichen Rahmen zweckgebundener und weitverbreiteter starker Organisationen oder hierarchischer Führungsstrukturen. Nie hat J. H. SCHULTZ – trotz aller Verehrung, die ihm Patienten und Schüler zollten – die autoritäre Diktatorrolle eines vergötterten Gurus oder »Meisters« gespielt. Um so beachtlicher ist es, daß das autogene Training trotzdem seit Jahrzehnten in aller Welt eine immer weitere Verbreitung gefunden hat:

1920 teilte J. H. SCHULTZ in seiner Arbeit »Schichtbildung im hypnotischen Seelenleben« die Grundkenntnisse des autogenen Trainings mit. Bereits 1923 veröffentlichte er einen Aufsatz über »eine autogene Trainierung als prophylaktische Maßnahme (Schutzwirkung) bei Menschen mit erblicher Neigung zu Blutdrucksteigerungen (Hypertonie)«. Neun Jahre später erschien sein Buch »Autogenes Training – Konzentrative Selbstentspannung«, das wie kaum ein zweites Werk in der Geschichte der modernen Medizin Beachtung gefunden hat. Es erlebte bisher mit einem dazugehörenden Übungsheft in 12 Sprachen 44 bzw. 68 Auflagen. Über 8000 wissenschaftliche Arbeiten befaßten sich bereits mit SCHULTZ' Methode. Die Gesamtauflagenhöhe der zahlreichen populärmedizinischen Bücher über das autogene Training geht in die Millionen. Es gehört mittlerweile in allen Erdteilen zum festen Bestand des aktuellen ärztlichen Wissens-, Erfahrungs- und Behandlungsschatzes. In Indien etwa lernen Psychiater heute nicht mehr Yoga, sondern autogenes Training. In japanischen

Kliniken wurde die Methode sogar zur rascheren Heilung von Knochenbrüchen und Unfallfolgen eingesetzt. Aus einer deutschen Universitätsklinik wurde mitgeteilt, daß selbst Menschen mit Nierenverpflanzungen rascher gesunden, wenn sie autogen trainieren.

1973 erschien ein Laienwegweiser für autogenes Training in Moskau. Sein Verfasser, der Psychotherapeut Dr. WLADIMIR L. LEWI empfiehlt darin autogenes Training als eine immerwährende Lebenshilfe, die ihn zwar nicht vollkommener gemacht, ihm aber wohl bei der Überwindung vieler Unannehmlichkeiten geholfen habe: »Das Wichtigste, was das autogene Training bewirkt«, schreibt er, »ist die großartige Empfindung, daß Sie endlich Herr Ihrer Selbst geworden sind. Endlich! Sie haben tatsächlich in Besitz genommen, was Ihnen schon lange von Rechts wegen zusteht. In Ihrem Innern erschließt sich ein weiter Raum, neu und längst bekannt zugleich: die innere Freiheit!«

In der Bundesrepublik lernen allmonatlich Tausende autogenes Training in den Kur- und Fachkliniken der Sozialversicherungen, in Kneippvereinen, Volkshochschulen und anderen Erwachsenenbildungsstätten. Auch in der ehemaligen DDR gehörte, ebenso wie in der Bundesrepublik, die Methode vor allem bei Herz- und Kreislaufkrankheiten zum Behandlungspensum der Rehabilitationszentren. Anfangs dort eingesetzten Varianten war nur eine kurze Lebensdauer beschieden. Unter maßgeblichem Einfluß der *Ärztlichen Gesellschaft für Psychotherapie* und ihrer Sektion *Autogenes Training und Hypnose* setzte sich auch dort erwartungsgemäß die Originalmethode von J. H. SCHULTZ durch.

Seit nun schon fast 70 Jahren hat sich das autogene Training so in den Ausbildungsplänen und in der ärztlichen Praxis der verschiedensten Fachrichtungen hervorragend bewährt, ohne großen Modeschwankungen unterlegen zu sein. Es ist heute so verbreitet, daß der Untertitel einer schon 1973 als Übungsanleitung erschienenen Schrift »Millionen machen autogenes Training« nicht übertrieben ist. Mit Recht betonte damals ein groß aufgemachter Leitartikel des *Deutschen Ärzteblatts:* »Das autogene Training ist das bei uns am meisten verwendete Verfahren der Psychotherapie.«

Die folgenden *Briefauszüge* bezeugen die Erfolge des autogenen Trainings bei Arbeiterinnen und Arbeitern, die wegen Herz- und Gefäßleiden in der Teutoburger Wald-Klinik der Landesversicherungsanstalt Hannover in Bad Rothenfelde behandelt wurden und die das dort erlernte autogene Training zu Hause fortsetzten:
»Als ich am Herzen operiert wurde, war ich dank autogenem Training sehr ruhig und entspannt, was von vielen Ärzten und Schwestern anerkannt und bewundert wurde.«
(44jährige Textilarbeiterin mit Herzklappenfehler)

»Ich setze das autogene Training tagtäglich (!) fort und habe sehr gute Erfolge damit erzielt.«
(64jähriger Schlosser mit Bluthochdruck und intermittierendem Hinken infolge fortgeschrittener arterieller Beindurchblutungsstörungen)

»Das autogene Training kommt mir sehr zugute. Man kann sich dadurch sehr gut zu einer Entspannung erziehen. Ich kann es jederzeit (!) anwenden.«
(45jähriger Landmaschinenmechaniker mit ausgeprägten funktionellen Herzbeschwerden)

»Dank autogenem Training schlafe ich sechs bis sieben Stunden ohne Tabletten durch und wache jeden Morgen ausgeruht, lebensfroh und dankbar auf.«
(52jährige Teppichweberin mit Beschwerden der Wechseljahre und jahrelangen hartnäckigen Schlafstörungen)

»Ich war leicht erregbar. Oft konnte ich mich selbst nicht mehr leiden. Bei der Arbeit habe ich mich selbst angetrieben und war zu gewissenhaft. Dies war für mich eine stetige Belastung, die wahrscheinlich auch meinen Herzinfarkt begünstigt hat. Bei der Kur habe ich dann am autogenen Training teilgenommen und täglich (!) geübt. Ich bin dadurch wieder viel ruhiger geworden. Auch die Hast bei der Arbeit hat sich gelegt. Die ganze Spannung ist von mir gewichen. Ich bin heute wieder mit mir selbst zufrieden.«
(51jähriger Lkw-Fahrer mit Angina pectoris nach Herzinfarkt)

Ein russischer Arbeiter schrieb an Dr. LEWI:
»Das autogene Training könnte sicher sehr vielen Menschen einen unschätzbaren Dienst erweisen. Man muß sich seiner nur zu bedienen verstehen.«

Absolventen von mehrwöchigen ambulanten Abendkursen berichteten:
»Ich fühle mich nicht mehr so ausgelaugt und sehe alles mit anderen Augen.«
»Ich habe erstmals erfahren, daß ich meinen Körper auch anders erleben kann als nur im Dienste abgeforderter Leistungen.«
»Ich habe das Gefühl, wieder mehr ich selbst zu sein. Es ist alles in Ordnung.«
»Ich bin wieder mit mir selbst zufrieden. Die ganze Spannung, die sonst wie ein Gewicht auf mir lastete, ist gewichen.«
»Autogenes Training wurde zum festen Bestandteil unseres Lebens.«
»Tiefe Erholung, Loslösung aus dem Getriebensein.«
»Positiver Stimmungsumschwung.«
»Vor allem wurde ich selbstbewußter.«
»Kann wieder lachen.«
»Ich wurde sicherer, offener und ehrlicher.«
»Keine Hemmungen mehr beim freien Reden.«
»Fähig, wichtige Verhandlungen in äußerster Ruhe zu führen.«
»Bei Tagungen durch autogenes Training neue Energie getankt.«
»Ich überstehe Streßsituationen ruhiger und bin im ganzen ausgeglichener.«
»Gelassener beim Autofahren.«
»Die Übungen wirken sich wohltuend auf den ganzen Organismus aus.«
»Nicht mehr geraucht.«
»Herzbeschwerden haben fast ganz nachgelassen.«
»Ich brauche keine Beruhigungsspritzen mehr.«
»Kann wieder schlafen wie ein Bär.«

Eine mit vielen Ehrenämtern und großem Haushalt belastete ehemalige Krankenschwester schrieb:
»Es ist mit mir seit dem ›In-mich-Hineinhorchen‹ viel geschehen. Meine Tage laufen klarer ab. Mehr Gespür für Wesentliches und Unwesentliches. Schließe Kompromisse. Verwirkliche meinen Wissensdrang. Begann die Bibel zu lesen ...«

Ein Student hob hervor:
»Seit ich autogen trainiere, ist meine innere Gefühlswelt viel stärker als jemals zuvor zu Gott gewandt. Zum Ausdruck kommt dies besonders durch spontanes Beten, ohne die Worte vorher zurechtgelegt zu haben.«

Nach Berichten in der ärztlichen Fachliteratur sind im Anschluß an eine Behandlung mit autogenem Training bis zu 100 % positive Frühergebnisse zu erwarten. Die Ergebnisse von Langzeitbeobachtungen nach autogenem Training beziehungsweise »gezieltem Organtraining« (KLEINSORGE und KLUMBIES) sind in der nachfolgenden Tabelle Seiten 39–41 zusammengefaßt. Sie schwanken etwas je nach Auswahl der Übungsteilnehmer, nach Übungsdauer und Übungsintensität und je nachdem, welche Erfolgsmaßstäbe angelegt wurden. Es ist beachtlich, daß bei mehr als zwei Dritteln aller Übungsteilnehmer auch lange Zeit nach Erlernung des autogenen Trainings noch Übungserfolge nachweisbar sind. Diese Erfolge sind Durchschnitts- und keine Spitzenergebnisse. Für die Beurteilung unserer auswahlfreien eigenen Nachuntersuchungsergebnisse in der Teutoburger Wald-Klinik ist wichtig, daß die Kurse nicht alle von routinierten Übungsleitern durchgeführt wurden, sondern teilweise auch von jüngeren ärztlichen Mitarbeitern, die die Methode bei uns gelernt hatten und während der Kurse noch Erfahrungen sammelten.

Übungsversager sind zumeist nur unter denen zu finden, die das autogene Training als ein Patentrezept für »Trotzdem-Erfolge« mißverstehen. Zu warnen ist vor Veröffentlichungen, die den Eindruck erwecken, man könnte mit autogenem Training selbst dann noch Erfolge erzielen, wenn man mit seinem Körper sonst Raubbau betreibt.

Langzeitergebnisse autogenen Trainings im Spiegel der Fachliteratur 1932–1990

Autoren	Trainierte	Gebesserte	Krankengut	Nachbeobachtung	Publikationsjahr
J.H. Schultz	449	63%	»Gemischtes Krankenmaterial der besseren Stände« (Sanatorium)	mindestens 2 Jahre	1932
H. Binder	~ 500	~ 60%	Hirnversehrte, Anfallskrankheiten u.a. (Allgemein- u. Kurpraxis)	1 Jahr	1956–1968
H. Kleinsorge und G. Klumbies	219	74%	Gemischtes Krankengut (Med. Univ.-Poliklinik)	1–1½ Jahre	1959
G. Schaeffer	209	72%	Gemischtes Krankengut (Med. Univ.-Poliklinik)	1–1½ Jahre	1965
H.J. Laberke	740	80%	Herz-Kreislauf-Kranke (Städt. Med. Klinik u. Poliklinik)	2–12 Jahre	1965
H. Kenter	97	85%	Herz-Kreislauf-Kranke (Med. Univ.-Klinik)	bis 5 Jahre	1965
H.J. Prill	~ 1100	~ 70%	Frauenkrankheiten, Geburtshilfe (Univ.-Klinik)	mindestens bis Entbindung	1965 u. 1968
L. Aslanian, H. Mensen und I. v. Hattingberg	306	80%	Herz-Kreislauf-Kranke mit Schlafstörungen u.a. (Kurklinik)	~ 2¼ Jahre	1970
E. Schröter	366	60%	Patienten mit Colitis ulcerosa (Univ. Ambulanz)	?	1977

Autoren	Trainierte	Gebesserte	Krankengut	Nachbeobachtung	Publikationsjahr
H. Mensen	36	87%	Gemischtes Krankengut (Bildungsstätte)	½ Jahr	1977
W. Schultz-Zehden	52	83%	Patienten mit Grünem Star (Ambulanz)	mind. 1 Jahr	1977
G. S. Barolin	200	40%	Leistungsverbesserung bei Sport-Champions	bis 8 Jahre	1978
J. Garcia u. a.	30	72%	Kopfschmerzpatienten (Univ. Klinik)	1–1½ Jahre	1978
H. Brenner	357	83%	Herz-Kreislauf-Kranke (Kurklinik)	1 Jahr	1978
H. Feiereis	112	61%	Frauen mit Vasolabilität (Univ. Ambulanz)	1–4 Jahre	1980
G. S. Barolin	65	89%	Durchweg Senioren (ambulant)	6 Jahre	1984
K. Binder	330	72%	Schlafstörungen, Nervosität u. a. (Volkshochschule)	1–6 Jahre	1984
E. Koenig-Mill	48	70%	Kanadische Senioren (ambulant)	½–1 Jahr	1985
K. E. Bühler u. R. Bieseneck-Fjorness	149	65%	Psychosomatisch Kranke (Univ.-Institut, ambulant)	> 3 Jahre	1986

Autoren	Trainierte	Gebesserte	Krankengut	Nachbeobachtung	Publikationsjahr
H. Wallnöfer	115	90%	Gestreßte Manager (ambulant)	> 10 Jahre	1986
C. Gillhausen	59	♂ 58% ♀ 53%	Gemischtes Krankengut (Allgemeinpraxis)	¾–1¾ Jahre	1990
Gesamt	5539	~ 70–75%	Ambulante-, Kur- und Klinikpatienten mit verschiedenen Krankheiten	½–12 Jahre	1932–1990

Sehr ermutigende Befunde, die 1976 bis 1981 von BÖHM, SCHUHMANN und SCHRAPPE bereits 7 bis 10 Wochen nach dem Beginn autogener Trainingskurse bei insgesamt 740 Volkshochschulabsolventen erhoben wurden, blieben hier außer Betracht, weil die Beobachtungszeiträume für eine langfristige Beurteilung zu kurz waren. Die Ergebnisse von 5000 Kursabsolventen, die ihre Erfahrungen mit formelhaften Vorsatzbildungen protokollierten und die K. THOMAS im Verlaufe von 45 Jahren nachbeobachtete, mußten ebenfalls unberücksichtigt bleiben, weil detaillierte Angaben zur Diagnostik und zur Dauer der jeweiligen Nachbeobachtungszeiten leider noch ausstehen.

Nicht alle zitierten Untersuchungen entsprechen streng wissenschaftlichen Kriterien. Unabhängig davon zeigen jedoch alle Nacherhebungen seit 1932 trotz unterschiedlicher Ansätze ähnliche Besserungstrends bei mehr als 70% der Patienten. Es gibt kein anderes wissenschaftlich erprobtes Entspannungsverfahren, dessen Vertreter aus einem ebenso langen Zeitraum ebenso umfangreiche und eindrucksvolle Langzeitergebnisse vorlegen könnten. Jedenfalls wiegen die hier von zumeist qualifizierten Trainern aus drei Ärztegenerationen mitgeteilten klinischen Spätergebnisse schwerer als manche Ergebnisse, die bei Kleinstgruppen mit nur kurzer Beobachtungsdauer und unter z. T. fragwürdigen experimentellen Bedingungen gewonnen wurden und die bei negativen Befunden kaum weiterreichende Schlüsse zulassen.

5

»Vom Scheitel bis zur Sohle«

5.1 Verkrampfungen und Verspannungen in der Weisheit des Volksmunds

Die Möglichkeiten, in gesunden und kranken Tagen durch autogenes Training Widerwärtigkeiten und Beschwerden besser zu bewältigen, sind fast unbegrenzt.

Im folgenden seien im Spiegel des Volksmunds kurz »vom Scheitel bis zur Sohle«, »von Kopf bis Fuß« einige Beschwerdebilder erwähnt, bei denen Verspannungen, Verkrampfungen und seelische Belastungen eine Rolle spielen:

Kopf: Am Kopf kennen wir als anfallsweisen Halbseitenkopfschmerz die Migräne. Zuweilen bekommen wir auch Kopfschmerzen, weil uns etwas »Kopfzerbrechen« bereitet oder wir »wie vor den Kopf gestoßen« wurden. Dabei steigt uns das Blut zu Kopf und führt dadurch zu einer Blutüberfüllung der Schleimhäute. Sie schwellen so an, daß wir »die Schnauze und die Nase voll« haben. Mitunter können seelische Belastungen auch so groß sein, daß uns »Hören und Sehen vergeht«. Eine kranke Seele kann den »Blick trüben« und ein seelischer Schock zu vorübergehender Erblindung führen.

Hals: Allen bekannt ist die Angina, was soviel bedeutet wie »Enge«. Viel häufiger als durch eine Entzündung der Gaumenmandeln kommen Halsenge oder auch ein Kloßgefühl im Hals durch Aufregungen zustande. Aufregungen und Kummer können einem »die Kehle abschnüren«. Es kann einem dabei das »Wort im Munde« und der »Bissen im Halse« steckenbleiben. Wenn wir uns etwas »an den Hals ärgern«, uns etwas »aufgehalst« wird und wir

»viel am Halse« haben, können sich Hals- und Nackenmuskeln verspannen.

Brustkorb: Die anfallsweise Brustenge der Angina pectoris ist vielen geläufig. Im Volksmund wird sie auf Herzkrämpfe zurückgeführt, obwohl auch andere Störungen wie z. B. Zwerchfellverspannungen oder Nervenwurzelreizungen daran beteiligt sein können. Herzkrämpfe sind nicht nur Folge einer Mangeldurchblutung der Herzkranzgefäße (häufig verschlimmert durch das Gefäßkrampfgift Nikotin!). Viele sonstige, oft kompliziert miteinander verkettete Krankheiten, Dysfunktionen und Fehlverhaltensweisen kommen ebenfalls als Ursache in Frage. Man spricht dann von einer »Verkettungs-Angina-pectoris«. Welche Bedeutung dabei seelische und nervöse Einflüsse haben, schildert uns plastisch der Volksmund, welcher davon spricht, daß uns »etwas auf dem Herzen liegt«, daß wir »beklommen« sind, weil wir uns etwas zu sehr »zu Herzen nehmen«, und daß ein »herzzerreißender« Kummer uns das »Herz brechen« kann.

Manche Menschen »pfeifen aus dem letzten Loch«, weil ihnen »die Puste ausgeht«. Im übertragenen Sinn werden damit Reaktionen und Verhältnisse beschrieben, die eine Neigung zu plötzlichen Verkrampfungen der kleinsten Luftröhrenäste auslösen oder verschlimmern können und so die quälenden Atemnotzustände des Asthma bronchiale mitbedingen. Wir können »in Arbeit erstikken«, wenn wir uns mit unserem Terminkalender so identifizieren, daß in unserem Brustkorb ebensowenig Luft bleibt wie zwischen unseren Terminen. Viele Menschen härten ihr Nervensystem so wenig ab, daß ihnen ebensooft »die Luft wie die Spucke wegbleibt«. Sie machen aus einer Mücke einen Elefanten. Die geringsten Ungelegenheiten werden für sie zu »atemberaubenden« Ereignissen.

Leib: Fast jeder Mensch hat bei sich oder anderen schon Magen- und Darmkrämpfe, Gallenstein-, Nieren- oder Blasenkoliken erlebt. Nicht immer liegen ihnen organische Veränderungen zugrunde. Wem wäre nicht schon einmal »eine Laus über die Leber gelaufen« und »die Galle übergelaufen«? Mancher Ärger ist so »schwer verdaulich«, »liegt uns so schwer im Magen«, daß es »zum Kotzen« ist. Für viele ist jede Angst eine »Scheißangst«. Sie

machen bei jeder Gelegenheit »vor Angst in die Hose«. Sie haben »Schiß«. Wer bei einer Prüfung »Schiß« hat oder gar dabei »durchfällt«, bekommt mitunter wirklich Durchfall. Auch im Normalfall haben Ärger, Aufregungen und übermäßiger Streß oftmals eine »durchschlagende Wirkung«.
Arme und Beine: Wir kennen ebenfalls das Symptom der »Digiti mortui«, der sogenannten toten Finger, die durch gelegentliche Krämpfe der kleinen Fingerarterien vorübergehend weiß, kalt und gefühllos werden. Unübersehbar ist auch die Zahl der chronischen Kaltfüßer, die mit ihren kalten Füßen sich weder am Tag rundherum wohlfühlen noch am Abend rasch einschlafen. Auch wenn wir nicht zu den chronischen Kaltfüßern gehören, fürchten wir, wenn wir uns aus Angst vor der eigenen Courage zu sehr »nach der Decke strecken« oder gar zu lange auf etwas vergeblich warten, »kalte Füße« zu bekommen. Da Durchblutung, Stoffwechsel und nervöse Versorgung unserer Füße in innigem Zusammenhang mit unserem übrigen Organismus stehen, sind wir, sobald wir »kalte Füße« bekommen haben, leicht »verschnupft« und können uns und andere »nicht mehr richtig riechen«. Schon nach wenigen Stunden autogenen Trainings werden beim Üben selbst »Eisbeine« meistens warm. Gleichzeitig verschwinden auch schlafstörende, unwillkürliche Gliederzuckungen. Sie entstehen meist, wenn Wachen und Schlafen nicht störungsfrei ineinander übergehen. Unser Organismus verhält sich dann wie ein scheuendes, schlecht gezügeltes Pferd oder wie der Motor eines fehlgeschalteten Autos. Dagegen vermag autogenes Training die Zügelungs-, Schalt- und Regulationsmechanismen unseres Organismus, welche über das unwillkürliche Nervensystem den Übergang von der einen in die andere Phase steuern, zu fördern und zu schützen. Autogenes Training ermöglicht uns, störungsfrei von der Leistungs- und Wachphase in die Erholungs- und Schlafphase zu schalten oder umgekehrt.

»Ich bin von Kopf bis Fuß auf Liebe eingestellt«, sang in einem Schlager MARLENE DIETRICH. Häufiger begegnen uns jedoch Menschen, denen von Kopf bis Fuß alles auf die Nerven geht und die deshalb unter tausend Wehwehchen leiden.

Zweifeln Sie nach dieser Kurzlektion »vom Scheitel bis zur

Sohle«, »von Kopf bis Fuß« noch daran, daß Verkrampfungen und Verspannungen krank machen können? Wohl kaum. Viel eher werden Sie den hier genannten Krankheitsbildern noch viele andere hinzufügen können, die möglicherweise auch für Sie persönlich oder für Ihre nächsten Angehörigen und Mitarbeiter zutreffen...

5.2 Wie teste ich mich selbst? (6×6 Fragen)

Bin ich für das autogene Training geeignet?

Vielleicht werden Sie sich jetzt fragen, ob Sie selbst oder Ihnen nahestehende Interessenten überhaupt zur Erlernung des autogenen Trainings geeignet sind. Sowohl selbstunsichere als auch übermäßig kritische Menschen haben in dieser Hinsicht manchmal Skrupel und Bedenken. Einige Psychologen bringen deshalb in ihren Büchern über das autogene Training auf vielen Seiten in Hülle und Fülle Tests zur Selbstprüfung, nach deren mühsamer und zeitaufwendiger Durcharbeitung der Leser über den Grad seiner Tauglichkeit Bescheid wissen soll. Leider bringen viele dieser Tests mehr Ungewißheit als Gewißheit. Sind solche Eignungsprüfungen trotzdem vielleicht sinnvoll, oder kann man im allgemeinen darauf verzichten? Ungeeignet sind nämlich für den Lern- und Übungsprozeß des autogenen Trainings mit wenigen Ausnahmen eigentlich nur geistig Behinderte.

Auf die Frage nach *Kontraindikationen*, d. h. nach Umständen, welche die Anwendung des autogenen Trainings verbieten, antwortete SCHULTZ, es sei ihm »nicht gelungen, eine solche zu finden, wenn... die *Dosierung... richtig* und *individuell* erfolgt«. Ein anderes Mal sagte er: »Nach 600maligem Üben hat es noch *jeder* gelernt.« Zum 600maligen Üben braucht man, verteilt auf 3 bis 4 Monate, insgesamt ungefähr 25 Stunden. Das ist nicht so viel, wie man im ersten Augenblick meint. Was lernt man sonst schon in 3 bis 4 Monaten oder 25 Stunden? Weder Sprechen noch Gehen, noch Lesen, noch Schreiben, noch irgendwelche handwerklichen Fähigkeiten! Wie lange hat es gedauert, bis wir als Kleinkinder

»stubenrein« waren oder bis wir es gelernt hatten, bei Tisch, ohne zu schlabbern, anständig und manierlich zu essen! Wieviel Mühe machten sich unsere Eltern und Lehrer, um uns ungezählte andere Verrichtungen und Kenntnisse beizubringen, die uns heute ganz geläufig sind und selbstverständlich erscheinen? Wieviel eigener Bemühungen vor allem bedurfte es dazu?! Zur Erlernung des autogenen Trainings, das für unser künftiges Leben eine viel größere Hilfe sein kann als so manches über Jahre Eingepaukte und Angedrillte, benötigen die meisten Menschen sogar erheblich weniger Zeit als 600maliges Üben im Extremfall. Auch Sie werden es sich wahrscheinlich in verhältnismäßig kurzer Zeit aneignen, ohne daß es dazu einer vorherigen Befähigungsprüfung bedarf! Allerdings: »Gut Ding will Weile haben.«

Eine Gewissensfrage sollten Sie sich jedoch stellen, weil vom Ergebnis der Antwort abhängen kann, wie lange Ihre Lernzeit dauert: Habe ich genug körperliche Bewegung? Wenn Sie in Ihrem Beruf körperlich inaktiv sind und dafür in Ihrer Freizeit weder durch entsprechende Hobbys noch durch planmäßigen Ausgleichssport ein sinnvolles Gegengewicht schaffen, werden Sie wahrscheinlich nicht so rasch entspannen können wie Menschen, die sportlich gut trainiert sind. Ein gemeinschaftliches Forschungsprojekt des Instituts für Pathologische Physiologie an der Berliner Charité und des Sportmedizinischen Dienstes der ehemaligen DDR konnte mit verschiedenen Prüfungsverfahren eindeutig nachweisen, daß Menschen mit guter körperlicher Kondition sich nicht nur rascher, sondern auch nachhaltiger zu entspannen vermögen und daß diese Fähigkeit mit zunehmender Übungsdauer wächst (K. HECHT u. W. BRINGMANN 1988; vgl. Kapitel 7.5).

Habe ich das autogene Training nötig?

Viel mehr Gedanken als über Ihre Eignung zum autogenen Training sollten Sie sich darüber machen, ob Sie das autogene Training nötig haben! Sie selbst müssen aufgrund des bisher Gelesenen und der nachfolgenden Lektüre des Kapitels 6 entscheiden, ob Sie das autogene Training lernen wollen. Ärztliche Empfehlungen können Ihnen die Entscheidung erleichtern. Auch der nachfolgende Fragenkatalog kann Sie in dem Vorsatz bestärken, sobald wie möglich unter fachmännischer Leitung an einem entsprechenden Kurs teilzunehmen (siehe Anhang »Anschriften«).

Die *6×6 Fragen* beziehen sich auf die Ihnen nun schon bekannten Körper- und Organbezirke, welche mit den sechs »Übungen« des autogenen Trainings der Reihe nach »angesprochen« werden.

(I) Muskulatur und Bewegungsapparat

1. Arbeiten Sie mit wenigen Pausen und vielen Überstunden »hart« und »angespannt«, und ziehen Sie alle Ihre Pläne und Termine »eisern« durch, auch wenn Sie dabei einiges »übers Knie brechen« müssen?
2. Empfinden Sie Ihren Beruf als »Tretmühle« oder »Knochenmühle«, und bekleiden Sie noch zusätzlich Ehrenämter und Posten, die ebenfalls an Ihren »Nerven rütteln« und »zerren«?
3. Unterliegen Sie im Berufs- und Privatleben häufig »angespannten« Situationen, und haben Sie, wenn es auf »Biegen und Brechen« geht, mit vielen Schwierigkeiten zu »kämpfen«?
4. Müssen Sie sich oft »zusammenreißen«, »auf die Zähne beißen« und »an sich halten«, um »Haltung zu bewahren« und nicht »aus der Fassung zu geraten«?
5. Machen Sie lieber eine »Faust in der Tasche«, als »aus der Haut zu fahren«, zu »platzen« und zu »explodieren«? Stampfen Sie mit dem Fuß auf, wenn etwas »schiefgeht«?
6. Gehen Sie in Gedanken rasch »die Wände hoch« oder gar »in die Luft«, und stehen Sie gewissermaßen stets »auf dem Sprung«, um zum »Schlagabtausch« mit Andersdenkenden und unliebsamen Familien- und Betriebsangehörigen »gewappnet« zu sein?

Wenn Sie die meisten dieser Fragen bejahen, sind Sie nicht nur innerlich angespannt, auch Ihre gesamte Muskulatur befindet sich in dauernder Spannung. Sie tragen, um für alle Fälle »gewappnet« zu sein, gewissermaßen Tag um Tag einen unnötigen Muskelpanzer mit sich herum. Wenn Sie zu Schmerzen neigen, werden sich Muskelpanzer und Schmerzen in einem Teufelskreis immer mehr verstärken. Das autogene Training kann Ihnen helfen, diese Last abzuwerfen, Ihre äußeren und inneren Spannungen zu lösen und Schmerzen zu lindern. Der *1. Schritt* dazu ist die mit der *Schwereübung des autogenen Trainings* einhergehende Muskelentspannung. Schon nach der Aneignung dieser Eingangsübung haben Sie viel gewonnen. Patienten mit »rheumatischen« Schulter-, Nacken- und Kreuzbeschwerden berichten zuweilen bereits nach der allerersten Übung, daß ihre Muskelverspannungen und die damit einhergehenden Schmerzen und Bewegungseinschränkungen nachlassen.

(II) Blutkreislauf

1. Lassen Sie sich leicht »bis zur Weißglut« reizen? Gibt es vieles, das Ihre Wut »entfacht«, an dem sich Ihr Temperament »entzündet«?
2. Ist Ihnen »oft warm, oft kalt« zumute, während andere »ruhig Blut« bewahren?
3. Steigt Ihnen – auch ohne Grund und aus purer Verlegenheit – öfter »die Schamröte ins Gesicht«?
4. Sind Sie häufig »knieweich« und »von den Socken«, und kippen Sie bei schwindelerregenden Ereignissen rasch »aus den Latschen«?
5. Laufen Ihnen Ängste und schauerliche Nachrichten »kalt über den Rücken«?
6. Kann man Sie schnell »auf 180« bringen?

Falls Sie bei ehrlicher Selbstkritik auch die Mehrzahl dieser Fragen mit Ja beantworten, neigen Sie wahrscheinlich zu Kreislauffunktionsstörungen. Diese hängen vermutlich mit Ihren inneren Verspannungen und Verkrampfungen zusammen. Die *2. Übung des autogenen Trainings, die Wärmeübung,* ist eine gute Gelegenheit, Ihren gestörten Kreislauf zu regulieren und zu stabilisieren, verkrampfte Blutgefäße zu entspannen und »ruhig Blut« zu bewahren. Speziell erhöhte Blutdruckwerte und ein aus dem Takt geratenes Herz sprechen im Lauf der Zeit auf die ersten beiden Übungen gut an. Vergessen Sie aber nicht, daß die Entspannung von Muskeln und Blutgefäßen in einem vernünftigen Rhythmus von Entspannung und *sinnvoller* Anspannung erfolgen soll, wozu auch genügend körperliche Bewegung gehört! Gerade die ersten beiden Übungen des autogenen Trainings können ihren Nutzen nur dann voll entfalten, wenn Entspannung und Anspannung in einem angemessenen Verhältnis zueinander stehen. Dabei gilt für beides: »Nichtstun schwächt, Übertreibung schadet, nur das richtige Maß nützt.« Oder: »Zuwenig und zuviel verdirbt jedes Spiel: Maß und Ziel sollen in jeder Beziehung herrschen« (SEBASTIAN KNEIPP: »Mein Testament«).

(III) Herz

1. Gelten Sie als jemand, der sich alles »viel zu sehr zu Herzen nimmt«, der ein »schreckhaftes«, »ängstliches«, »unruhiges« und »verzagtes« Herz hat?
2. Gibt es »Kränkungen«, die sich »tief in Ihr Herz gegraben« haben, die darin »bohren« und die Sie nicht »verwinden« können (»Winde, die aufs Herz drücken«), die Ihr Herz »aufwühlen«?
3. Fällt es Ihnen schwer, Ihrem »Herzen einen Stoß zu geben« und Ihrem Herzen »Luft zu machen« (nach dem biblischen Motto »Wes das Herz voll ist, des geht der Mund über«)?
4. Haben Sie Skrupel, sich aus »vollem Herzen« hinzugeben und Ihr »Herz zu verschenken«? Fehlt es Ihnen angeblich an »Herzlichkeit«? Kann es sein, daß bei manchem – zu Ihrer eigenen Betrübnis – »das Herz nicht mehr mitmacht«?
5. Hält man Sie gar für »engherzig«, »hartherzig«, »kaltherzig«, für jemanden, den gar zu vieles »kalt« läßt, der ein »Herz aus Stein« hat, das sich nicht »erweichen« läßt, oder dessen Herz nur »ein finsteres Loch« ist?
6. Ist für Sie ein Herzschrittmacher oder eine *Bypass-Operation* (Herzverpflanzung) nur eine technische Angelegenheit, und würden Sie auch bei sich selbst einen Herzinfarkt nur als einen

Motorschaden, als eine »Panne« werten wie DÜRRENMATTS Kunststoffvertreter Alfredo Traps im gleichnamigen Hörspiel?

Bei überwiegender Bejahung dieser Fragen ist eine Gefährdung Ihres Herzens auf lange Sicht nicht auszuschließen – besonders dann nicht, wenn Schrittmacherkrankheiten und Risikofaktoren die Gefahr für das Herz erhöhen (siehe Kapitel 17.3). Die *3. Übung des autogenen Trainings, die Herzübung,* mindert viele Gefahren. Sie ökonomisiert die Herzarbeit und verbessert deren Nutzeffekt. Zugleich bringt sie alle, die ihr Herz durch Dauerstreß malträtieren, wieder auf ein freundliches »Du und Du« mit ihrem Lebensmotor. Wenn dieser Gesichtspunkt genügend beachtet wird, bewährt sich diese Übung hervorragend bei der Vorsorge (Prävention) und Nachsorge (Rehabilitation) von Patienten mit Herzkranzgefäß-Durchblutungsstörungen und Herzinfarkten. Schließlich kann der mit dem autogenen Training beschrittene »Weg nach innen« durch »Innewerdung« und Wandlung auch dazu beitragen, jene »Weisheiten des Herzens« wiederzuentdekken, »von denen die Vernunft nichts weiß« (BLAISE PASCAL).

(IV) Atmungsorgane

1. Sind Sie, falls Ihnen jemand »auf den Schlips tritt«, so »geplättet«, daß Sie »keine Worte« dafür haben?
2. Verschlagen Ihnen »schwerwiegende« und »atembeklemmende« Mißstimmungen bzw. »Un-Stimmigkeiten« oft gleichermaßen Atmung und Stimme – derart, daß Ihnen die »Luft weg-« und das »Wort im Halse steckenbleibt« (Sprachlosigkeit, Versagen = »Frustration«!)?
3. »Bedrücken« Sie Sorgen und Ängste, die Sie »beklommen« machen und die Ihnen »wie ein Stein auf der Brust« liegen? Möchten Sie einmal wieder richtig »aufatmen« können?
4. Würden Sie – wenn Sie könnten, wie Sie wollten –, sich einmal »ordentlich Luft machen«, auf vieles »pfeifen«, diesem oder jenem die »Flötentöne beibringen« und anderen »etwas husten«?

5. Haben Sie bei Ihren Unternehmungen nicht gerade selten das Gefühl, daß Ihnen »die Luft ausgeht« oder daß Ihnen irgendwelche »Halsabschneider« die »Luft rauben«?
6. Ist Ihnen öfter so zumute, als ob Ihnen »das Wasser bis zum Halse steht« und als ob Sie bald »aus dem letzten Loch pfeifen«?

Wenn das meiste oder sogar alles zutrifft, atmen Sie sicherlich häufig falsch. Sie beschwören damit zwar keine Atemwegs- und Lungenerkrankungen herauf, beeinträchtigen aber doch Stimmung und Wohlbefinden. Mit der *4. Übung des autogenen Trainings, der Atemeinstellung,* überlassen Sie sich fast von selbst wieder einer natürlichen, wohltuenden Atmung. Die Wirkung der anderen Übungen wird dadurch vertieft. Sollten Sie an einer chronischen Atemwegserkrankung leiden, etwa an asthmatischen Krampfanfällen, so werden Sie die krampflösende 4. Übung nach einiger Zeit wahrscheinlich als »Schwerpunktübung« schätzen lernen.

(V) Verdauungsorgane und Stoffwechsel

1. Leiden Sie an »Unpäßlichkeiten«, und verspüren Sie »Widerwillen«, weil Ihnen vieles »nicht paßt« und »nicht schmeckt«, weil man Ihnen die »Suppe versalzen« hat oder weil Sie zu oft in einen »sauren Apfel beißen« müssen?
2. Sind Sie genötigt, allerhand zu tun, was Ihnen »an die Nieren geht« und was Sie eigentlich so »anekelt«, daß Sie es längst »satt haben«?
3. Gibt es »Schwerverdauliches«, das Ihnen »übel aufstößt« und wobei Ihnen öfter »der kalte Kaffee hochkommt« (kaffeesatzartiges Erbrechen bei blutendem Magengeschwür)?
4. Können Sie sich in vielen Situationen so »grün und gelb ärgern«, daß Sie »Gift und Galle spucken« oder daß Sie sich gar »ein Loch in den Bauch ärgern« (Magengeschwürsdurchbruch!)?
5. Haben Sie Hemmungen, sich einmal »frisch von der Leber weg« auszusprechen?
6. Existieren Probleme, die sich bei Ihnen »festgesetzt« haben, mit

denen Sie »nicht zu Potte kommen« und die Sie stets »zurückhalten« (Verstopfung), anstatt einmal »den Dingen ihren freien Lauf zu lassen«?

Im Ursachenbündel sowohl mancher vorübergehender Verdauungsstörungen (Durchfälle, Verstopfung) als auch bestimmter chronischer Magen-Darm-Erkrankungen (Magen- und Zwölffingerdarm-Geschwürleiden, geschwürige Dickdarmerkrankungen) spielen leib-seelische Zusammenhänge eine unbestreitbare Rolle. Das reichhaltige Schrifttum zur Psychosomatik bringt gerade dafür immer wieder Paradebeispiele. Aufregungen und Ärger können Magen-, Darm-, Gallen- und Harnleiterkoliken auslösen. Stoffwechselleiden wie die Zuckerkrankheit können durch seelische Einflüsse zumindest zeitweilig verschlimmert werden. Vieles, was »an die Nieren geht«, führt, wie wir heute wissen, zu einer überschießenden und gesundheitsschädigenden Ausschüttung von Streßhormonen aus den Neben-»Nieren«. So hat auch die *5. Übung des autogenen Trainings, die Leib- oder Sonnengeflechtsübung,* ihr eigenes, breites Anwendungsspektrum, das vielen Menschen zugute kommen kann. Vielleicht auch Ihnen? Daß diese Übung auch den Unterleib, das »Souterrain«, mit einschließt, sei nicht vergessen. Da bei den Unterleibsorganen der Frau viele Dysfunktionen und Verspannungszustände von vegetativ-nervösen und seelischen Einflüssen abhängen, hat das autogene Training auch in der Frauenheilkunde und Geburtshilfe einen hohen Stellenwert.

(VI) »Kopf« (zentralnervöse Funktionen, Sinnesorgane und Psyche)

1. Haben Sie sich in Ihrem Leben stets »nach der Decke strecken« und dabei »den Nacken steif« und den »Kopf hochhalten« müssen, um Ihren »Kopf durchzusetzen«?
2. Be-haupten Sie unablässig (Gegenteil von »lässig«!) Ihren »Standpunkt«, und würden Sie selbst dann »nicht lockerlassen«, wenn Sie »mit dem Kopf durch die Wand« müßten?

3. Gelten Sie als »unbeugsam« und »starrköpfig«, und beziehen Sie jederzeit und überall zu allem möglichen »Stellung«, auch wenn Sie gar nicht danach gefragt sind?
4. Stehen Ihnen die »Haare zu Berge«, und geht Ihnen der »Hut hoch«, wenn Sie in »haarigen Situationen« etwas »haarsträubend« finden oder wenn Sie denken, »mich laust der Affe«?
5. Reagieren Sie, wenn Ihnen etwas »nicht nach der Mütze« ist – statt besonnen und mit »kühlem Kopf« –, eher wie ein »Hitzkopf«, dem rasch die »Zornesadern« anschwellen und die »Hutschnur platzt«?
6. Schwirrt Ihnen so viel im Kopf herum, daß Ihnen manchmal »Hören und Sehen vergeht«, daß Sie nicht mehr wissen, »wo Ihnen der Kopf steht«, und daß Sie oft schlaflose Nächte haben?

Blicken Sie zeitweilig nicht mehr durch? Fehlt es Ihnen an »Weitblick«, weil Sie gewissermaßen ein »Brett vor dem Kopf« daran hindert? Täte es hin und wieder not, Ihnen »den Kopf zurechtzurücken«, da Sie sich »versehen«, »vergucken« und »den Kopf nicht am rechten Platz« haben? Wissen Sie, wo bei Ihnen »der Zahn (oder der Schuh) drückt«, was bei Ihnen »faul« ist, welchen »Zahn Sie sich ziehen lassen« müssen? So könnte dieser Fragenkatalog beliebig weitergehen...

Wenn Sie sich einen »konzentrierteren«, »klareren«, »kühleren« Kopf bei Tag und einen »freieren« Kopf und besseren Schlaf bei der Nacht wünschen, dann wäre bei Ihnen nach Aneignung des gesamten Trainingspensums vielleicht die *6. und letzte Übung des autogenen Trainings, die konzentrative Kopfübung (Stirnkühle)*, als »Schwerpunktübung« besonders empfehlenswert. Sie kann auch dazu beitragen, mancherlei wirkliche Kopfschmerzen (besonders »Spannungskopfschmerzen«) zu lindern und die Häufigkeit, Heftigkeit und Dauer von Migräneanfällen zu reduzieren. Zusammen mit den anderen Übungen des autogenen Trainings kann diese Übung sogar wirkungsvoll die medikamentöse und operative Behandlung von Patienten mit erhöhtem Augeninnendruck (»grüner Star« = Glaukom) vervollständigen. Der erhöhte Druck senkt sich, und auch ein teilweise eingeschränktes Gesichtsfeld kann sich im eigentlichen wie im übertragenen Sinn wieder erweitern. Zu guter Letzt kann autogenes Training auch Ihre Furcht vor dem Zahnarzt mindern und Sie darauf vorbereiten, daß Sie sich womöglich (tatsächlich oder wiederum im übertragenen Sinn) »einen Zahn ziehen lassen« müssen.

6

Allgemeine und spezielle Anwendungsmöglichkeiten des autogenen Trainings von A bis Z

Zum raschen Nachschlagen und zur besseren Übersicht werden nachstehend in alphabetischer Reihenfolge nochmals alle Möglichkeiten, mit autogenem Training das Leben in gesunden und kranken Tagen lebenswerter zu machen und mancherlei Krankheiten, Widerwärtigkeiten und Beschwerden besser zu bewältigen, tabellarisch zusammengefaßt.

6.1 Allgemeine Anwendungsmöglichkeiten

In *Tabelle A* (siehe Seite 57) finden Sie krankheitsunabhängige und *allgemein wünschenswerte, positive Ziele,* zu deren Erreichung das autogene Training beitragen kann *(Allgemeinindikationen).* Alle genannten Vorsätze fallen in den Bereich der *Psychohygiene* und einer *sinnvollen Lebensordnung* und *Daseinsgestaltung.*

Obwohl die Tabelle auch der Kurzinformation dienen will, ist es dennoch lohnend, sich mit ihr in einer stillen Stunde einmal eingehender zu befassen und über einige Begriffe nachzudenken. Die Tabelle ist nämlich nicht so zu verstehen, als ob man lediglich autogen zu trainieren braucht, und schon sind wie auf Knopfdruck alle genannten Ziele erreichbar. Wohl aber trägt das autogene Training dazu bei, Hindernisse zu beseitigen, die den positiven Zielen entgegenstehen. Verspannungen und Verkrampfungen, Hektik, nervöse Reizbarkeit und Überempfindlichkeit, verlorener Gesundheitsinstinkt, mangelnde Erholung und schlechter Schlaf sind beispielsweise derartige Hindernisse, die die Erfüllung vieler guter Vorsätze vereiteln und blockieren können. Wer nie zur Ruhe kommt, wird nie seine Erlebnisse vertiefen können und nie den Weg nach innen finden. Wer verkrampft ist, wird sich nie voll seines Daseins erfreuen. Wer verspannt ist, wird nie voll handlungsfähig sein usw. Wer weiß, wie viele Chancen Sie durch Verspannung und Verkrampfung, Nervosität und Unbesonnenheit schon verpaßt und wie viele Prüfungen Sie durch äußere und innere Unruhe vermasselt haben? Womöglich sind unversöhnlicher Starrsinn und unnötige Konflikte, Unkonzentriertheit und mangelnde Erlebnisfähigkeit ein Ausdruck Ihrer ständigen Verspannung und Verkrampfung? Vielleicht sind sie nur ein Zeichen dafür, daß Sie nicht loslassen können oder sich nicht fallenlassen können, um gelassen zu werden? Gerade das aber ist durch konsequentes autogenes Training mit der Zeit erlernbar. Mit mehr Selbstvertrauen und zunehmender innerer Unabhängigkeit und Sicherheit dienen Sie zugleich Ihrer Gesundheit. Der Heidelberger Psychologe Professor GROSSARTH-MATICEK hat in einer 10jährigen Studie mit über 1000 Personen eindeutig nachweisen können, daß souveräne Menschen seltener krank werden! Je mehr praktische Fortschritte Sie beim autogenen Training machen, um so mehr werden Sie erkennen, welche Hilfe es auch Ihnen gewähren kann, um mehr Souveränität und alle in der Tabelle A genannten Ziele zu erreichen.

Nicht von ungefähr nennt die Tabelle auch Freude, Hoffnung, Zuversicht, Liebe und Frohsinn. Der sagenumwobene, in mehreren medizinischen Disziplinen beschlagene, aber auch von der Macht der Suggestion und Selbstsuggestion überzeugte Doktor med. Hiob Praetorius, den sein Erfinder, der Dichter CURT GOETZ, dem Charakter von J. H. SCHULTZ nachempfunden hat, appellierte an seine Studenten: »Was uns fehlt, ist *Freude,* was wir brauchen, ist *Hoffnung,* was uns not tut, ist *Zuversicht,* wonach wir dürsten, ist *Liebe,* und wonach wir verschmachten, ist *Frohsinn.*«

Tabelle A

Positive Ziele, die mit autogenem Training leichter erreicht werden können (alphabetisches Spektrum der Allgemeinindikatioinen)

A Abhärtung (körperlich und seelisch), Abregen, Abstand gewinnen, Abschalten, Affekte dämpfen, Aggressionen abbauen, Angst überwinden

B Befindensbesserung (siehe Tabelle B), Beruhigung und Besonnenheit, Brücken bauen

C Chancen wahrnehmen, »Compliance« (Begriff für Verhaltensdisziplin, speziell bei der Befolgung ärztlicher Verordnungen)

D Dankbarkeit, Daseinsbewältigung, Dialogfähigkeit, Du-Findung (J. H. SCHULTZ: »Ich sehe den anderen«), Durchstehvermögen

E Einander annehmen, Einfühlsamkeit, Entkrampfung, Entspannung, Erfrischung, Erholung, Erlebnisvertiefung, Energie tanken, Entscheidungen treffen (frei und souverän)

F Fairneß, Fehler tolerieren (bei sich und anderen), Fitneß, Freiheit (innere), Freude und Frohsinn, Frieden schaffen (persönlich und allgemein: »Schwerter zu Pflugscharen«!), Furchtlosigkeit

G Gedulds- und Gedächtnistraining, Gefühlsvertiefung, Gelassenheit, Gesundheitsinstinkt, Gleichmut, Großzügigkeit

H Handlungsfähigkeit, Harmonisierung aller körperlichen und seelischen Funktionen, Herzlichkeit, Hingabefähigkeit, Hoffnung

I Ich-Findung, Innnenschau, Instinktsicherheit

J Ja zum Leben

K Körperfühlvermögen wecken (inneres Wahrnehmungsvermögen), Kompromißbereitschaft, Konfliktfähigkeit, Konzentrationssteigerung, Kreativität, Krisenmeisterung, Kritik vertragen, »Kummerspeck« abbauen

L Lebensmut, Leistungsverbesserung, Lernwilligkeit, Liebe (vgl. Seite 56), Lockerung, loslassen können

M Maßhalten, Mauern und Mißtrauen überwinden, Merkfähigkeitsverbesserung, Mitmenschlichkeit, Muße

N Nahrungs- und Genußmitteleinschränkung (soweit nötig), Nervenberuhigung (»ruhige Nerven sind das halbe Leben«)
O Offenheit, Ordnung
P Planhaftigkeit (ohne Perfektionismus), Problemminderung, Prüfungszuversicht
Q Qualitätszuwachs (Lebensqualität)
R Realitätssinn, Ressentimentabbau, Ruhe (innere)
S Sachlichkeit, Selbstbeherrschung, Selbstbewußtsein, Selbstentfaltung, Selbstvertrauen, Sicherheit, (innere) Souveränität, Sinnfindung, Schaffensfreude, Schlafförderung, Standhaftigkeit, Streßabbau
T Toleranz
U Unbefangenheit, Umsicht, Unverzagtheit
V Vergangenheitsbewältigung, Vergebungs- und Versöhnungsfähigkeit, Vertrauensbildung, Vorurteilslosigkeit
W Wertfindung, Wesensschau (Wesentliches von Unwesentlichem unterscheiden)
X »X nicht für ein U vormachen lassen«
Z Zäune abbauen, Zivilcourage, Zufriedenheit, zuhören können, Zu-sich-selbst-Finden, Zuversicht

6.2 Spezielle Anwendungsmöglichkeiten

Daß das autogene Training sich als Basis- und Ergänzungsbehandlung auch bei einer Reihe von *Krankheitsbildern* bewährt hat, klang schon wiederholt an. *Tabelle B* (siehe Seite 60) faßt diese Krankheitsbilder zusammen *(spezielle Indikationen)*. Dabei ist zu beachten, daß das autogene Training kein Allheilmittel ist. Erst nach gründlicher Diagnostik kommt ihm ein bestimmter Stellenwert im Rahmen einer übergeordneten, gezielten Behandlung des Grundleidens zu. Je stärker die ärztliche Diagnose vegetativ-nervöse (nicht neurotische) Fehlsteuerungen als das Krankheitsbild mitprägenden Faktor feststellt und je konsequenter der Patient übt, desto größer ist die Chance, daß das autogene Training entscheidend zur Gesundheit beiträgt.

Welcher Stellenwert dem autogenen Training in einem Gesamtbehandlungsplan von Fall zu Fall gebührt, sollte nur der Arzt entscheiden. Regelmäßiger Kontakt mit dem Hausarzt beugt auch der Gefahr vor, daß durch autogenes Training erste Anzeichen ernster Erkrankungen hinwegsuggeriert und verschleiert werden. Besonders in ernsteren Krankheitsfällen bedeutet die Inanspruchnahme des autogenen Trainings natürlich keinen Verzicht auf andere, oft wirksamere Behandlungsmethoden. Wohl aber können durch autogenes Training z. B. manche Operationen und Entbindungen leichter verlaufen. Zahnärztliche Behandlungen verlieren ihren Schrecken. Oft kann auf Narkosemittel verzichtet werden. Manche aufwendige Kuren lassen sich verkürzen und vereinfachen (vgl. Tabelle Seite 157). Es hat jedoch keinen Sinn, im vorhinein übersteigerte Hoffnungen auf das autogene Training zu setzen. Stets ist geduldiges und ausdauerndes Üben (ohne Übertreibungen) vonnöten. In dieser Hinsicht lassen sich die bei *passiver Konzentration* durchzuführenden Übungen des autogenen Trainings durchaus mit krankengymnastischen Übungen vergleichen, die bei *aktiver Konzentration* durchgeführt werden. Auch in der Orthopädie oder Unfallheilkunde führen krankengymnastische Übungen nur zum Erfolg, wenn sie geduldig und konsequent durchgeführt werden.

Bei manchen der in der Tabelle B aufgezählten Krankheitsbilder gewinnt das gesundheitsfördernde autogene Training seine volle Durchschlagskraft erst, wenn es so sicher beherrscht wird, daß es durch spezielle formelhafte Vorsätze und Leitsprüche vertieft werden kann (vgl. Kapitel 14). Auch wenn gelegentlich von einer sofortigen, schlagartigen Wirkung berichtet wird, treten die Erfolge in der Regel erst allmählich ein. Besonders bei anfallsartigen Beschwerden wie Migräne, Bronchialasthma, Angina pectoris und Bauchkoliken ist kaum mit einer raschen Heilung zu rechnen. Bei vorschriftsmäßigem Üben werden die Anfälle mit der Zeit jedoch nicht mehr so häufig, heftig, lästig und lang sein.

Von nur geringem Nutzen ist das autogene Training bei Menschen, die an Zwangsvorstellungen leiden und die zu Zwangshandlungen neigen. Bei schubweise auftretenden sogenannten Psychosen ist es mit nervenärztlichem Einvernehmen nur im Intervall angebracht.

Ausbleibender Erfolg, vor allem in den ersten Wochen, darf nicht entmutigen. Es gibt gesetzmäßige Übungskrisen, von denen in späteren Kapiteln noch mehrfach die Rede sein wird (vgl. Kapitel 16).

Wer das autogene Training nur wegen der in Tabelle A (Allgemeinindikationen) aufgezählten Ziele erlernen möchte, kann ohne Risiko auch an Kursen teilnehmen, die von versierten Diplompsychologen oder Pädagogen geleitet werden. Allerdings sollte sichergestellt sein, daß diese das bewährte Verfahren von SCHULTZ nicht eigenmächtig ummodeln (siehe Adressenempfehlungen im Anhang).

Wer sich entschließt, einen Kurs vorwiegend wegen Leiden und Beschwerden zu belegen, die in der nachfolgenden Tabelle B (spezielle Indikationen) genannt sind, sollte Kurse vorziehen, die unter Leitung von Ärzten stehen oder zumindest ärztlich überwacht werden.

Tabelle B

*Krankheiten und Beschwerden, bei denen es sich lohnt, zusätzlich das autogene Training anzuwenden (alphabetisches Spektrum spezieller Indikationen)**

A Allergiebereitschaft, Angina pectoris (nervöse und organische), Asthma bronchiale

B Blasenbeschwerden (funktionelle), Blutentnahmen (Furcht vor), Bluthochdruck (»essentieller«)

C »Colitis« (speziell »Colitis ulcerosa«, »Colon irritabile« und »Morbus Crohn«)

D Durchblutungsstörungen (überwiegend funktionelle), Durchfall (unspezifischer)

E Ekzemneigung, Erblindungsängste, Erbrechen (nervöses), Errötungsfurcht

F Fehlhaltungen (seelische), Fettsucht

* Alle in dieser Tabelle angegebenen Indikationen sind in der Fachliteratur durch kritische Erfahrungsberichte vielfach belegt.

G Gallenblasen- und Gallenwegskrämpfe, Geburtserleichterung, Gefühlskälte, Genußmittelmißbrauch
H Herzinfarktvor- und -nachsorge, Herz-Kreislauf-Beschwerden, Herzrhythmusstörungen (funktionelle)
I Impotenz (psycho-nervöse)
J Juckreiz (speziell bei Neurodermitis)
K Kaltfuß, Katheteruntersuchungen (Furcht vor), Kopfschmerzen, Kreislaufregulationsstörungen und Kreuzschmerzen (ohne ernste Grunderkrankungen)
L Lebensmüdigkeit und Lernstörungen (ergänzend zur sonstigen Behandlung)
M Magengeschwürneigung, Magenkrämpfe, Medikamentenmißbrauch, Menstruationsbeschwerden, Muskelverspannungen
N Nervenwurzelreizungen, Nesselsucht, Neuralgien (Nervenschmerzen), Nieren- und Harnleiterkoliken (funktionelle)
O Obstipation (Verstopfung), Operationsvor- und -nachsorge
P Phantomschmerzen, psychovegetativer Überbau bei Querschnitts- und anderen Lähmungen, psychovegetative Versagenszustände (situative, nicht echte Depressionen)
R Rheumatische- und Rückenbeschwerden, Reisekrankheiten, Reizhusten
S Sexuelle Störungen, Sodbrennen, Schilddrüsenfunktionsstörungen (überwiegend funktionelle), Schlafstörungen, Schluckauf, Schmerzen (allgemein), Schreibkrämpfe, Schulter-Nacken-Steife, Schwangerschaftsbeschwerden, Stottern (ergänzend zu logopädischer Spezialbehandlung)
T Tremor und Tics (umschriebenes Muskelzittern)
U Unterleibsbeschwerden, Übelkeit
V Vegetative Dystonie, Verhaltensstörungen
W Warzen (versuchsweise), Wechseljahrbeschwerden
Z Zahnärztliche Behandlungen (Furcht vor), Zähneknirschen, Zahnschmerzen, Zuckerkrankheit, Zwölffingerdarm-Geschwürleiden (Begleitbehandlung)

Viele der in dieser Tabelle genannten Leiden und Beschwerden gehören zu den häufigsten Gesundheitsstörungen überhaupt. Sie zählen nach dem für Allgemeinpraxen geltenden *Braunschen Fall-*

verteilungsgesetz zu den alltäglichen Beratungsursachen. Die Mehrzahl aller Arbeitsausfälle geht auf ihr Konto. Nach repräsentativen Meinungsumfragen und Praxiserhebungen rangieren im mittleren Lebensalter Schmerzen aller Art (einschließlich rheumatischer- und Magenbeschwerden), psychovegetative Versagenszustände, Kreislauf- und Blutdruckentgleisungen und Zirkulations- und Schlafstörungen in der Ursachenskala ärztlicher Konsultationen und spezieller Arzneimittelverschreibungen auf den sechs vordersten Plätzen. Dächte man noch viel häufiger als bisher bei alledem auch an die Möglichkeiten des autogenen Trainings, so würde das von erheblichem persönlichen und volkswirtschaftlichen Nutzen sein. Es würde viel Leid und Unbehagen ersparen, die Arbeitsunfähigkeitszeiten verkürzen und ärztliche Praxen und Krankenkassen entlasten. Zu guter Letzt könnte das autogene Training dazu beitragen, unseren hohen Arzneimittelkonsum, der den Durchschnitt anderer Länder weit übertrifft, auf ein vertretbares Maß zu reduzieren. Auf jeden Bundesbürger entfallen im Laufe seines Lebens zwischen 30000 und 50000 Einnahmen von Arzneien! Nach dem *Arzneimittelverordnungs-Report '89* werden in der Bundesrepublik jährlich allein 1,24 Milliarden Beruhigungsmittel, das heißt Psychopharmaka, Hypnotika und Sedativa, verbraucht!

Patienten, die zum autogenen Training mit ärztlicher Empfehlung wegen spezieller Beschwerden und Leiden (siehe Tabelle B) kommen, konstatieren übrigens in hohem Prozentsatz zugleich günstige Allgemeinerfahrungen im Sinne der Tabelle A.

Mit Gewinn können schon *Kinder* das autogene Training lernen. Sobald sie schulreif sind, eignen sie sich leicht Schwere- und Wärmeübungen an. Einige bedienen sich schon früh formelhafter Vorsätze (siehe Seite 131). Spätestens ab dem 12. Lebensjahr können in der Regel alle Grundübungen vermittelt werden – besonders dann, wenn auch die Eltern damit vertraut sind. Es hat jedoch wenig Zweck, Kinder ins autogene Training abzuschieben, wenn die Eltern es eigentlich nötiger hätten!

7

Wozu muß man beim autogenen Training bereit sein?

Die Teilnahme am autogenen Training ist nutzlos, wenn man es nur passiv hinnimmt, etwa so wie eine Badekur, und nicht gleichzeitig im Sinn einer Umstellung der Lebensweise zu Hause fortsetzt.

10 Grundregeln sind zu beachten:

1. Jeder muß wissen, warum er übt und ob sich das Übungsziel für ihn lohnt. Er muß freiwillig mitmachen. »Man kann das Pferd zum Wasser führen, aber man kann es nicht zum Trinken zwingen« (englisches Sprichwort).
2. Freiwilligkeit bedeutet auch pünktliche und regelmäßige Teilnahme an allen Übungen. Gelegentliche Teilnahme an einzelnen Übungen ist sinnlos. Ein Schüler kann auch nicht nach ein oder zwei Schultagen sagen, daß der weitere Schulbesuch für ihn unnütz ist. Wenn er trotzdem ausnahmsweise fehlt, bekommt er noch keine schlechten Zensuren. Er muß aber seine Situation mit dem Lehrer besprechen.
3. »Alles in der Welt geht in Wellenlinien; wehe dem, der überall das Lineal anlegt«, schreibt der Dichter WILHELM RAABE. Auch beim autogenen Training wird es gute und schlechte Tage geben. Weder Sie selbst noch Ihr Übungsleiter sollten dann das Lineal anlegen.
4. Jeder muß bereit sein, dem autogenen Training während der Dauer des Übungskurses täglich wenigstens 3×5 Minuten zu widmen (siehe Seite 95). Später muß auf Monate hinaus noch

wenigstens einmal täglich geübt werden. Diese Übungszeiten entsprechen dem für das autogene Training ermittelten Optimum (vgl. Kapitel 11, Zwischenlektion b, Seite 95). Bei allen Lern- und Bewegungsübungen gibt es ein solches Übungsoptimum, dessen Dauer je nach Übungsart unterschiedlich sein kann. Auch passive Übungen wie Kneipp-, Massage-, Bade- und Elektroanwendungen haben ihr jeweiliges Übungsoptimum. Es sollte nie überschritten werden. Die Meinung »Viel hilft viel« ist irrig. Oft wäre weniger mehr gewesen. Häufiges kurzes Üben ist anfangs besser als gelegentliches langes Üben.

5. Wenn einzelne Übungen mißlingen, können sie nach Rücksprache mit dem Übungsleiter gelegentlich unterbrochen oder ausgelassen werden. Grundsätzlich sollte man aber deshalb nicht mit dem Üben überhaupt aufhören. Wir müssen bereit sein, Fehler zu erkennen und aus ihnen zu lernen. Eine verlorene Schlacht ist noch kein verlorener Krieg.
6. Ein gelegentlich zum besseren Vertrautwerden mit dem eigenen Organismus empfohlener »Spaziergang durch den eigenen Körper« dient nicht dem Aufbau des autogenen Trainings, wenn er, statt festen Regeln zu folgen, unverbindlich mal hierhin, mal dorthin führt. Wie beim Erlernen eines Instrumentes, einer Fremdsprache, des Autofahrens oder Schreibmaschinenschreibens führt nur regelmäßige Wiederholung der stets gleichen Übungen zu dauerhaftem Erfolg. Instrumente, Vokabeln und Tastaturen ändern sich nicht. Sie können sich nicht uns anpassen, wir müssen uns ihnen anpassen. Auch das Instrumentarium und Vokabular des autogenen Trainings liegt fest. Wir müssen uns beim Lernen streng danach richten.
7. Dennoch sollten wir unser Pensum nicht mit Verbissenheit durchziehen. Wir müssen geduldig, gelassen, besonnen und zuversichtlich üben. Damit ersparen wir uns die Erfahrung, daß auch beim autogenen Training das Gesetz von der das Gegenteil bewirkenden Willensanstrengung gilt: Wer schlafen will, schläft gerade nicht. Man muß sich in den Schlaf fallen lassen. Die Engländer nennen es »to fall asleep« (entsprechend in der Liebe »to fall in love«). Im Holländischen heißt es »in slaap vallen«.
8. Entspannung ohne Anspannung ist umsonst. Dauernde Untä-

tigkeit schwächt. Entspannung und Anspannung müssen in einem sinnvollen Wechsel zueinander stehen. Dauerentspannung macht fahruntüchtig – zum Autofahren und auch zur Lebensbewältigung! Mit autogenem Training geht man nicht auf einen »Trip«, und »man flippt nicht aus«. Selbst vernünftiger Freizeitausgleich wie beispielsweise Sport oder Musizieren vollzieht sich in einem angemessenen Wechsel von Anspannung und Entspannung. (J. H. SCHULTZ war in seiner Freizeit ein exzellenter Reiter und konzertreifer Geiger.) Um die für den Alltag notwendige Ausgangsspannung zu erlangen, muß die konzentrative Selbstentspannung des autogenen Trainings planmäßig »zurückgenommen« werden. Die »Rücknahmeformel« ist deshalb genauso wichtig wie die sechs Übungsformeln (siehe Seite 92).

9. Schließlich muß jeder, der am autogenen Training teilnehmen will, seinen Entschluß Mitpatienten und den nächsten Familien- und Betriebsangehörigen mitteilen und ihnen dabei kurz erklären, worum es sich handelt. Niemand kann konzentriert üben, wenn er das Gefühl hat, daß sein Nächster ihn für einen Spinner hält.
10. Zu guter Letzt sollten Sie, wenn Sie das autogene Training zu erlernen versuchen, Ihre Nervosität nicht so wichtig nehmen. Wir sind oft geneigt, das Durcheinander und die Vielfalt nervöser Störungen, die zusammengefaßt als vegetative Dystonie bezeichnet werden, für einen Tribut zu halten, den wir der Hektik unserer modernen, nervenaufreibenden Zeit zollen. Blättern wir aber in alten Büchern, die berühmte Ärzte und Naturheilkundige wie beispielsweise SEBASTIAN KNEIPP schon vor mehr als 100 Jahren schrieben, so erfahren wir, daß auch unsere Vorfahren schon von nervösen Beschwerden geplagt wurden. Für ihre vegetative Dystonie waren damals lediglich andere Namen gebräuchlich. Allgemeine Unruhe, unwillkürliche Gliederzuckungen, Herzstolpern, falsches Atmen, Schluckauf, Brechneigungen, »versetzte Winde«, Stuhlträgheit, nervöse Durchfälle oder Schlafstörungen können wir gelegentlich sogar bei unseren Haustieren beobachten. Anders als wir haben sie all dem jedoch etwas entgegenzusetzen, das

den meisten von uns verlorengegangen ist: die natürliche Fähigkeit zur Entspannung! Es kommt deshalb für uns nicht so sehr darauf an, den Symptomen unserer vegetativen Dystonie zuviel Gewicht beizulegen, sondern einzig und allein darauf, die natürliche Fähigkeit zur Entspannung wiederzuerlangen. Je mehr wir beim Erlernen des autogenen Trainings ängstlich unsere Anfangsschwierigkeiten verfolgen oder uns sogar damit selber verrückt machen, um so mehr bringen wir uns in eine angespannte Erwartungshaltung, welche die bestmögliche Aneignung des autogenen Trainings vereitelt. Wir dürfen uns nicht selber dadurch entmutigen, daß wir schon nach wenigen Tagen resigniert bilanzieren, das autogene Training habe ja immer noch nicht geholfen. Wenn es uns statt dessen gelingt, unsere Anfangsschwierigkeiten nicht so wichtig zu nehmen, werden wir eines Tages mehr beiläufig, aber erstaunt, feststellen, daß sie mit zunehmenden Übungsfortschritten allmählich von selbst nachlassen. Nicht die vegetative Dystonie ist der Tribut, den wir unserer hektischen Zeit zollen, sondern die verlorene Fähigkeit zum Streßabbau und zur Entspannung! Darum geht es bei einem autogenen Trainingskurs nicht in erster Linie um unsere vielen Wehwehchen, sondern nur darum, verschüttete Entspannungsmechanismen wieder systematisch zur Entfaltung zu bringen.

8

Welche äußeren Vorbedingungen verlangt das autogene Training?

Nicht mehr als solche, die sich seit eh und je zur Förderung von Konzentration und Entspannung bewährt haben.

8.1 Abschirmung unserer fünf Sinne

Wir lassen beim autogenen Training nicht mehr Umwelteinflüsse auf unsere fünf Sinne einströmen als unbedingt erforderlich:

1. *Lichtsinn:* Abschaltung aller störenden optischen Reize! Der Übungsraum soll nicht total finster, wohl aber leicht abgedunkelt sein. Jede »magische Beleuchtung« ist abzulehnen. Es genügt, an den Fenstern die Übergardinen zuzuziehen, die Blenden zu schließen oder Sonnenrollos und Jalousien herunterzulassen. Von Kindheit an haben wir erfahren, daß ein angenehmes Dämmerlicht Konzentration und Entspannung vertieft. Wie sehr empfinden wir es als Liebesdienst, wenn bei kurzer Mittagsruhe ein fürsorglicher Partner leise die Vorhänge zuzieht!
2. *Gehörsinn:* Abschaltung aller störenden akustischen Reize! Der Übungsraum soll fernab vom Verkehrs-, Industrie- und Radiolärm, von Kindergeschrei, Schreibmaschinen-, Türen- und Tellerklappern liegen. Haustürklingel und Telefon sollen möglichst abgestellt sein.
3. *Geruchs-* und *Geschmackssinn:* Ungewohnte Gerüche können stören, manchmal sogar Küchengerüche. Nichtraucher leiden unter Tabakgerüchen. Der Übungsraum muß deshalb vor dem Üben gut durchlüftet werden, sofern nicht gerade vor seinen

Fenstern ein Feld mit Jauche gedüngt wird oder Industrie- und Autoabgase die Luft verpesten. Gelegentlich müssen Übungsteilnehmer unterbrechen, weil sie die Füße ihres Nachbarn nicht mehr riechen können. Nicht selten stören auch Geruch und Geschmack von Speiseresten.

4. *Temperatursinn:* Der Übungsraum darf nicht zu warm und nicht zu kalt sein. Hitze macht unfähig zur Konzentration. Kälte verspannt. Zugluft ist zu vermeiden. Wird im Liegen geübt, soll der Liegende so gleichmäßig bedeckt und die Unterlage so ausgewogen sein, daß keine Luftströmungen das Temperaturgleichgewicht stören.
5. *Tast-* und *Schmerzsinn:* Ausschaltung aller störenden Berührungsreize! Es soll weder der »Schuh drücken«, noch der »Kragen platzen«! Die Schuhe werden deshalb vor dem Üben ausgezogen. Die oberen Hemden- und Kragenknöpfe werden geöffnet, Krawattenknoten gelockert. Auch der oberste Hosenknopf soll geöffnet und der Hosengürtel weit geschnallt werden. Alle Gegenstände, die drücken und einengen könnten, sollten abgelegt werden (Brille, Gebiß, Ringe, Armbanduhren, Schmuck, Hosentascheninhalt). Sowohl im eigentlichen als auch im übertragenen Sinn soll nichts bedrücken und beengen! Lästige Speisereste zwischen den Zähnen sind vor dem Üben zu beseitigen. Frauen üben am besten im Haus- oder Trainingsanzug, ohne einzwängende Büsten- oder Hüfthalter und mit lockerem Haar.

Unter störenden Schmerzen ist autogenes Training für Anfänger sinnlos. Eventuell müssen die Übungen dabei vorzeitig mit der richtigen Formel »zurückgenommen« werden (siehe Seite 92). Dasselbe gilt auch bei Husten, Niesen, unwillkürlichem Hand-vor-den-Mund-Halten oder laufender Nase. Selbstverständlich wäre es auch sinnlos, weiterzuüben, wenn uns ein Jucken quält oder eine Fliege auf der Nasenspitze Foxtrott tanzt.

Die Beachtung aller dieser Hinweise ist besonders für Anfänger sehr wichtig. *Damit das autogene Training später auch unter ungünstigen Bedingungen angewendet werden kann, soll es zunächst unter möglichst günstigen Bedingungen erlernt werden!*

8.2 Wie sollen Übungsräume für Gruppenkurse beschaffen sein?

Unter Berücksichtigung der zuvor geschilderten äußeren Bedingungen folgen hier noch einige Empfehlungen zur optimalen Raumgestaltung für *Ärzte, Schul- und Institutsleiter, Klinik- und Verwaltungschefs, Betriebs- und Kurdirektoren, Vereinsvorsitzende und Gruppenleiter*, die in ihren Bereichen gerne Kurse für autogenes Training zu einer festen Einrichtung machen möchten.

Kleine Gruppen sind am besten überschau- und korrigierbar!

Um in bequemen (!) Liegestühlen Platz für etwa 20 bis 30 Teilnehmer zu haben, die einander weder behindern noch sich beengt fühlen, muß der Unterrichtsraum wenigstens 8×6½ Meter groß sein. Dabei sollte sich der Eingang möglichst an einer Längsseite in der Nähe der Mitte befinden. Hier müßte der unterrichtende Übungsleiter seinen Platz haben. Die Liegestühle müßten von hier aus im offenen Rechteck angeordnet werden. Beim Üben im Liegen darf die Unterlage weder zu hart noch zu weich sein. Der Körper soll ohne wahrnehmbare Druckunterschiede bequem aufliegen. (Wird zu Hause im Bett geübt, ist eine gleichmäßige Bedeckung bis zur Schulter zweckmäßig; vor dem Üben alle Bettfalten glätten!)

Der Übungsraum braucht keine geheimnisvolle Beleuchtung, sollte aber am Tag nach außen gegen grelles Tageslicht durch farblich möglichst unauffällige Stores oder Rollos abgeschirmt werden. Für Übungen während der Abendstunden empfiehlt sich eine zwar gleichmäßige, aber dennoch schwache und indirekte Beleuchtung. Die Wände sollen ungemustert sein und weder magische noch Schockfarben haben. Gut geeignet sind gedämpfte Pastellfarben wie blau, gelb, grün oder hellgrau (kein grelles Weiß!). Einige wenige, unaufdringliche Wandbilder, die zur »Ruhetönung« beitragen können (siehe Seite 78), sind nicht verkehrt.

Akustische Reize sind vermeidbar, wenn der Raum möglichst fernab von Durchgangsstraßen, Parkplätzen und sogenannten Wirtschaftshöfen liegt. Auch sollten sich in der Nähe keine Toiletten, keine Räume mit Publikumsverkehr und keine Funktionsräume mit lärmenden Arbeiten befinden (z. B. Küchen, Werkstätten, Gymnastikräume u. a.). Da das Training grundsätzlich nicht durch Telefonanrufe unterbrochen werden soll, kann ein Fernsprecher im Übungsraum fehlen. Es sollten auch keine Suchuhren oder Funkgeräte mit Summern oder »Piepsern« in der Nähe sein.

Zweckmäßig sind ein Vorflur und ein Wartezimmer, wo die Teilnehmer sich zugleich ungeniert umkleiden können, weil es sowohl im Winter als auch direkt nach Betriebsschluß oft nicht möglich ist, schon in salopper und gelockerter Kleidung zur Übungsstätte zu kommen.

Daß Übungsräume auch möglichst geruchsfrei und in den Pausen durch einen geräuschlosen Ventilator ohne Temperaturänderungen gut belüftbar sein müssen, wird oft nicht genügend beachtet. Für den Fall, daß Temperaturschwankungen unvermeidbar sind, sollten für die Übenden Decken bereitgehalten werden.

Zur bequemen Lagerung sind Nacken- und Knierollen erforderlich. Außer Liegestühlen sollten für abschließendes Üben im Sitzen in der Nähe auch entsprechend viele Hocker greifbar sein (vgl. nächstes Kapitel). Liegestühle und Hocker dürfen nicht zu dicht aneinanderstehen, damit der Übungsleiter jederzeit die Möglichkeit zu Pulskontrollen und zur individuellen Überwachung und Korrektur von Schulter-, Arm- und Beinentspannung hat, ohne dabei andere Übungsteilnehmer zu stören.

All diese Vorschläge haben die bestmögliche Durchführung des autogenen Trainings zum Ziel. In der Praxis werden sich aber nur selten alle Vorschläge ideal verwirklichen lassen. Gute Übungsleiter werden zur Not auch in Klassenzimmern oder Gaststättensälen befriedigende Erfolge erzielen. »Semper aliquid haeret.« Es ist besser, unter ungünstigen Bedingungen zu üben, als gar nicht zu üben. Dennoch sind günstige Bedingungen das allerbeste!

Häufig werden sich auch, wo Kurse für autogenes Training zum festen Programm gehören, mehr als 30 Interessenten anmelden. Außerdem kann die Zahl der Übungswilligen stärker schwanken. Da nur selten mehrere Übungsleiter zur Verfügung stehen und die meisten Übungsleiter nebenberuflich arbeiten, wird es nur ausnahmsweise möglich sein, mehrere Kurse nebeneinanderher laufen zu lassen. Es ist deshalb günstig, in der Nähe einen weiteren

Vielzweckraum mit Stühlen für 60 bis 70 Teilnehmer zur Verfügung zu haben, der im übrigen den hier gegebenen Empfehlungen weitgehend gerecht werden sollte. Das Training kann dann, den jeweiligen Erfordernissen entsprechend, wahlweise in kleineren oder größeren Gruppen, liegend oder sitzend durchgeführt werden.

Alle Ärzte, Schul- und Institutsleiter, Klinik- und Verwaltungschefs, Betriebs- und Kurdirektoren, Vereinsvorsitzenden und Gruppenleiter, die in ihren Bereichen Kurse für autogenes Training organisieren wollen, sollten sich darüber klar sein, daß es nicht zu verantworten ist, solche Kurse Krankengymnasten, Bademeistern, Masseuren oder anderen Angehörigen medizinischer Assistenzberufe zu überlassen – es sei denn, diese betreiben das autogene Training ausdrücklich nicht als Behandlungsmaßnahme, sondern beschränken sich (nach gründlicher Ausbildung und unter qualifizierter ärztlicher Aufsicht) darauf, nur Kenntnisse zur vorbeugenden Gesunderhaltung und »Psychohygiene« zu vermitteln (vgl. Kapitel 6.1).

9

In welcher Körperhaltung wird geübt?

Es gibt *drei bewährte Grundhaltungen*, von denen nicht abgewichen werden darf: zwei Haltungen im Sitzen (Lehnstuhl- und Droschkenkutscherhaltung) und eine Haltung im Liegen. Alle drei Übungshaltungen sind gleichwertig.

Im Alltag wird man das autogene Training häufiger im Sitzen nötig haben und auch häufiger im Sitzen üben können als im Liegen. Weil es aber im Liegen leichter erlernbar ist, wird die entsprechende Ausgangshaltung hier zuerst beschrieben.

9.1 Autogenes Training im Liegen

Man liegt im Bett, auf einer Couch oder einem besonders bequemen Liegestuhl entspannt auf dem Rücken (siehe Abb. 1). Die Knie sind ein wenig eingewinkelt. Sie können – ebenso wie der Nacken – durch eine flache Kissenrolle unterstützt werden. Die Füße läßt man wie von selbst locker auseinanderklappen. Dabei zeigen meistens die Fußspitzen leicht nach außen. Niemals die Unterschenkel über Kreuz legen! Zwischen beiden Hacken soll wenigstens 5 cm Abstand sein. Die Arme liegen mit leicht gebeugten Ellenbogen neben dem Körper oder mit den Händen in der Gegend der Leistenbeugen. Bei sehr schmalen Liegestühlen, die neben den Oberschenkeln wenig Raum lassen, ist man gezwungen, die Hände in die Leistenbeugen zu legen, wobei die Ellenbogen auf den Liegestuhllehnen aufliegen. Die Handinnenflächen zeigen nach unten. Beide Hände sind ganz locker, so als ob man jemandem sehr matt und lasch die Hand geben würde. Die Finger sollen einander nicht berühren. Auch die beiden Hände dürfen sich weder berühren noch über Kreuz gehalten werden. Sie dürfen schließlich weder nach innen noch nach außen abgewinkelt sein (»Flaggenhand«). Finger nicht verkrallen! Daumen und Kleinfinger nicht spreizen (wie es angeblich »feine Leute« beim Teetrinken

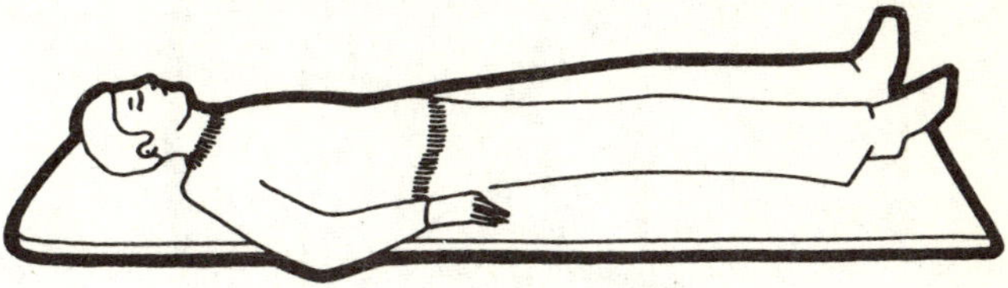

Abb. 1 Autogenes Training im Liegen

tun!). Alles das würde ablenken. Schulter- und Nackengegend lockern! Halsstarrigkeit hemmt beim Üben und auch sonst. Niemals die Schultern hochziehen! Lippen nicht zusammenkneifen und Zähne nicht aufeinanderbeißen! Verkniffenheit und Verbissenheit führen nicht weiter. Sie dürfen ruhig ein feines »Mona-Lisa-Lächeln« haben, auch wenn es dabei neben der hauptsächlichen Nasenatmung durch den zu einem feinen Spalt geöffneten Mund zu einer geringfügigen Mundatmung kommt. Versuchen Sie auch, die Haut zu entspannen, deren feinste Muskeln verkrampft oder überdehnt sind, wenn wir uns in einem Zustand dauernder Anspannung befinden, »aus der Fassung geraten« oder »vor Wut platzen«. Keine bedeutende Denker- oder zerfurchte Sorgenstirn machen! Augenbrauen nicht zusammenziehen! Nasenwurzelbereich glätten (kein Naserümpfen)! Eine allgemeine Lockerung der Gesichtszüge glättet auch die Stirnfalten. Locker die Augen schließen!

9.2 Autogenes Training in Lehnstuhlhaltung

Am günstigsten ist ein Ohrensessel mit hoher Lehne und einem eingearbeiteten Kopfpolster, das den Kopf stützt (siehe Abb. 2). Der ganze Rücken soll sich bequem anlehnen. Die Seitenlehnen sollen weich sein, damit die Unterarme auf ihnen zwanglos und ohne Druck ruhen können. Die Ellenbogen werden dabei stumpf eingewinkelt (kein rechter Winkel!). Hände und Finger ruhen

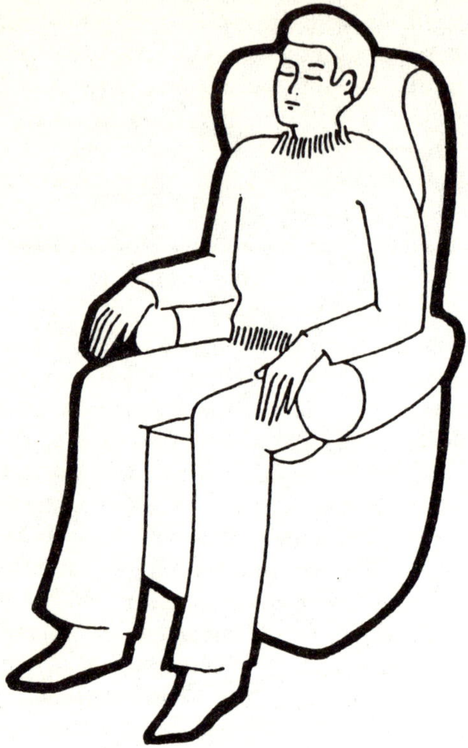

Abb. 2 Autogenes Training in Lehnstuhlhaltung

beim Sitzen genauso locker auf den Lehnen wie beim Liegen auf Unterlage oder Leistenbeugen. Die Füße stehen mit voller Sohle auf dem Fußboden, wiederum mit leicht nach außen gewinkelten Fußspitzen und ohne einander mit den Hacken zu berühren. Wenn die Sitzfläche für Ihre Beine etwas zu hoch ist, können Sie die Füße auf ein Fußbänkchen stellen. Ober- und Unterschenkel sollen im Kniegelenk einen rechten Winkel bilden (keinen spitzen Winkel!). Die Knie sollen so nach außen fallen, daß sie etwa 40 cm Abstand voneinander haben. Frauen haben dabei manchmal

Schwierigkeiten, weil sie sich genieren oder ihre Röcke zu eng sind. Für das Üben in Gruppen sind auch deshalb Trainingshosen zweckmäßig. Durch lockeres Antippen der Knie-Innenseiten kann man prüfen, ob die Beinmuskeln genügend entspannt sind. Die Knie sollten beim Anschlag leicht hin- und herpendeln. Im übrigen gelten die gleichen Vorbereitungen wie beim Liegen.

9.3 Autogenes Training in Droschkenkutscherhaltung

SCHULTZ guckte diese Haltung den Droschkenkutschern in Berlin ab. Wir denken bei dieser Haltung auch gerne an einen Bierkutscher. Fährt er morgens los, ist sein Wagen voll und er leer. Kommt er abends heim, ist sein Wagen leer und er voll. Dennoch fällt er nicht vom Kutschbock. Wahrscheinlich würde er vornüber herunterfallen, wenn er sich so »entspannen« würde wie mancher nach vorne Gebeugte in der Eisenbahn oder mancher Völler, der mit gepreßtem Bauch nach reichlichem Essen und Trinken den Kopf auf die Tischkante legt.

Die Droschkenkutscherhaltung (siehe Abb. 3) ist zweckmäßig, wenn lediglich Hocker ohne Lehnen oder Stühle oder Bänke mit sehr unbequemen Lehnen zur Verfügung stehen. (Unauffällig kann die Droschkenkutscherhaltung jederzeit auch auf jenem stillen Örtchen eingenommen werden, das manchem sonst, wenn nicht zu anderen Verrichtungen, zur heimlichen Zigaretten- oder Zeitungspause dient. Vielen gelingt es sogar, sich dabei an die Geräusche von automatischen Intervallspülungen und Lüftungen zu gewöhnen!).

Auch bei »Großkursen« mit vielen Teilnehmern ist die Droschkenkutscherhaltung in Klassenzimmern und Sälen mit üblicher Bestuhlung am besten praktizierbar. Sie wurde von SCHULTZ bei solchen Gelegenheiten bevorzugt.

Auf dem vorderen Teil der jeweiligen Sitzgelegenheit läßt man sich nach vorherigem Strammsitzen derart in sich zusammensacken, daß der Oberkörper senkrecht ins Kreuz fällt, wobei Unterarme und Hände, ohne den Oberkörper abzustützen, locker zwischen die gespreizten Knie fallen und der Leib nicht mehr gedrückt wird als nötig. Auch hierbei sollen die Hände sich nicht berühren. Den Kopf läßt man, ohne besonders auf ihn zu achten,

Abb. 3 Autogenes Training in Droschkenkutscherhaltung

irgendwohin hängen – etwa so, wie man es bei einem einschlafenden Kind in Baby- oder Autostühlchen beobachten kann. Die übrigen Vorbereitungen unterscheiden sich auch bei der Droschkenkutscherhaltung nicht von jenen beim Liegen oder bei der Lehnstuhlhaltung. Besteht nur am Abend die Möglichkeit, im Liegen zu üben, sollte tagsüber von den beiden Möglichkeiten, im Sitzen zu üben, zunächst immer nur ein und dieselbe Haltung gewählt werden.

Welche der drei Haltungen auch immer Sie wählen, es ist wichtig, daß Sie dabei nichts verkehrt machen. Lesen Sie deshalb die

Anweisungen dieses Kapitels mehrfach gründlich durch, und probieren Sie dabei die beschriebenen Haltungen aus! Bedenken Sie, daß beim autogenen Training die richtigen Haltungen niemals durch krampfhaftes Zusammennehmen, sondern immer nur durch ein Lockern und Sichlösen von innen heraus erreicht werden!

Nach Operationen und Unfällen und bei besonderen neurologischen und verschleißrheumatischen Erkrankungen mit Lähmungen und Gelenkdeformationen können die drei Grundhaltungen selbstverständlich abgewandelt werden, wenn sie in Einzelfällen Schmerzen und vermehrte Muskelspannungen auslösen.

10

Was ist vor Vergegenwärtigung der eigentlichen Übungsformeln sonst noch zu beachten?

Genügt es, daß wir unsere fünf Sinne so gut wie möglich gegen störende Außenreize abgeschirmt und bequem eine der drei vorgeschriebenen Übungshaltungen eingenommen haben? Fehlt nicht trotzdem oft die innere Ruhe?

10.1 »Ruhetönung«

Ehe wir mit dem eigentlichen Üben beginnen, müssen wir uns mit der gedanklich zu vergegenwärtigenden Vorformel

»Ich bin ganz ruhig«

voll und ganz der Enspannung hingeben, die wir durch alle bisherigen Vorbereitungen schon erreicht haben. Die Vorformel »Ich bin ganz ruhig« wurde ursprünglich von Professor SCHULTZ empfohlen. Inzwischen haben sich auch andere Formeln zur Einleitung des autogenen Trainings bewährt. z. B.:

»Ich bin vollkommen ruhig«,
»Ich bin vollkommen ruhig und gelassen« oder
»Ruhe kommt ganz von selbst.«

Trotzdem wird es uns kaum gelingen, mit solchen Formeln sofort alle sonstigen Gedanken ruhen und alles um uns her in ein Nichts versinken zu lassen. Wir können nicht kurzerhand abschalten, so wie man etwa ein störendes Radio- oder Fernsehgerät abschalten kann. Es ist sogar zunächst ganz selbstverständlich, daß wir eventuelle Störgeräusche und – gerade auch in der Entspannung – recht eigenwillige Gedanken-, Phantasie- und Bilderfetzen weiterhin wahrnehmen. »Ja, die bösen Gedanken! Wir können nicht hindern, daß die Vögel über uns hinfliegen, aber wir können hindern, daß sie auf unseren Köpfen Nester bauen.« (MARTIN LUTHER) Wir müssen also bei der Konzentration auf die Vorformeln »Ich bin ganz ruhig« oder »Ich bin vollkommen ruhig und gelassen« alle Störgeräusche, Phantasie- und Bilderfetzen vorüberziehen lassen wie Vögel, die nur auf unserem Kopf keine Nester bauen dürfen, oder wie Wolken, die sich nur über unserem Kopf nicht zum Gewitter zusammenbrauen dürfen. Gelingt das nicht, ist aber der *Körper* in der gewählten Übungshaltung entspannt, so bereitet anfangs die Vorformel »Mein *Körper* ist ganz ruhig« weniger Probleme.

Nicht nur böse Gedanken, auch gute und schöne Gedanken können ablenken. Zuweilen lächeln Kursteilnehmer bei ihren Entspannungsvorbereitungen nicht wie Mona Lisa, sondern wie ein Faun. Sie sind dann meistens nicht bereit, den schönen Inhalt ihrer träumerischen Phantasien zu verraten.

Neben *störenden* Gedanken-, Phantasie- und Bilderfetzen können aus unserem Innern bei den Formeln »Ich bin ganz ruhig« oder »Ich bin vollkommen ruhig und gelassen« auch *hilfreiche* Vorstellungen auftauchen, die geeignet sind, die Konzentration auf Ruhe und Entspannung zu vertiefen, z. B.:

blühende Wiese, blauer Himmel;
wogendes Kornfeld, Schafherde;
leicht bewegte Meeresfläche (von der Sie sich vielleicht, auf dem Rücken schwimmend, tragen lassen);
leise rieselnder Schnee;
ruhig vorbeigleitendes Segelboot;
rauschender Wasserfall irgendwo im Urlaub...

Wenn solche Bilder sich von selbst einstellen, soll man nicht abschweifen, sondern sie festhalten. Keinesfalls sind alle diese Bilder und Vorstellungen jedoch geeignet, jedem zu helfen. Dem einen helfen diese, dem anderen jene Bilder. Sie gehören nicht zwangsläufig zum autogenen Training dazu. Niemals dürfen sie der Konzentration auf die Formeln »Ich bin ganz ruhig« oder »Ich bin ganz ruhig und gelassen« zuwiderlaufen. Bei Musikfreunden können auch Erinnerungen an bestimmte »Klangbilder« die Funktion von Ruhe-Leitvorstellungen übernehmen.

SCHULTZ hat die vertiefte Entspannung und das allmähliche »Abschalten«, das die Formel »Ich bin ganz ruhig«, bewirkt, als »Ruhetönung« bezeichnet, die der ganzen folgenden Übungsarbeit des autogenen Trainings die Zielrichtung weist. Wie sehr schon die Ruhetönung entspannt und das Zusammenspiel unserer Nerven harmonisiert, kann man am Hirnstrombild des Elektroenzephalogramms (EEG) ablesen.

10.2 Unangenehme Empfindungen verschönern

Nur selten gelingt das richtige Abschalten auf Anhieb. Weder störende Außengeräusche noch der Film unseres Inneren lassen sich vollständig abstellen. Ein Trick kann uns helfen, mit solchen Gegebenheiten besser fertig zu werden: »Man muß versuchen, unangenehme Empfindungen zu verschönern und in sich warm werden zu lassen.« Dieser nützliche Hinweis stammt von dem Psychologen LEVY, der sich schon am Beginn unseres Jahrhunderts mit Autosuggestionsmöglichkeiten beschäftigte. Einige Beispiele mögen verdeutlichen, was LEVY meinte:

Bekanntlich stört uns das Schnarchen eines ungeliebten Partners, der uns kaltläßt, mehr als das Schnarchen eines geliebten Partners. Der Volksmund sagt »Wat dem einen sin Uhl (Eule), is dem annern sin Nachtigal«.

Ein an die Nordsee reisender Mittelmeer-Fan fand Friesland ärgerlich und »haarsträubend«. Einer in die Fremde verschlagenen Friesin standen statt dessen vor Freude die »Haare zu Berge«, sobald sie bei Reisen in die Heimat den Kirchturm ihres Geburtsortes erspähte: »Wenn ick de Fehntjer Karktörn seeih, denn geiht mi de Hoar dör de Heuit« (Wenn ich den Rauderfehner Kirchturm sehe, dann geht mir das Haar duch den Hut). »Haarsträubendes« ist folglich nicht in jedem Falle unangenehm.

Häufiges Glockenläuten ärgert den Kirchenfeind und erfreut den Kirchenfreund. Vom Volk untergeschobene Glockensprüche können konfessionelle Frontstellungen auflockern und durch befreienden Humor tolerant stimmen. Die Kölner-Dom-Glocken z. B. rufen »Werd katholisch, werd katholisch ...« Die Glocken der benachbarten evangelischen Antoniterkirche antworten: »Det donn mer äver nit, det donn mer äver nit ...« (das tun wir aber nicht).

Ein unangenehmes Klingeln im Ohr wurde von einem Kursteilnehmer bald nicht mehr wahrgenommen, nachdem er dabei an das rasche Läuten der hell klingenden Glocken von Palma de Mallorca dachte, das er in Sonntagsstimmung bei einem schönen Urlaub mehrfach vernommen hatte.

Das Läuten und Pfeifen eines nahen Zuges ärgerte früher viele unserer Patienten, die sich in ihrer Kurruhe gestört fühlten. Seitdem alle Patienten vor ihrer Behandlung einen Hausprospekt erhalten, auf dessen Titelseite unter der Überschrift »Endlich zur Kur!« die alte Lokomotive eines Zuges abgebildet ist, sind keine Beschwerden mehr vorgekommen.

Wir haben im Park unserer Klinik einen Ententeich. Über das Schnattern der Enten wird von vielen Patienten bei Behandlungsbeginn arg geschimpft. Die Teilnehmer am autogenen Training verschönern sich das Entenschnattern durch leises Summen der Kindermelodie »Alle meine Entchen«. Schon bald stört sie das Schnattern nicht mehr, und dann hören sie es auch nicht mehr.

Denken Sie schließlich an Begriffe wie »Tamtam«, »Trara«, »Rummel«, »Zirkus«, »Käse«, »Quark« und viele andere, die alle einen schlechten Beigeschmack haben *können*. Kinder jedoch freuen sich auf Tamtam, Trara, Rummel und Zirkus, Diätliebhaber auf Käse und Quark. Auch der Volksmund kennt also reichlich Begriffe, die sich leicht verschönern lassen. »Katze« und »Hund« sind Schimpfwörter und doch auch die Lieblingstiere vieler Menschen. Es gibt nur weniges, dem man nicht auch gute Seiten abgewinnen könnte!

Der Dichter KURT TUCHOLSKY verschönerte sich beim Einschlafen das Pfeifen von Lokomotiven, indem er an angenehme Reisen dachte:

»Ich höre nachts
die Lokomotiven pfeifen.
Sehnsüchtig schreit
die Ferne und ich
drehe mich
im Bett herum
und denke
›Reisen‹.«
(Aus: »Die fünf Sinne«)

Die Störgeräusche von Düsenjägern über dem Kurgelände wurden von meinen Kursteilnehmern nur noch mit Schmunzeln wahrgenommen, nachdem sie aufgefordert wurden, bei diesen Geräuschen an das lustvolle Aufjuchzen einer auf dem Bauche liegenden Riesin zu denken, die von ihrem Mann nach vielhundertjähriger Ehe unerwartet den Rücken gekrault bekommt.

Eine lustige Kölnerin wurde beim Üben durch das Gefühl gestört, sich »in Dressur« zu befinden. Dabei kam es stets zu lästigen Gliederzuckungen. Ich ermunterte sie, sich als »Funkenmariechen« zu fühlen (Primaballerina der Kölner Karnevalsgarde »Rote Funken«). Dressurgefühl und Gliederzucken verschwanden prompt.

Diese Beispiele kommen der Forderung entgegen, die Professor MOHR schon 1925 in seinem Buch »Psycho-physische Behandlungsmethoden« erhob: »Die selbstsuggerierten Vorstellungen müssen eine möglichst warme Gefühlstönung haben.«

10.3 Die »innere Uhr«

Das eigentliche Üben beginnt erst, wenn der Lernende nach Beachtung aller Vorbedingungen in seiner jeweiligen Situation den Eindruck gewonnen hat, daß er hier und jetzt nicht mehr ruhiger werden kann. Im allgemeinen benötigt der Anfänger nach Abschirmung seiner fünf Sinne und nach Einnehmen der richtigen Übungshaltung für »Ruhetönung« und für das Verschönern unangenehmer Empfindungen 1 bis 2 Minuten. Erst danach darf mit dem eigentlichen Üben begonnen werden, das *zunächst* ebenfalls nur 1 bis 2 Minuten dauert (zum Übungsoptimum siehe Kapitel 7, 4. Grundregel und Seite 95). Die vorgeschaltete »Ruhetönung« wird immer kürzer, je besser man trainiert ist.

Was aber garantiert nun, daß die vorgesehene Übungsdauer von 1 bis 2 Minuten nicht überschritten wird, gibt doch kein Klingelzeichen und kein Glockenschlag das Zeichen zur rechtzeitigen Beendigung des Übens? Die Übungsdauer darf nämlich keinesfalls durch einen Wecker überwacht oder durch Wand-, Taschen- oder Armbanduhren kontrolliert werden! Jeder Blick auf die Uhr würde die bereits gewonnene Entspannung sofort unterbrechen.

Wir müssen deshalb auf unsere »innere Uhr« achten. Die meisten Menschen vermögen danach ihre Zeit genau einzuteilen. Beispielsweise wachen sie ohne Wecker pünktlich zur vorgesehenen Zeit auf. Viele können auch die Dauer eines kurzen Mittagsschlafes sicher festlegen. Dank ihrer »inneren Uhr« verspäten sich manche Menschen weniger und kosten ihre Zeit besser aus als andere, die dauernd nervös auf ihre Taschen-, Armband- oder Wanduhr schauen. Dieses Kunststück kann nur deshalb gelingen, weil sich alle unsere Körperfunktionen etwa von der vierten Lebenswoche an mit der Präzision eines Uhrwerks auf die Minute genau dem uns geläufigen 24-Stunden-Rhythmus anpassen.

Jeder kann durch Übung die ihm angeborene, mit der Tageszeit gekoppelte »innere Uhr«, nach der sich beispielsweise in seiner Kinderzeit Schlafen und Wachen, Trinken und Verdauung richteten, wiederentdecken. Meistens gelingt das beim autogenen Training sehr bald. Es ist lediglich erforderlich, vor dem eigentlichen Übungsbeginn die »innere Uhr« auf etwa 1 1/2 Minuten einzustellen. Dabei soll aber nicht sklavisch gewissermaßen auf den Sekundenzeiger dieser »inneren Uhr« geachtet werden. Wird die Übung statt nach 1 1/2 Minuten bereits nach 1 Minute oder erst nach 2 bis 3 Minuten zurückgenommen, so ist das anfangs kein Beinbruch. Stellen Sie also, wenn Sie glauben, daß Sie unter den gegebenen Bedingungen nicht mehr ruhig werden können, Ihre »innere Uhr« getrost auf *etwa* 1 1/2 Minuten ein! Sie werden erfahren, daß es Ihnen auf diese Weise ziemlich bald gelingt, die vorgeschriebene Übungszeit nicht zu überschreiten.

10.4 Gruppen- oder Einzeltraining?

Im allgemeinen ist das Gruppentraining erfolgreicher als das Einzeltraining. Für viele Menschen bedeutet schon das Sicheinordnen in eine Gruppe ein Stück »Lebensordnungstherapie«. Einmal aufgenommen, haben sie das Bedürfnis, in der Gruppe zu bleiben. Bei entsprechender Leitung fördern sie sich gegenseitig. Das schwierige Verhalten einzelner wird durch das Mitverstehen der Gruppe leichter ertragen. Selbstheilungstendenzen und individuelle Entfaltung werden durch die Gruppe unterstützt. Opposition und Zweifel werden umgeschmolzen. Die Gruppentherapie produziert »Co-Therapeuten«. In einer Atmosphäre auflockernder, ansteckender Heiterkeit werden eigene Schrullen und Launen und die Grillen und Mucken anderer rascher relativiert. Bei gegenseitiger Achtung und Hilfsbereitschaft können einzelne Patienten im Kurs innerhalb gewisser Grenzen sogar leichter von sich aus über manche persönliche Dinge reden, die bei Gesprächen unter vier Augen mehr oder minder unbewußt ausgespart bleiben. Auch der Übungsleiter kann Schwierigkeiten einzelner Kursteilnehmer in der Gruppe zuweilen leichter beim Namen nennen als beim Einzeltraining. Der verstorbene Professor LANGEN, früherer Direktor der Klinik und Poliklinik für Psychotherapie der Universität Mainz, hat in diesem Sinn einmal das autogene Training als wichtigstes gruppentherapeutisches Verfahren bezeichnet. Allerdings können die beschriebenen gruppendynamischen Effekte das autogene Training nur dann willkommen ergänzen, wenn die Gruppen nicht mehr als 20 bis 30 Teilnehmer zählen.

Wenn Betriebsgemeinschaften den Wunsch haben, im autogenen Training unterwiesen zu werden, und wenn in diesen Betriebsgemeinschaften die Mitarbeiter einander nur gar zu gut kennen, werden die Übungen unbefangener als in geschlossenen Betriebskursen erlernt, wenn die Betriebsangehörigen in verschiedenen fremden Kursen üben.

Gelegentlich kann es notwendig werden, schwierige Kursteilnehmer, die durch ihr Verhalten die Gruppenarbeit stören, vorübergehend oder dauernd in Einzelunterweisungen zu unterrichten. Das gleiche gilt, wenn Schwierigkeiten bei diesen oder jenen

Übungen auftreten, die anderen Teilnehmern längst mühelos gelingen. Auch Sexualstörungen, die fast immer seelisch bedingt sind, können im autogenen Training besser in Einzelunterweisungen als in Gruppenkursen behandelt werden.

Patienten, die an schwerwiegenden geistig-seelischen Abartigkeiten oder phasenweisen Störungen ihres Geistes- und Gemütslebens leiden, und Patienten mit dauerndem Fehlverhalten aufgrund verdrängter, unverarbeiteter Komplexe dürfen – wenn überhaupt – nur in vorsichtigen Einzelbehandlungen mit dem autogenen Training vertraut gemacht werden.

Aus der Sicht des Arztes und Übungsleiters ist das autogene Training ein besonders rationelles Verfahren, weil gerade hier – im Gegensatz zu vielen anderen Behandlungsarten – Einzelunterweisungen die Ausnahme und Gruppenunterweisungen die Regel sind, weil das gruppenweise eingeübte autogene Training in langfristige häusliche Selbstbehandlungspläne übernommen werden kann und weil es ohne zusätzlichen großen Zeit- und Kostenaufwand den Wirkungsgrad zahlreicher anderer Kur- und Behandlungsmaßnahmen nachhaltig verbessert.

11

Wie macht man sich der Reihe nach die sechs Übungen des autogenen Trainings zu eigen?

Das autogene Training nimmt seinen Ausgang von den Bewegungsmuskeln, die sich nach den Erfahrungen bei Hypnotisierten besonders rasch und deutlich entspannen. Außerdem sind uns die Bewegungsmuskeln am vertrautesten, weil sie unserer Selbstverfügung mehr unterstellt sind als alle anderen Organsysteme. Wir sprechen deshalb bei den Bewegungsmuskeln auch von der »willkürlichen« Muskulatur im Gegensatz zur »unwillkürlichen« Muskulatur, die Herzschlag- und Blutzirkulation, Atmung, Magen- und Darmbewegungen und viele andere unwillkürliche Funktionsabläufe unseres Körpers bewirkt.

Außerdem wäre es falsch, die Entspannung sofort mit dem ganzen Organismus zu üben, weil dann die dazu notwendige Konzentration nicht auf einen Punkt gerichtet wäre, sondern ein zu weites Feld hätte.

Nach

- Abschirmung unserer fünf Sinne (siehe Seiten 67–68),
- Einnehmen der richtigen Übungshaltung (siehe Seiten 72–77),
- »Ruhetönung« (»Ich bin ganz ruhig«, siehe Seiten 78–80),
- Verschönerung unangenehmer Empfindungen (siehe Seiten 80–82) und
- Einstellen der »inneren Uhr« auf *etwa* 1½ Minuten (siehe Seiten 82–83)

beginnen wir nun mit dem Üben.

11.1 Die Schwereübung (Muskelentspannung)

Übung

Schwereübung (Muskelentspannung)

Bei der 1. Übung, der Schwereübung, konzentrieren wir uns nicht sogleich auf die Entspannung unserer gesamten »willkürlichen« Bewegungsmuskulatur. Vielmehr konzentrieren wir uns zunächst nur auf die Muskeln jener Gliederabschnitte, die uns innerlich am nächsten stehen. Beim Rechtshänder sind das rechter Arm und rechte Hand, beim Linkshänder (oft auch beim »verkappten« Linkshänder) linker Arm und linke Hand. Ohne sie wären wir im wahrsten Sinne des Wortes nicht handlungsfähig. Alles Verläßliche hat beim Menschen »*Hand* und Fuß«. »Heile Glieder« sind bei ihm ein Zeichen seiner Gesundheit schlechthin. Je gesünder er ist, desto mehr fühlt er sich als »Glied« einer Gemeinschaft. Die Bewegungsmuskulatur von Händen und Füßen ermöglicht ihm als Krone der Schöpfung im Gegensatz zu allen anderen Geschöpfen so charakteristische menschliche Bekundungen wie *Hand*reichungen und Um*armungen*. Menschen haben oft »beide *Hände* voll zu tun«. Menschen reichen sich die *rechte Hand* zur Besiegelung von Verträgen (per *Hand*schlag) und zur Versöhnung wie zum Gruße. Schon das Kleinkind lernt, daß die *rechte Hand* die »schöne Hand« sei. J. H. SCHULTZ sprach deshalb bei rechtem (linkem) Arm und rechter (linker) Hand von den *»ich-nächsten«* Gliederabschnitten. Auf sie gelte es sich zunächst zu konzentrieren. Damit die spätere Ausbreitung der Entspannung gelingt, müssen sogar einarmig Amputierte das Üben mit dem amputierten, aber noch als vorhanden erlebten Arm (Phantomarm) beginnen, wenn dieser Arm ursprünglich der »ich-nächste« war. »Wer im Beginn der Übung bald mit diesem, bald mit jenem Arm übt oder absichtlich die anderen Gliedmaßen mitübt, bekommt nie gute Resultate!« (SCHULTZ)

1. Übungsformel:

»Der rechte (linke) Arm ist ganz schwer.«

Der Übende stellt sich diese Formel, ohne dabei wirklich zu sprechen, möglichst lebhaft wie eine Art innere Stimme vor, welche die Formel in ruhigem, gleichmäßigem Takt im Verlauf von 1 bis 2 Minuten mehrfach wiederholt. Dabei liegt die Betonung auf den oben unterstrichenen Vokalen. Die Abstände von Betonung zu Betonung sollen ungefähr gleich lang sein. Das gilt auch bei allen nachfolgenden Formeln. Nach Gelingen der 3. Übung (Herzübung) kommt es meistens von selbst zu einer »Synchronisierung« der Betonungen mit dem Herzschlag, d. h. die Betonungen stimmen dann unwillkürlich mit dem Herztakt überein, ohne daß man darauf besondere Aufmerksamkeit verwendet oder verwenden sollte. Nach der 4. Übung (Atemeinstellung) kommt es nicht selten auch zu »Synchronisierungen« mit der »Atemwelle« derart, daß man die Übungsformeln unwillkürlich auf den Wogen der Wellen »reiten« oder in den Wellentälern »schaukeln« läßt.

Merke: Die rein geistig vorgestellte innere Stimme darf niemals die Stimme des Übungsleiters sein, weil das einer Fremdsuggestion gleichkäme, die dem Wesen des autogenen Trainings widerspräche.

Wenn indessen jemand gleichzeitig vor seinem inneren Auge wiederholt ein Schriftband mit der richtigen Übungsformel vorüberziehen sieht, so ist dagegen nichts einzuwenden. Man kann auch die Übungsformeln gewissermaßen mit der weißen Kreide seiner Phantasie auf die dunkle Tafel seiner locker geschlossenen Augenlider schreiben. Schließlich kann man sich vorstellen, die Formeln mit neutraler Stimme von einem Tonband zu hören.

Keinesfalls aber darf man beim Üben ein wirkliches Tonband zu Hilfe nehmen. Schallplatten- und Tonbandeinflüsterungen widersprechen dem »autogenen Prinzip«. Sie gleichen gewissermaßen Konserven. Solche »Konserven« ändern sich nicht. Anders als das autogene Training können sie auf Dauer den sich ändernden, wechselnden Bedürfnissen und persönlichen Möglichkeiten der

»Konsumenten« niemals gerecht werden. »Einfühlsame Stimmen«, »Stereotiefensuggestionen« und »Soundtracks«, von denen man sich angeblich nur berieseln zu lassen braucht und die mitunter sogar wie Schnellrezepte und Fertigspeisen auf Spezialkassetten für alle möglichen speziellen Krankheiten angeboten werden, widersprechen ganz und gar dem Anliegen der selbsterzeugenden Entspannung des autogenen Trainings!

Viele Übungsteilnehmer unterliegen der Versuchung, in der Erwartung des *Schweregefühles* statt mit der Formel »Der rechte Arm *ist* ganz schwer« mit der Formel »Der rechte Arm *wird* ganz schwer« zu üben. Das ist ein Fehler, weil wir uns ja auf die Schwere konzentrieren wollen, welche der rechte Arm ohnehin schon hat. Jedes Glied *hat* sein Gewicht.

Auch ein Berge versetzender Glaube konzentriert sich nicht auf das Zukünftige, sondern auf das Gegenwärtige. JONA betete im Leib des Walfisches: »Du *hast* mein Leben aus dem Verderben geführt, Herr mein Gott...« Daraufhin spie der Walfisch Jona ans Land. Jona hatte nicht gebetet: »Du *wirst* mein Leben aus dem Verderben führen...«!

Bei Menschen mit rechtsseitigen Verletzungen oder Operations- und Unfallfolgen kann es sein, daß sich das Schweregefühl trotz der Formel »Der *rechte* Arm ist ganz schwer« zuerst im *linken* Arm einstellt. Die gleiche Beobachtung macht man bei Tendenz zu Linkshändigkeit. Man erkennt diese Tendenz daran, daß bei gefalteten Händen der linke Daumen oben liegt, beim Händeklatschen die linke Hand von oben nach unten schlägt und bei gekreuzten Armen der linke Handrücken auf dem rechten Oberarm liegt. In solchen Fällen ist es meistens besser, mit der Formel »Der *linke* Arm ist ganz schwer« weiterzuüben. Bei Fußballern oder Berufskraftfahrern kann es vorkommen, daß sich das Schweregefühl zuerst im rechten *Bein* bemerkbar macht.

Da alle unsere Gliedmaßen durch das Nervensystem über die »Trafostationen« unseres Gehirns und Rückenmarks miteinander verbunden sind, geht das Schweregefühl nach einiger Zeit – in der Regel schon nach wenigen Tagen – von selbst auf den anderen Arm über. Diese Eigentümlichkeit entspricht einem Gesetz der Naturheilkunde, zu deren Methoden wir zwanglos auch die natürlich aufeinander aufbauenden Übungen des autogenen Trainings rechnen können: Verordnet man etwa bestimmte Lockerungsübungen, Bäder, Einreibungen oder Bestrahlungen für den rechten Arm, so stellen sich die erwünschten Veränderungen wie Muskelentspannungen und Mehrdurchblutung alsbald auch meßbar am anderen Arm ein.

Man bezeichnet diesen Vorgang als »Transfer«, was soviel wie Übertragung, Überführung bedeutet. Ob es sich dabei um ein Einspielen sogenannter bedingter nervöser Reflexe, um eine Bewußtseinserweiterung oder um beides handelt, wissen wir noch nicht.

Schließlich macht sich die als angenehme Schwere empfundene Muskelentspannung nicht nur in beiden Armen, sondern auch in den Beinen und im ganzen übrigen Körper bemerkbar. Sie breitet sich aus. Man sagt auch: Sie »generalisiert« sich. Das Wörtchen »ganz« in den Übungsformeln »Ich bin *ganz* ruhig« und »Der rechte (linke) Arm ist *ganz* schwer« nimmt diese Generalisierung vorweg.

Sobald das Schweregefühl nicht nur in beiden Armen, sondern auch in beiden Beinen und schließlich im ganzen Körper empfunden wird, sind die Übungsformeln entsprechend zu ändern, und zwar in

> »Die Arme sind ganz schwer« (nach Transfer) oder
> »Ich bin ganz schwer« (nach Generalisierung).

Manche Übungsleiter fordern nach Transfer (Übertragung) und Generalisierung (Ausbreitung) nicht zur Änderung der Übungsformeln auf. Nach unseren Erfahrungen machen die Kursteilnehmer jedoch raschere Fortschritte, wenn sie bei der Schwereübung und der nachfolgenden Wärmeübung (siehe Seiten 102–106) die Übungsformeln ihren tatsächlichen Empfindungen anpassen. Nur wenn bei bestimmten Krampfader- und Herzleiden das Schweregefühl in den Beinen als lästig empfunden wird, lassen wir es bei der Formel »Die Arme sind ganz schwer« bewenden. Einige Übungsleiter fordern dazu auf, der Reihe nach rechten Arm und linken Arm, rechtes Bein und linkes Bein anzusprechen. Auch das ist unzweckmäßig, ja sogar überflüssig, weil sich die erwarteten Phänomene nach den Gesetzen des Transfers und der Generalisierung *von selbst* einstellen, ohne daß es dazu Schritt für Schritt einer besonderen Aufgabenstellung bedarf.

Bei leichteren Störungen mit Nachlassen der konzentrativen Selbstentspannung Ruhetönung einblenden! Dabei die entsprechenden Formeln anwenden (siehe Seiten 78–80):

»Ich bin ganz ruhig« oder
»Ich bin vollkommen ruhig und gelassen.«

Die gelegentlich zu hörende strikte Anweisung, sich in stetem Wechsel die jeweilige Übungsformel sechsmal und die Ruhetönungsformel einmal zu vergegenwärtigen, können wir nicht empfehlen. Ein derart von außen vorgeschriebener Rhythmus widerspricht dem jeweils zweckmäßigsten Eigenrhythmus, der sich in Abhängigkeit von äußeren und inneren Umständen bei jedem Üben etwas ändern kann.

Der Wortlaut der Übungsformeln ist zwar genau vorgeschrieben wie ein bestimmtes Medikament, die Dosierung kann aber wechseln. Ähnlich ist es bei manchen krankengymnastischen Übungen und Kneippanwendungen, deren Dosierungen von der Bekömmlichkeit abhängen, die letzten Endes nur der Patient selbst beurteilen kann. Man kann das Vergegenwärtigen der Übungsformeln auch mit der konzentrativen Entspannung beim Gebet vergleichen, wobei wir dem Gebetsanliegen einmal besser mit raschem Litaneibeten, ein anderes Mal besser mit bedächtiger Meditation gerecht werden.

Bei Kursteilnehmern, die »schwere« Probleme wälzen, die sich mit Gemüts-»Schwere« herumplagen oder zu schwer an Gewicht sind, kann es zuweilen vorkommen, daß sich das Wort »schwer« mit dem Entspannen nicht verträgt. Sie können das Wort »schwer« dann durch »locker« ersetzen.

Kommen wir beim autogenen Training so oder so nicht zurecht, weil äußere oder innere Störungen zu stark sind, müssen wir die Übung vorzeitig »zurücknehmen«.

Zwischenlektionen

a) Was bedeutet »Zurücknehmen«?

Wenn wir die Übung nach *etwa* 1½ Minuten – bei lästigen Störungen eher – »zurücknehmen«, stellen wir uns dabei das allmähliche, natürliche Wachwerden eines kleinen Kindes vor: Zuerst streckt und räkelt es sich, dann kommt ein tiefer Schnaufer (= Gähnen als »Weckreflex«), und dann erst macht es die Augen auf. Wenn ein Kind so wach wird, lacht es uns meistens an. In der Kunst des Barockzeitalters wurde bei allegorischen Darstellungen des Morgens das aufeinanderfolgende Strecken und Räkeln, tiefe Schnaufen und strahlende Erwachen häufig durch fröhliche Putten (Kinderengel) munter in eine Szene gebannt. Wenn Kinder plötzlich die Augen aufreißen, ohne sich vorher zu räkeln und zu gähnen, so sind sie meistens verstört und weinen. Oft kommt es bei solchem unnatürlichen Erwachen anstelle des Räkelns auch zu den bereits besprochenen »unwillkürlichen« Gliederzuckungen, die bei einem von der Natur planmäßig gesteuerten Aufwachen ebenso selten sind wie bei einem ungestörten, natürlichen Einschlafen (vgl. Seite 44).

Die nachfolgende Rücknahmeformel lehnt sich an die Beobachtungen an, die wir beim *natürlichen* Erwachen eines kleinen Kindes machen können.

Rücknahmeformel:

»Arm fest!« – »Tief atmen!« – »Augen auf!«

Mit dieser Formel wird grundsätzlich jedes Üben nach etwa 1½ Minuten »zurückgenommen«. Dabei stellt sich der Übende die Formel wiederum, ohne dabei zu sprechen, wie eine innere Stimme vor, diesmal jedoch wie eine abgehackte Kommandostimme. Im Gegensatz zum gleichmäßigen Takt der Übungsformeln ist der Takt der Rücknahmeformel bewußt ungleichmäßig. Die Betonung liegt nur auf einigen, hier unterstrichenen Vokalen, die von unserer inneren Stimme leicht gedehnt werden, während die mit einem Punkt versehenen Vokale nur kurz sind. Das Lautbild -·-··-·- entspricht in etwa unregelmäßigen Morsezeichen. Der unregelmäßige Takt ersetzt nach den gleichmäßigen Übungsformeln gewissermaßen einen Wecker, ohne jedoch barbarisch in unser Bewußtsein zu dringen.

Natürlich kann man die Rücknahmeformel auch in anderer Weise ungleichmäßig betonen. Wichtig ist nur, daß sich die Betonung vom gleichmäßigen Takt der vorangegangenen Übungsformeln deutlich abhebt.

»Arm fest« ist ein Kürzel für »Arme fest anziehen«. Damit gemeint ist ein mehrmaliges, energisches Strecken und Beugen der Arme, welche beim Beugen im Ellenbogen unter gleichzeitigem Faustschluß jeweils fest zu den Schultern angezogen werden. »Tief atmen« meint einen dem Gähnen ähnlichen, wohligen Schnaufer. »Augen auf« bedeutet nach der Entspannung wieder gelassen und fröhlich unseren Aufgaben entgegensehen, für die uns die Rücknahmeformel in die richtige Startstellung und Ausgangsspannung (*nicht Über*spannung!) bringt.

Merke: Auch bei der Rücknahme der Übungen kommt es zu Transfer (Übertragung) und Generalisierung (Ausbreitung). Wird das Schweregefühl nicht nur im Übungsarm, sondern auch schon in den Beinen und im übrigen Körper empfunden, so bedarf es hierzu jedoch keiner besonderen Rücknahmeformel. Im Gegensatz zur 1. (und später auch der 2.) Übungsformel braucht also die Rücknahmeformel im Verlauf des Übens nicht nach einiger Zeit geändert zu werden. Bei »Arm fest« straffen sich durch Transfer und Generalisierung *alle* zuvor entspannten Muskeln von selbst. Nur bei niedrigem Blutdruck sollen alle Gliedmaßen bewußt gestrafft werden!

Das Zurücknehmen muß ebenso in immer gleicher Weise pünktlich und genau geübt werden wie die Übungen selbst (vgl. 8. Grundregel, Seiten 64–65). »Nur wenn genau, sorgfältig und ausdauernd die Entspannung dargestellt *und exakt zurückgenommen* wird, kann sich eine zuverlässige Technik entwickeln. Man stelle sich vor, einem Kind würde jeden Tag eine andere Sprache vorgesprochen! Es würde nie eine Sprache beherrschen lernen. Das autogene Training aber trägt nur Frucht, wenn seine Technik beherrscht wird!« (SCHULTZ)

Ein Vergessen der Rücknahmeformel könnte nicht nur einen ungewollten Schlaf, sondern auch eine anhaltende »Abschlaffung« zur Folge haben, die ähnlich wie manche Beruhigungsmittel (Tranquilizer) die Reaktionsfähigkeit herabsetzt. Wir erleben es immer wieder, daß Kursteilnehmer, welche die Rücknahmeformel vergessen, zu unrechter Zeit einschlafen und im Alltag unkonzentriert und dösig sind, wodurch sie nicht nur anecken, sondern sich sogar auch gefährden können (etwa beim Autofahren und beim Arbeiten auf Leitern und Gerüsten oder an laufenden Maschinen).

Sogar während der Gruppenübung schlafen bei uns anfangs in fast jedem Kurs Teilnehmer, welche die Rücknahmeformel vergessen, ein. Selbst gewissenhafte Patienten fehlen gelegentlich, weil sie einige Stunden zuvor geübt und durch Nichtanwendung der Rücknahmeformel Mahlzeiten und Kurs verschlafen haben.

Einige Stunden nach einem Solebad wurde eine unserer Patientinnen bei Betriebsschluß des Kurmittelhauses einsam schlafend in einem Ruheraum gefunden. Sie hatte, wie sie sagte, die »Zauberformel« vergessen. Wir erzählten ihr HAUFFS »Geschichte vom Kalif Storch«, der sich nicht in einen Kalifen zurückverwandeln konnte, weil er die Anweisung »Hüte dich, wenn du verwandelt bist, daß du nicht lachest, sonst verschwindet das Zauberwort gänzlich aus deinem Gedächtnis« nicht ernst nahm. Tatsächlich vergaß der Kalif Storch bei einem Gelächter seine Rücknahmeformel »Mutabor«. Seit der Erzählung dieser Geschichte übte unsere Patientin, die bis dahin das autogene Training ebenfalls nicht ganz ernst genommen hatte, richtig und vollständig, d. h. mit Rücknahmeformel. Sie hat ihre »Zauberformel« nie wieder vergessen.

Mit den Versen

»Ach, ich merk' es! Wehe! Wehe!
Hab' ich doch das Wort vergessen!
Ach, das Wort, worauf am Ende
Er das wird, was er gewesen...«

kann uns, obschon das autogene Training keine Zauberei ist, auch GOETHES »Zauberlehrling« beibringen, wie wichtig sowohl für eine richtige Zaubertechnik als auch für die Technik des autogenen Trainings eine bewährte Rücknahmeformel ist.

Die jeweilige Übung wird übrigens nach etwa 1½ Minuten (bei Störungen eher) *unter allen Umständen*, d. h. ohne Rücksicht auf Übungserfolg oder Mißerfolg »zurückgenommen«. Auch beim Ausbleiben der Schwereempfindung darf also das richtige Zurücknehmen nicht unterlassen werden.

b) Wie lange, wie oft und wann soll geübt werden?

Nach dem Zurücknehmen erfolgt eine 2minütige Pause, die man nicht mit Hilfe der »inneren Uhr« zu befolgen braucht, sondern auch anhand einer wirklichen Uhr einhalten kann. Während der Pause gibt man die Trainingshaltung auf und nimmt eine x-beliebige andere Haltung ein. Wurde etwa in einem verstellbaren Liegestuhl geübt, so wird der Stuhl während der Pause aufgerichtet. Ist die 2minütige Pause vorbei, übt man in derselben Weise wie vor der Pause noch *ein zweites Mal*. Daraus ergibt sich folgendes Übungsschema

»Ruhetönung«	–
Übung (anfangs nur Schwereübung)	etwa 1½ Minuten
Pause	2 Minuten
»Ruhetönung«	–
Übungswiederholung	etwa 1½ Minuten
	etwa 5 Minuten

Das Üben im *Zweierrhythmus* hat den Vorteil, daß Übende, die beim erstenmal nichts spüren, doch beim zweitenmal ein Erfolgserlebnis haben können. Diese Chance würde vertan, wenn *nicht* im Zweierrhythmus geübt wird. Die Erfahrung lehrt: »Was nicht ist, kann noch werden.« Der Volksmund sagt »Doppelt gemoppelt hält besser« (banales Beispiel: zweimaliges Einseifen bei der Haarwäsche).

Für die »Ruhetönung«, die zunächst verschieden lange Zeiten

beansprucht, wurde bewußt keine Minutenzahl eingesetzt. Mit zunehmendem Üben verkürzt sich nämlich die für die »Ruhetönung« benötigte Zeit allmählich derart, daß sie nach einigen Wochen schließlich voll in die eigentliche Übungszeit einfließt.

Am besten übt man in der beschriebenen Weise
- morgens nach dem Erwachen,
- in einer Arbeitspause am Nachmittag und
- abends vor dem Einschlafen,

insgesamt also 3×5 Minuten täglich (wozu anfangs die »Ruhetönung« noch hinzuzurechnen ist).

Viele Übungsleiter lassen länger als 1½ Minuten üben. Nach unseren Erfahrungen gelingt es aber den meisten Übungsteilnehmern besser, ihre »innere Uhr« auf 1 bis 2 Minuten als etwa auf 5 Minuten einzustellen. Auch die notwendige »passive« Konzentration läßt nach 2 Minuten meistens stark nach. Entweder gleitet sie in ein »Dösen« ab, das jeden Lernprozeß vereitelt, oder sie geht, falls sie überstrapaziert wird, in eine anstrengende »aktive« Konzentration über, die eher Spannung als Entspannung mit sich bringt. Dabei gilt dann das Gesetz von der das Gegenteil bewirkenden Anstrengung! Wer sich zur Ruhe zwingen *will*, wird bekanntlich noch unruhiger. Wer schlafen *will*, verhindert den Schlaf!

(Vielleicht braucht die Konzentration jedoch anderwärts in größeren, weniger einheitlichen und zufälliger zusammengewürfelten Gruppen eine längere Anlaufzeit als in den geschlossenen Kursen bei uns, deren Teilnehmerzahlen auf 20 bis 25 Sozialversicherte mit ähnlicher Herkunft und ähnlichen Krankheiten begrenzt sind.)

Unser Übungsprogramm ist ein »Idealprogramm«, an das Sie sich nicht streng zu halten brauchen, wenn Sie aufgrund eigener Beobachtungen und im Einvernehmen mit Ihrem Übungsleiter ein etwas anderes Programm für hilfreicher halten. Keinesfalls aber dürfen Sie Ihr Programm beliebig wechseln!

Wer nach unseren Richtlinien nicht für die Dauer seiner Teilnahme an einem Übungskurs oder an ordnungsgemäßen Einzelunterweisungen pro Tag zum Üben *wenigstens* 15 Minuten Zeit erübrigen kann, wird kaum Fortschritte machen. Das gilt auch, wenn nicht pausenlos Tag für Tag geübt wird. Das autogene Training kennt keine Sonn- und Feiertage, keine 5-Tage-Woche und kein verlängertes Wochenende!

Schon FREUD wies darauf hin, daß die ständige Wiederholung ein Mittel sein kann, das Unbewußte zu erreichen. Nur durch regelmäßiges Üben gehen die Übungen des autogenen Trainings allmählich in das Unbewußte über!

Es muß folglich trainiert werden, täglich, lebenslänglich! Wer so trainiert, erreicht nicht nur einen einmaligen Kurerfolg, sondern Gelassenheit, Ausdauer, Gleichmut und Sicherheit für sein ganzes Leben.

Selbstverständlich gelingt es auch unseren Kursteilnehmern, wenn erst einmal alle Übungen der Grundstufe gut erarbeitet sind, die Übungsdauer allmählich auf 3/5/10 Minuten zu verlängern. In der Regel sind aber, auch bei fortgeschrittener Übungstechnik, längere Übungszeiten nicht wirkungsvoller als kürzere, ganz abgesehen davon, daß sich mehr Gelegenheiten zu kurzem als zu langem Üben bieten (vgl. Kapitel 7.4).

Am *frühen Morgen* darf mit der Übung erst nach vollem Erwachen begonnen werden. Halbschlaf vereitelt die *konzentrative* Selbstentspannung. Ein Morgenmuffel, der mit dem Gefühl »Was kann an einem Tag schon dran sein, der mit dem Aufstehen anfängt« die Übungsformeln vor sich hinlallt, wird damit nichts erreichen. Besser ist es, nach dem Erwachen zuerst eine Hauttrokkenbürstung mit anschließender kalter Abreibung zu machen und sich dann nochmals fest zugedeckt ins noch nicht gelüftete und folglich vorgewärmte Bett zu legen. Diese Prozedur fördert gleichzeitig Konzentration und Entspannung. Wer besonders muffelig ist, lüfte vor dem Üben auch sein Bett und übe nicht im warmen Raum! Ist selbst das erfolglos, übt man besser statt im Liegen in Droschkenkutscherhaltung auf der Bettkante.

Mittags ist es zweckmäßig, nach dem Essen zu üben. Wir sind dann ohnehin entspannungsbereiter. Da autogenes Training den Appetit anregen kann, wird durch Üben *nach* den Mahlzeiten auch die Gefahr einer Störung durch Eßgelüste vermieden. Empfehlenswerte Zusatzformeln für Übergewichtige wie »Ich bin ganz ruhig, zufrieden und satt« oder »Essen ganz gleichgültig« (siehe Seiten 137–138) fallen nach Tisch auf besseren Boden.

Vor dem Einschlafen ist es wichtig, daß wir, ehe wir üben, den Rucksack unseres Tagesgepäcks vor der Schlafzimmertür lassen und weder unerledigte Arbeiten noch aufregende Lektüre mit ins Bett nehmen. Bei Beendigung des zweiten Übens kann abends die Rücknahmeformel weggelassen werden. Statt dessen kuschelt man sich dann (aber erst dann, nicht vorher!) wie ein Nilpferd, Walroß oder Hamster in die gewohnte Schlaflage. Bis zur Beendigung des zweiten Übens muß auch am Abend die für das Liegen vorgeschriebene Übungshaltung (siehe Seite 73) unbedingt eingehalten werden.

Schläft man beim Üben ohne bewußtes Weglassen der Rücknahmeformel ein, so braucht die Rücknahmeformel beim Erwachen nicht nachgeholt zu werden. Das beunruhigende Gefühl, die Rücknahmeformel vergessen zu haben, soll nicht den Schlaf stören.

Auch wenn man durch einen Schreck gewaltsam aus dem Üben herausgerissen wird, z. B. durch plötzlichen Lärm, ist ein gesondertes Zurücknehmen nicht mehr erforderlich. Unwillkürlich besorgt ein plötzlicher Schreck jene Straffung der Muskulatur, die sonst durch das Zurücknehmen erreicht wird.

Die hier für das Üben vorgeschlagenen Tageszeiten bewähren sich besonders, wenn das autogene Training kursmäßig im Rahmen einer Erholungskur oder eines Heilverfahrens erlernt wird. Die im Kurs gegebene Anleitung,
- morgens nach dem Erwachen,
- nach dem Essen während der Mittagsruhe und
- abends vor dem Einschlafen

zu üben, läßt sich dann meistens leicht befolgen.

Im Berufsleben kann es jedoch zweckmäßig sein, den Zeitpunkt für die Übungen anders zu wählen.

»Das autogene Training ist eine ausgezeichnete Sache«, schreiben viele Arbeiter, die bei uns während einer stationären Heilbehandlung in die Übungen eingewiesen wurden, *aber* »bei der regelmäßigen Durchführung im Alltag treten Schwierigkeiten auf«. Etliche Arbeiter mit langen Arbeitswegen sind täglich 12 bis 14 Stunden von zu Hause fort: »Entspannungsübungen unmittelbar nach Heimkehr und Essen führen dann zu vorzeitigem Schlaf;

die häuslichen Aufgaben kommen zu kurz, und es entsteht Unzufriedenheit«. Andere schreiben: »Nach der Kur wird in der Hetze des Alltags, in die wir ganz automatisch hineingezogen werden, eine Vervollkommnung kaum möglich sein.« Oder: »Im Alltags- und Berufsleben mangelt es an Zeit, und auch das Familienleben wirkt dann wohl störend.« Einige Kursteilnehmer mahnen: »Die das autogene Training Unterrichtenden sollten sich sehr eingehend mit den Lebensumständen der Patienten befassen...; man muß davon ausgehen, daß sehr viele LVA-Kurgäste körperlich arbeiten müssen und dann nicht mehr die Energie zum Üben aufbringen... Es ist doch schade, daß gutgemeinte Vorschläge meistens nicht durchgeführt werden, weil sie zu allgemein gehalten sind... Darum nochmals: Persönliche Aussprache über Maßnahmen nach der Kur, die sich auch tatsächlich durchführen lassen!«

Solche Briefstellen machen uns klar, daß weder der Übende selbst noch sein Übungsleiter starr auf dem Vorsatz bestehen sollten, um jeden Preis auf irgendwann einmal festgelegten Übungszeiten stur zu beharren. Das Gesetz von der das Gegenteil bewirkenden Willensanstrengung (vgl. Seite 64) würde dann auch hier nur gar zu bald bewirken, daß ungenau oder gar nicht mehr geübt wird.

Wir müssen wegkommen vom »Stumpfsinn des Dreimal-täglich«, den der Hamburger Internist und Psychosomatiker Professor JORES einmal in Zusammenhang mit den Rezeptiergewohnheiten beim Verordnen von Medikamenten geißelte. Trotzdem sollte selbstverständlich auch das autogene Training »rezeptiert« und nicht der reinen Willkür überlassen werden. Das Rezept muß aber situationsgerecht sein!

Schon im Kapitel 7 wurde darauf hingewiesen, daß es nach erfolgreichem Abschluß eines Übungskurses im Berufsalltag meistens genügt, täglich nur einmal 5 Minuten lang zu üben (genauer 2×1½ Minuten mit zwischengeschalteter 2minütiger Pause). Wenn eben möglich, sollte man sich aber auch mit dieser »Erhaltungsdosis« an feste Übungszeiten halten.

Viele Hausfrauen werden besser als direkt nach dem Erwachen erst nach dem Frühstück während des frühen Vormittags üben können, nachdem alle Familienmitglieder versorgt und Schulpflichtige und Berufstätige außer Haus sind. Andere können sich besser abends nach getaner Arbeit konzentrieren, wenn sie von allen Strapazen und Ärgernissen in Haushalt und Beruf etwas Abstand gewonnen haben, die Kinder schon im Bett liegen und mit überraschenden Besuchen oder störenden Telefonanrufen nicht mehr zu rechnen ist. Ein Spaziergang vorher fördert dann oft die zum Üben notwendige Konzentration. Einige wenige Schritte und ein paar Minuten frischer Luft können dazu schon ausreichen.

An die Möglichkeit, in Droschkenkutscherhaltung auf einem gewissen Örtchen zu üben, sei hier nochmals erinnert (siehe Seite 75). Oft ist hier im Alltag die einzige Gelegenheit zur »stillen Andacht«. Niemand kann sie einem verwehren! Niemand und nichts kommt einem hier in den Weg!

Übrigens gelingt auch bei der Heimfahrt von der Arbeit in Zügen, Straßenbahnen und Omnibussen ein unauffälliges Üben in Droschkenkutscherhaltung leichter, als viele Übungsteilnehmer zunächst meinen. Reisevertreter können auf den Bänken ruhiger Rastplätze oder auf dem Liegesitz ihres Autos üben.

So individuell auch das Rezept für ein autogenes Training im Alltag ausfallen mag, bei allen Vorbehalten gegen jeden sturen Schematismus und bei aller Situationsgebundenheit und Improvisation gilt dennoch:

Regelmäßig üben (»Steter Tropfen höhlt den Stein«)!
Möglichst immer um die gleiche Zeit üben!

Nur bei Wechselschichtarbeit ist eine Anpassung der Übungszeiten an den sich auch sonst ändernden Tagesablauf leider unvermeidlich.

Solange die Übungen noch nicht in Fleisch und Blut übergegangen sind, sollte auch der für einen bestimmten Zeitpunkt gewählte Übungsort möglichst beibehalten werden.

Menschen, die zu bestimmten Tageszeiten von Niedergeschlagenheit, Unbehagen und Trübsinn geplagt werden, sollten diese Phasen als Übungszeit für das autogene Training aussparen. Widerfahren ihnen solche Zustände mit einiger Regelmäßigkeit entweder morgens nach dem Erwachen oder abends vor dem Einschlafen, sollten sie sich mit ihrem Hausarzt, mit einem anerkannten Psychotherapeuten oder mit einem Arzt für Nerven- und Gemütskrankheiten besprechen.

Gezielte medikamentöse Behandlung kann in solchen Fällen hilfreicher sein und eine eventuelle Fortsetzung des autogenen Trainings zu anderen Tageszeiten begünstigen und ergänzen.

Akute Existenzkrisen, die Trauer über den Tod lieber Menschen, die uns am nächsten standen, und Enttäuschungen in der Liebe kann autogenes Training nicht hinwegzaubern. Gerade während der Entspannung wird in solchen Situationen die innere Not und Verzweiflung oft am schlimmsten sein. Beim Üben am Abend und in der Stille kann dann das autogene Training deshalb nicht selten versagen. Dagegen kann seine häufigere Anwendung über Tage in solchen Zeiten dazu beitragen, den Alltag mit seinen unverminderten Anforderungen besser durchzustehen.

c) Wieviel Zeit benötigt man zur Erlernung der Schwereübung und zur Erlernung des gesamten Übungspensums?

Die meisten Übungsteilnehmer empfinden schon während der ersten Übungsstunde ein wenig Schweregefühl in einem Arm oder sogar in mehreren Gliedmaßen. In den nachfolgenden Tagen wird das Schweregefühl im Übungsarm immer deutlicher und tritt immer schneller ein. Zugleich wird es auch in den anderen Gliedmaßen, am häufigsten zuerst im anderen Arm, fühlbar (Transfer). SCHULTZ schreibt: »Normalerweise ist in 10 bis 14 Tagen die Übung so weit fortgeschritten, daß durch einen Augenblick innerer Konzentration Arme und Beine bleischwer entspannen.«

Mitunter kommt es schon nach 1 bis 2 Tagen zu dieser Generalisierung. Voraussetzung ist allerdings, daß mit der von uns zuvor geschilderten Häufigkeit und Dauer geübt wird.

Für das Training aller sechs Übungen muß insgesamt eine Zeit von 8 bis 12 Wochen veranschlagt werden. Zuweilen wird sogar eine Mindestzeit von 4 Monaten angegeben. Als Übungsleiter erlebt man jedoch immer wieder sowohl bei intensiver Gruppenarbeit als auch bei Kurzkursen, die eigentlich mehr einem Kennenlernen als dem Erlernen des autogenen Trainings dienen, daß eine ganze Reihe von Teilnehmern in der Lage ist, sich die sechs Übungen der Grundstufe auch außerhalb der Gruppe bei selbständigem Üben in etwa 3 Wochen anzueignen. Manchmal treten die ersten Erfolge allerdings erst nach einem halben Jahr ein. Niemand ist beim autogenen Training ein schlechter Schüler, weil er langsam lernt! Wer schneller lernt, bekommt deshalb keine besseren Zensuren! Übungsteilnehmer, die sehr rasch die Übungen lernen, haben sie nicht selten bald wieder vergessen, während andere, die sie langsam lernen, lebenslänglich davon profitieren (vgl. Kapitel 21).

Daß es beim Üben gute und schlechte Tage gibt, einmal die eine und mal die andere Übung besser gelingt, ist selbstverständlich und darf Sie nicht entmutigen! Erinnern Sie sich noch einmal an WILHELM RAABES Ausspruch: »Alles in der Welt geht in Wellenlinien« (vgl. Seite 63).

In der Regel wird man für die Teilnahme an einem *geschlossenen* Kursus zur Erlernung der Grundstufe des autogenen Trainings 6 bis 8 Doppelstunden veranschlagen, die sich über einen Zeitraum von 3 bis 8 Wochen verteilen. Wahrscheinlich sind für nachhaltige »organismische Gesamtumschaltungen«, die zuweilen wie bei Erholungskuren mit gesetzmäßigen rhythmischen Krisen einhergehen, *wenigstens 3 Wochen* erforderlich. Die Auswertung von fast 5000 freien Übungsprotokollen und 100 000 standardisierten Kurstagebuchfeldern rechtfertigt diese Aussage (vgl. Seiten 155–159).

11.2 Die Wärmeübung (Gefäßentspannung)

Je besser und rascher die Schwereübung gelingt, um so eher wird der Übende schon bald zugleich angenehme Wärme verspüren. Sie kündigt sich oft als Kribbeln, Prickeln, »Ameisenlaufen« oder leichtes Jucken in den Fingerspitzen an. Ähnliche Empfindungen begleiten Wundheilungen oder das Herabhängenlassen der Arme nach Lockerungsübungen (z. B. 30 Sekunden sehr schnelles und ausgiebiges Beugen und Strecken der Unterarme aus dem Ellenbogen heraus mit jeweiligem Auftippen der Fingerspitzen auf die Schultern, siehe auch Seite 108). Wie beim autogenen Training ist vermehrte Blutzirkulation die Ursache. Die Wärme wird deshalb nicht selten als pulsierend oder strömend empfunden. Viele spüren eine innerliche, strömende Wärme nicht nur in den Fingerspitzen, sondern auch in Ellenbogen- und Unterarmgegend, andere spüren sie zugleich im Schulter-Nacken-Bereich oder im Leib.

2. Übungsformel:

»Der rechte (linke) Arm ist ganz warm.«

Sobald die Schwereübung, zumindest im Bereich eines Arms, gut erarbeitet worden ist, wird die 2. Übungsformel der 1. Übungsformel »angehängt« beziehungsweise »nachgeschlabbert«. Das geschieht auch dann, wenn noch keine Wärmeempfindungen bemerkt wurden. Durch das »Nachschlabbern« soll erreicht werden, daß sich der Übende der über kurz oder lang von selbst eintretenden Gefäßentspannung geduldig wartend hingibt, statt sie mit unnützer Willensanstrengung zu erzwingen.

Sobald also das Schwereerlebnis gut erarbeitet ist oder sich sogar Wärmeempfindungen schon von selber ankündigen, lauten die gesamten Übungsformeln:

»Ich bin ganz ruhig«
——————————> »Innere Uhr« stellen!
»Der rechte (linke) Arm ist ganz schwer«
»Der rechte (linke) Arm ist ganz warm«

Merke: Auch bei der Wärmeempfindung kommt es zu Transfer (Übertragung) und Generalisierung (Ausbreitung).

Die Übungsformeln müssen dann wiederum entsprechend geändert werden, etwa:

»Ich bin ganz ruhig«
——————————> »Innere Uhr« stellen!
»Die Arme sind ganz schwer« }
»Der rechte (linke) Arm ist ganz warm« } 1½ Minuten

oder »Ich bin ganz ruhig«

——————————> »Innere Uhr« stellen!

»Die Arme sind ganz schwer« }
»Die Arme sind ganz warm« } 1½ Minuten

oder »Ich bin ganz ruhig«

——————————> »Innere Uhr« stellen!

»Ich bin ganz schwer« }
»Der rechte (linke) Arm ist ganz warm« } 1½ Minuten

oder »Ich bin ganz ruhig«

——————————> »Innere Uhr« stellen!

»Ich bin ganz schwer« }
»Die Arme sind ganz warm« } 1½ Minuten

oder »Ich bin ganz ruhig«

——————————> »Innere Uhr« stellen!

»Ich bin ganz schwer« }
»Ich bin ganz warm« } 1½ Minuten

Jeder suche sich von den hier angebotenen Formelkombinationen diejenigen aus, die für ihn, je nach Ausbildungsstand, gerade gültig sind.

Wird pro Tag genau nach Vorschrift insgesamt 15 Minuten lang geübt, so wird es meistens schon innerhalb von 1 bis 2 Wochen möglich sein, die ersten beiden Übungsformeln zusammenzufassen. Im Anschluß an die Ruhetönungsformel »Ich bin ganz ruhig« würden dann die Formeln lauten:

»Der rechte (linke) Arm *ist* ganz schwer *und* warm« oder
»Die Arme *sind* ganz schwer *und* warm« oder
»Ich *bin* ganz schwer *und* warm.«

Die Formel »Ich bin *ganz* schwer *und* warm« darf auch dann gewählt werden, wenn die Füße noch kalt sein sollten. Fußkälte nicht dramatisieren! Gewinnen Sie zu Ihren Füßen die gleiche innere Einstellung wie ein kleines Kind, das gar nicht weiß, daß der dicke Zeh, an dem es lutscht, sein eigener ist. Tun Sie so, als ob Ihre kalten Füße Sie nichts angingen und als ob sie Ihnen einstweilen gar nicht gehörten. Verhalten Sie sich Ihren Füßen gegenüber wie jener Regenwurm, der, aus einem Erdloch hervorlugend, plötzlich aus einem anderen Erdloch seinen Schwanz hervorkommen sieht und ihn so lange freundlich wedelnd begrüßt, bis dieser ihm zuruft: »Merken Sie eigentlich nicht, daß ich Ihr eigener Schwanz bin?« Nehmen Sie innerlich so lange Abstand von Ihren Füßen, bis Sie plötzlich nach einigem Üben erstaunt feststellen, daß Ihre Füße bei der Formel »Ich bin *ganz* schwer *und* warm« genauso warm sind wie Ihr übriger Körper. In diesem Augenblick können Sie Ihren Füßen im Geiste freundlich zuwinken und ihnen zurufen: »Hab' ich es euch nicht gleich gesagt ... spät kommt ihr, doch ihr kommt.« Einem meiner Übungsteilnehmer verdanke ich die Bemerkung: »Meine Mutter ist selber schuld, daß ich kalte Füße habe, warum kauft sie mir keine warmen Socken?« Auch mit diesem Gag gelingt es manchem, sich von seinen kalten Füßen abzulenken.

Niemals darf statt der Vorstellung »Wärme« die Vorstellung »Hitze« aufkommen!

Leidet der Übende von vornherein unter einer überschießenden Wärme – sei es durch »Heißblütigkeit«, »fliegende Hitze« oder hohe Außentemperaturen –, ist es zweckmäßig, die 2. Übungsformel abzuändern in

»Die Wärme verteilt sich angenehm im Körper.«

Bei leichteren Störungen immer wieder die Ruhetönungsformel einblenden:

»Ich bin ganz ruhig!«

Wie die vorhin bei den Übungsformeln eingezeichneten Klammern verdeutlichen, werden die 2. Übung und auch alle noch folgenden Übungen so in die 1. Übung eingebaut, so mit ihr verklammert, daß auch mit zunehmender Übungszahl die jeweilige Gesamtübungsdauer von etwa 1½ Minuten nicht oder nur unwesentlich überschritten wird!

Auch ein- oder mehrmaliges Einblenden der »Ruhetönung« darf die Übungsdauer nicht verlängern!

Beide Übungen werden also wiederum unter allen Umständen,

d. h. unabhängig vom Übungserfolg, nach etwa 1½ Minuten – bei Störungen früher – mit der richtigen Rücknahmeformel zurückgenommen:

»Arm fest!« – »Tief atmen!« – »Augen auf!«

Ein gesondertes Zurücknehmen der Wärmeempfindung (= Gefäßentspannung) erübrigt sich, weil mit dem Zurücknehmen der Schwereempfindung (= Muskelentspannung) auch alle übrigen Organe wieder ausreichend für ihre Alltagsaufgaben reaktiviert werden. Die Rücknahmeformel ist deshalb auch bei den noch zu erlernenden weiteren vier Übungen immer gleich.

Zwischenlektionen

a) Wärme ohne Schwere – kein Grund zur Unruhe

Schwere und Wärme stellen sich hin und wieder fast gleichzeitig ein. Außerdem kann das Wärmegefühl so dominieren, daß Schwere kaum oder gar nicht empfunden wird. Einige Übende empfinden das als ein Manko. Sie trauern der fehlenden Schwere nach oder machen gewissermaßen geistige Klimmzüge, um unter allen Umständen deutliche Schwereempfindungen zu erreichen. Ich erinnere mich eines Falles, bei dem einem derartig Bemühten von einem anderen Übungsleiter sogar geraten worden war, er möge sich vorstellen, daß er in einem orthopädischen Gerät hinge und an Armen und Beinen schwere Gewichte befestigt wären. Eine solche Hilfsvorstellung ist natürlich unsinnig. Sie verleitet zu Muskelanspannungen und Überdehnungen und bewirkt damit das Gegenteil der erwünschten Lockerung, für die der Ausdruck »Schwere« nur ein umschreibendes Wort ist, ein bloßes Wort, für das in einigen Fremdsprachen andere Ausdrücke gebräuchlich sind. Wer Wärme ohne Schwere empfindet, hat längst die erwünschte Muskellockerung erreicht!

10 bis 15% aller Übenden erleben die Muskellockerung von vorneherein als *Leichtigkeit.* In allen diesen Fällen sollten die Standardformeln entsprechend geändert werden, z. B.:

»Die Arme sind ganz leicht,
ganz locker und frei,
die Spannung entweicht« (nach Transfer) oder
»Ich bin ganz leicht, locker, entspannt«
(nach Generalisierung).

Manche Übungsteilnehmer empfinden die Leichtigkeit als Fliegen. Sie haben das Gefühl, zu schweben oder zumindest vom Boden »abzuheben« (Levitation). Solche Levitationserlebnisse sind in allen Zeiten und Kulturen immer wieder beschrieben worden. Sie treten bei Abschirmung unserer fünf Sinne besonders im Traum und bei »katathymem Bilderleben« (Tagträumen) auf. Nicht selten läßt sich dabei feststellen, daß sich schon entspannte Muskeln gewissermaßen vom Rest der noch angespannten Muskulatur »abheben«. Eine meiner Kursteilnehmerinnen, eine Ordensschwester, schilderte sehr eindrucksvoll, daß sie bei den Grundübungen immer über ihre Heimatstadt »flog« und dabei sehr deutlich alle markanten Gebäude und Kirchtürme sah. Ihr Üben wurde dadurch nicht beeinträchtigt. Beim Zurücknehmen schließlich »landete« sie wieder im Unterrichtsraum. Im Verlauf des weiteren Kurses verschwand das Levitationsgefühl allmählich. Einige Jahre später bei einem Wiederholungskurs erinnerte sich die Absolventin kaum noch daran.

b) Die ersten beiden Übungen als Grundübungen

Beim autogenen Training begründet das Gelingen der jeweils vorausgehenden Übung die alsbaldige Verwirklichung der nächstfolgenden Übung. Dieser Prozeß läßt sich aber nicht im Zeitraffertempo abspulen. Nochmals: »Gut Ding will Weile haben.« Vor allem die ersten beiden Übungen müssen ohne nennenswerte Ausnahmen möglichst in jeder Situation immer und überall rasch sitzen, ehe man daran denken kann, mit Aussicht auf Erfolg die weiteren Übungen zu beginnen. Nur wer sich die ersten beiden Übungen sicher angeeignet hat, wird über kurz oder lang die Erfahrung machen, daß sich alle weiteren Übungen darauf fast von selbst aufbauen. Die Schwere- und die Wärmeübung werden deshalb auch als *»Grundübungen«* bezeichnet.

Um den Kursteilnehmern zu demonstrieren, was Muskellockerung und Zirkulationsförderung auf Dauer bewirken, kann es zweckmäßig sein, während der Erlernung der Grundübungen in den Pausen eine kurze *Schulter- und Armlockerungsgymnastik* zwischenzuschalten. Bewährt haben sich Ellenbogen- und Schulterkreisen bei eingewinkelten Unterarmen, Armtrichterkreisen (wobei die Fingerspitzen bei gestreckten Armen mit allmählich gesteigertem Tempo einen immer größeren Radius umschreiben), Armwechselkreisen (»Schaufeln«) oder Mühlkreisen (mit gekreuzten Armen). All diese Übungen können abwechselnd in zwei Richtungen gemacht werden. Es genügt auch eine einfache Armlockerungsübung. Dabei werden die Arme horizontal nach vorne angehoben und im Ellenbogen etwa 30 Sekunden lang sehr schnell und locker gestreckt und gebeugt, wobei die Fingerspitzen auf die Schultern tippen. Wenn die Kursteilnehmer nach allen Übungen ihre Arme entspannt und locker hängen lassen, werden sie darin bald eine reaktive Schwere und Wärme empfinden.

Wer übrigens bei den Grundübungen und/oder bei der Gymnastik ein vermehrtes *Wärmegefühl in den Schultern* verspürt, sollte dieses Gefühl durch besondere konzentrative Zuwendung kultivieren. Die Schultermuskulatur ist ein Projektionsfeld für mancherlei organische und seelische Störungen. Viele Menschen tragen im eigentlichen und übertragenen Sinn »auf beiden Schultern«. Man denke auch an die häufigen Schultersteifen nach Herzinfarkt. Umgekehrt kann eine Lockerung und Durchwärmung der Schultermuskulatur aber auch Heilreize setzen, die zur Beseitigung dieser Störungen beitragen.

Schon mit der Beherrschung der ersten beiden Übungen und ihrer regelmäßigen Anwendung verschwinden viele Beschwerden allmählich von selbst. Folglich braucht sich niemand zu grämen, wenn er aus zwingenden Gründen bisher nur die ersten beiden Übungen erlernen konnte. Wenn er das Üben nicht aufgibt, hat er damit schon viel gewonnen. Gerade diese Übungen gehen ihm ja durch die Muskel- und Blutgefäßentspannung in wortwörtlicher Bedeutung allmählich in Fleisch und Blut über.

Nicht selten werden bei Kursen, für die nur 3 bis 4 Wochen Zeit zur Verfügung stehen – wie etwa im zeitlich begrenzten Rahmen von Kur- und Rehabilitationsmaßnahmen –, nur diese Grundübungen vermittelt. Die Ergebnisse dieser Maßnahmen und der Zuwachs an Gesundungswillen und Selbstvertrauen liegen auch dann über dem Durchschnitt, wenn die Absolventen dabei die weiteren Übungen kaum oder gar nicht kennenlernen.

Trotz Betonung der Grundübungen sollten aber auch die Teilnehmer kürzerer Kurse über die nachfolgenden vier Übungen, die man auch »Organübungen« nennt, zumindest informiert werden. Wer an einem autogenen Trainingskurs teilnimmt, will wissen, was das autogene Training im ganzen ist, und es ist legitim, einem solchen Informationsbedürfnis nachzukommen. Unsere Patienten in der Teutoburger-Wald-Klinik haben auch die einzelnen Organübungen so weit kennengelernt, daß sie diese zu Hause allein weiterführen können. Da auch jede einzelne Organübung ihre eigene Indikation und Schwierigkeit hat, haben wir jedem einzelnen gesagt, welche Übung jeweils für ihn besondes wichtig werden könnte, welche Schwierigkeiten dabei zu beachten sind und in welcher Weise diese Schwierigkeiten in der Regel behoben werden können. Dabei haben wir nie außer Zweifel gelassen, daß man zur endgültigen Erlernung der »organismischen Gesamtumschaltung« auch bei konsequentem Üben mehrere Monate braucht. Mit dieser Einschränkung werden nachfolgend die Organübungen (= Übungen 3 bis 6) beschrieben.

11.3 Die Herzübung (Herzberuhigung)

»Mitte aller Welt ist das Herz«, schrieb die erste deutsche Ärztin, die HEILIGE HILDEGARD VON BINGEN (1098–1179). Die mit der Wärmeübung angesprochene Blutzirkulation und die Pumpleistung des Herzens gehören physiologisch zusammen. Sie lassen sich bereits beim 3 Wochen alten und kaum noch erbsengroßen Embryo nachweisen. Der Herzschlag ist hörbar, ehe die werdende Mutter im 4. und 5. Monat die ersten Kindesbewegungen spürt. Mit dem Erkennen des Herztaktes beginnen beim Menschen schon im Mutterleib die frühesten Lernprozesse. Neugeborene, die pausenlos per Tonband den Herzschlag ihrer Mutter vorgespielt bekommen, schreien erheblich weniger als Babys ohne diese Tonbandkulisse. Die schon früh im Mutterleib vernommenen Herztöne sind folglich – lange vor jeder sprachlichen Verständigung – die ersten Signale einer nonverbalen Kommunikation (Verständigung ohne Worte). Unser Austausch mit der Umwelt durch die Atmung, die von manchen philosophischen und psychotherapeutischen Schulen und Psychokulten in den Mittelpunkt gestellt wird, ist dagegen jüngeren Datums. Der erste Atemzug erfolgt bekanntlich erst nach der Geburt. Sowohl aus der Sicht der Physiologie wie auch aus der Sicht der frühkindlichen Entwicklung besteht also kein Anlaß, Herz- und Atemübung zu vertauschen, d. h. die Herzübung grundsätzlich erst im Anschluß an die Atemübung zu vermitteln.

Die Entdeckung des eigenen Herzschlags bereitet trotzdem vielen Menschen Schwierigkeiten. Manche haben ihr eigenes Herz bisher nicht einmal im Fieber, bei Anstrengungen oder Aufregungen gespürt. Andere spüren zwar gelegentlich ihr Herz, haben aber dabei unangenehme Empfindungen oder Befürchtungen. »Herr Doktor, mein Herz schlägt so ...« Wie oft bekommt der Arzt diesen Satz zu hören, und wie erstaunt ist fast jeder Patient, wenn der Arzt daraufhin nur fragt: »Na und ...?« Würde das Herz nicht schlagen, wäre der Mensch doch tot ...

Als ein Patient unbefangen in einer Trainingsgruppe berichtete: »Ich habe das Gefühl, mein Herz spricht mit mir«, wurde er zunächst von den meisten Übungsteilnehmern belächelt. Dieses Lächeln wandelte sich jedoch in Nachdenklichkeit, als ich GOETHES letzten Brief an WILHELM VON HUMBOLDT zitierte, in dem es heißt, daß die Menschen durch ihre Organe belehrt werden und daß es ein Vorzug der Menschen sei, »ihre Organe wiederbelehren zu können«. Beides geschieht beim autogenen Training. Wir kommen dabei mit unserem Organismus und mit unserem Herzen, dem Zentrum dieses Organismus, wieder »auf du und du«.

Von GOTTFRIED KELLER stammen die schönen Verse:

»Willst *Du*, o Herz,
ein gutes Ziel erreichen,
mußt *Du* in eigner Angel
schwebend ruhn.«

Mit Recht wurde das autogene Training auch im Rahmen der *Deutschen Herz-Kreislauf-Präventionsstudie*, dem bisher umfangreichsten Forschungsprojekt des deutschen Gesundheitswesens, als ein Mittel gerühmt, das vielen Patienten ermöglicht, mit ihrem Körper »in neuer Weise in Kontakt zu treten und ... ihn in einer vertrauensvollen Weise wahrzunehmen«. Die Herzübung bietet zudem ein weites Feld für die Verschönerung unangenehmer Empfindungen. Eine junge hübsche Kursteilnehmerin z. B. murrte: »Mein Herz, das Biest.« Der Hinweis »Es gibt auch nette Biester« genügte, diesem »Biest« mehr Sympathien entgegenzubringen.

Herzempfindungen, die viele Menschen heute irritieren, wurden vor 100 bis 200 Jahren von unserem Vorfahren durchaus geschätzt:

»Das Herz erleichtert merkt behende,
daß es noch *schlägt* und möchte *schlagen*«

(GOETHE).

»Es *schlägt* mein Herz geschwind zu Pferde«

(GOETHE).

»Wie *erhebt* sich das Herz, wenn es Dich,
Unendlicher, denkt«

(KLOPSTOCK).

»Mein Herz sich *hebet* unerschrocken,
ja voller Freuden auf es springt«

(MÖRIKE).

Sogar die kleinen Freuden des Alltags lösten »erhebende Gefühle« aus:

»Es bleibt zuletzt doch etwas noch,
was kann das Herz *erheben* ...«

beginnt ein Vers des Malerpoeten CARL SPITZWEG, und er endet:

»Freund, morgen gibt es Märzenbier
und Heringe gebraten.«

Selbst Extraschläge des Herzens schienen früher kein Grund zur Beunruhigung zu sein, im Gegenteil:

»Fröhlich soll mein Herze *springen*...«
»Mein Herz, es schlägt in *Sprüngen*
und kann nicht traurig sein...«

heißt es in den Kirchen- und Volksliedern PAUL GERHARDTS.

Versucht man von vorneherein, unangenehme Herzempfindungen zu verschönern, den Patienten die Angst um ihr Herz zu nehmen und den »Herzlosen« die Gewißheit zu geben, »Jeder entdeckt seinen Herzschlag, weil niemand ein ›steinernes‹ Herz hat«, dann sehen wir erst recht auch bei Herzkranken keine Veranlassung, die nachfolgende Atemübung der Herzübung vorzuziehen. Die Herzübung ist ja, wie im Kapitel 2 (siehe Seite 22) erklärt wurde, die natürliche Folge der vorausgehenden Gefäßentspannung, und erst aus der Herzberuhigung ergibt sich folgerichtig die Atemberuhigung. Dementsprechend spüren auch die meisten Patienten schon bei der Wärmeübung zwar nicht sofort ihr Herz selbst, wohl aber das, was das Herz tut, den *Pulsschlag*.

»Sein Text ihm schon die *Adern reget*...«

konstatierte MÖRIKES »Alter Turmhahn« von seinem Pfarrherrn bei der Predigtvorbereitung. Die Pumparbeit des Herzens wird als Schläfenpuls, Hinterkopfpuls, Herzschlagaderpuls, Fingerpuls oder Bauchschlagaderpuls vom Patienten deutlich empfunden. Die Entdeckung des Pulsschlages, wo auch immer er zuerst erlebt wird, gibt das Signal zur

3. Übungsformel:

»Mein Herz schlägt ganz ruhig und kräftig.«

Dabei wird, abweichend von der bisherigen Übungshaltung, der rechte Ellenbogen beim *Liegen* so gestützt, daß er ebensohoch liegt wie die Brust. Dann wird die rechte Hand auf die Herzgegend gelegt. Beim Mann ist das die Gegend der linken oberen Westen- oder Hemdtasche. Frauen legen ihre Hand, je nach Brustform, entweder in die Gegend des oberen Brustansatzes oder dicht unter die linke Brust. In jedem Falle soll die Hand auf der Brustwand so aufliegen, daß sie mit zunehmender Entspannung zunächst die mit jedem Herzschlag einhergehende rhythmische Erschütterung der Brustwand und schließlich den Herzschlag selber fühlt. Die rechte Hand und der zum Herzen weisende rechte Unterarm sind dabei eine Art symbolischer Wegweiser zu jenem Organ, auf das sich der Übende neu konzentrieren muß.

Solange herzferne Pulsationen deutlicher empfunden werden als das Herz selbst, kann man statt der Herzformel vorübergehend die Formeln wählen

»Puls ruhig und gleichmäßig«,
»Es durchpulst mich.«

Ist die Herzempfindung erst gelernt, das Herzerlebnis entdeckt, so wird die Hand nicht mehr auf die Herzgegend gelegt, sondern es wird in üblicher Haltung weitergeübt und das Herz »direkt« ohne äußere Hilfe reguliert.

Merke: Übende, die ihren Herzschlag als unangenehm stark empfinden, lassen die letzten beiden Worte der Übungsformel »... und kräftig« weg, üben also lediglich mit der Formel

»Mein Herz schlägt ganz ruhig.«

Wer seinen Herz*schlag* als unangenehmes Klopfen empfindet, möge »schlägt« durch die Worte »geht« oder »ist« ersetzen.

SCHULTZ empfiehlt für leicht Erregbare auch die Formel

»Mein Herz schlägt ganz ruhig und regelmäßig.«

Für Patienten mit unregelmäßigem Herzschlag ist diese Formel jedoch ungeeignet. Patienten, die unter Extraschlägen des Herzens leiden (Extrasystolen), ist besser mit dem sachlichen Hinweis gedient, daß die nach einem vorzeitigen Herzschlag auftretende Pause völlig zu Unrecht die häufige Befürchtung auslöst, das Herz könne dabei plötzlich stehenbleiben. Der Patient muß lernen, daß es sich dabei um eine kompensatorische Pause handelt, wobei das Herz, wenn es schon mit einem vorzeitigen Herzschlag zu wenig Blut in den Körper geschickt hat, sich während der nachfolgenden Pause erholen und mit frischem Blut ganz vollaufen kann, so daß es dann mit der in der Erholung gewonnenen Energie den nächsten Schlag um so kräftiger und ausgiebiger vollzieht. Damit wird dann die Blutmenge, um die der Körper vorher zu kurz gekommen ist, wieder »kompensiert«. Im übrigen macht man beim autogenen Training immer wieder die Erfahrung, daß solche Extraschläge während des Übens weniger auftreten, ohne daß sich der Übende speziell auf einen *regelmäßigen* Herzschlag konzentriert.

Durch Fragebogenerhebungen, die von unserer Klinik im Rahmen einer Doktorarbeit bei 300 Patienten mehrere Jahre nach Teilnahme am autogenen Training durchgeführt wurden, konnten wir feststellen, daß schnelles Herzklopfen, Herzdruck und unregelmäßiger Herzschlag neben Schlafstörungen und Muskelzittern am häufigsten durch konzentrative Selbstentspannung günstig beeinflußt worden waren.

Niemals soll der Übende *bewußt* anstreben, den Herzschlag zu verlangsamen, weil dies schaden kann.

Manchmal entdecken Übungsteilnehmer Puls- und Herzschlag erst nach einem heißen Armbad oder wenn sie eine Fingerkuppe fest mit einer Gummikordel umwickeln und dann den Arm herabhängen lassen. Wer sich beim Üben im Liegen daran gewöhnt hat, seine Hände in die Leistengegend zu legen, kann hier mit den Fingerspitzen den Leistenpuls ertasten.

Gelegentlich ziehen auch wir die nachfolgende Atemübung der

Herzübung vor, wenn sich während der Wärmeübung bei den Kursteilnehmern entweder überhaupt keine Pulsationen oder nur unangenehme Herzsensationen einstellen. Wir fordern sie auf, vorübergehend das Herz »links liegenzulassen«. Damit tun sie nichts Unredliches, denn das Herz liegt ja links.

Bei Herzhypochondern und Patienten mit bestimmten, speziellen Herzsensationen kann es mitunter zweckmäßig sein, die Herzübung ganz auszulassen. Einer meiner Patienten, der das autogene Training gut beherrschte, bekam plötzlich während der klinischen Abschlußuntersuchung einen Anfall von Herzjagen, wobei sein Herz mit einer Frequenz von 190 Schlägen pro Minute raste. Der Patient traute sich trotz dieses Herzjagens zu, autogen zu trainieren. Ich wies ihn jedoch an, dabei die Herzübung wegzulassen. Während des autogenen Trainings schlug das Herz mit einem Male wieder normal. Befragt, was er bei der Normalisierung seines Herzschlages gerade geübt habe, antwortete der Patient, daß er just in jenem Augenblick unter Weglassung der Herzübung direkt von der Wärme- zur Atemübung übergegangen sei.

11.4 Die Atemeinstellung (Atemberuhigung)

Viele »stöhnende« und »ächzende« Menschen glauben heute, in Arbeit und Sorgen zu »ersticken«. Sie werden ständig »in Atem gehalten«. Mit »atemloser« Hast wühlen sie sich durch ihre Aufgaben in der Hoffnung, endlich »etwas Luft zu bekommen«. Sie wünschen sich eine »Verschnauf- oder Atempause«, wobei sie doch genau wissen müßten, daß es unmöglich wäre zu leben, ohne zu atmen.

Sehr treffend beschreibt der Volksmund mit den genannten Redewendungen die Extreme des In-Atem-gehalten-Werdens und des Atemanhaltens – Extreme, die mehr ein Spiegelbild unserer seelischen Verfassung und der an uns gestellten nervlichen Anforderungen als ein Ausdruck anstrengungsabhängiger körperlicher Anforderungen sind.

Im Spannungsfeld dieser Extreme atmen unbewußt viele Menschen unregelmäßig, unnatürlich und verkrampft. Dieser kaum zu verbergende Umstand hat zahlreiche Ärzte, Krankengymnasten, Physiotherapeuten, Pädagogen und Lebensreformer veranlaßt, die Atmung zu einem Tummelplatz einander widerstrebender, weltanschaulich und religiös untermengter »Atemlehren« zu machen, die durch Zeitungen und Illustrierte millionenfach verbreitet werden. Für die Mehrzahl der Übungsteilnehmer ist die Gefahr groß geworden, im Sinne von pedantisch und unkritisch übernommenen »Atemübungen« absichtlich irgend etwas mit der Atmung zu machen, was zumeist unsinnig ist. Zu Recht kritisiert EUGEN ROTH in seinem gleichnamigen Gedicht den »Atemtherapeuten«:

> »Er festigt uns und kräftigt uns ...«,

doch kurzum:

> »der Mann belästigt uns ...
> mit dem System, dem überschlauen,
> bis wir uns nicht mehr atmen trauen –«
>
> (aus dem »Wunderdoktor«)

Um solchen Gefahren und solchem »Getue« zu entgehen, ist bei dieser 4. Übung bewußt von Atem-*Einstellung* und nicht von Atem-*Übung* die Rede. Viele Patienten atmen beispielsweise, wenn sie vom Arzt die Lunge abgehorcht bekommen, bewußt so »gut«, daß sie dabei schwindelig werden! Damit man mit der Atmung nichts »macht«, wählte Professor SCHULTZ für die Konzentration auf eine natürliche, von selbst kommende Atmung, welche wir hingebend nur an uns geschehen zu lassen brauchen, als Übungsformel die

4. Übungsformel:

»Es atmet mich.«

Dazu schreibt SCHULTZ: »Im autogenen Training wird die durch Muskelentspannung, Blutgefäßentspannung und Herzberuhigung erarbeitete ›innere Lösung‹ unmittelbar und natürlich in die Atmung hineintrainiert, wie sich die Schwere und Wärme *von selbst* vom Übungsarm auf die anderen Gliedmaßen ausbreitet. Im autogenen Training ist jede absichtliche Änderung der Atmung eine Störung, denn sie würde ja Spannung und Willkür bedeuten.«

Auch bei der Krankengymnastik lassen wir die Atmung aus dem gesamten Übungsprogramm heraus »von selbst« kommen. Je unbefangener dabei geübt wird und je mehr sich der Übende erwärmt, um so natürlicher wird seine Atmung. Ergospirometrische Kontrolluntersuchungen können das sehr schön beweisen.

GOETHE sprach beim Ein- und Ausatmen von »zweierlei Gnaden«. Der Ausdruck »Gnade« besagt, daß nicht *ich* atme, sondern *es* mit mir atmet. Bei der Atemübung ist es am wichtigsten, dieses Es in mir zu erleben.

Merke: Obwohl bei der Atemübung allzu vieles Theoretisieren schadet, sind doch Grundkenntnisse über den Ablauf der natürlichen Atmung unausweichlich: Sie läßt sich am besten durch die Atmung einer fast kugelrunden Witzfigur veranschaulichen, die in einem Trickfilm unter einem dicken Federbett laut schnarchend vor sich hin schläft. Bei jedem Schnarchen heben sich Bauch und Federbett so auffällig, daß alle Zuschauer schmunzeln und sich vielleicht sogar ihren Bauch vor Lachen halten müssen. Jedes Schnarchgeräusch entspricht einer Einatmung. Warum hebt sich dabei das Federbett, und warum wackelt manchem Zuschauer der Bauch so sehr, daß er sich vor Lachen »kugelt« und sich »die Seiten halten« muß? Bei jeder Einatmung und jeder Lachsalve bewegt sich das Zwerchfell, die Trennwand zwischen Brust- und Bauchraum, nach unten, wodurch sich Bauchdecken und Flanken (Hüften) vorwölben. Man atmet gewissermaßen in den Bauch hinein. Die natürliche Atmung wird deshalb auch »Bauchatmung« genannt.

Nur wenn der Bauch so eingeschnürt ist, daß das Zwerchfell bei der Einatmung nicht nach unten ausweichen kann, entfaltet die eingeatmete Luft den Brustkorb stärker als das Zwerchfell. Statt Vor- und Einwölbung des Bauches tritt dann bei jedem Atemzug mehr ein Heben und Senken des Brustkorbs hervor. Das gleiche gilt, ebenso wie bei eingeschnürtem Bauch, auch bei Aufregungen und großer körperlicher Anstrengung. Man nennt diese unter normalen Verhältnissen unnatürliche Atmung »Brustatmung«.

Viele Menschen nun atmen unnatürlich. Sie haben selbst im Ruhezustand unter Inanspruchnahme aller Atemhilfsmuskeln eine so auffällige Brustatmung, als müßten sie die letzten Meter des Matterhorns oder den Montblanc erklimmen.

Allein das nüchterne Wissen um den Ablauf der natürlichen Atmung und das lebhafte Denken an das Einatmungsschnarchen der zuvor geschilderten schlafenden Witzfigur können mithelfen, die Atmung auf das richtige Maß einzupendeln. Weitere Hilfsvorstellungen sind die Atmung eines schlafenden Kleinkindes und die vielen Menschen bekannte Flankenatmung von Katzen, Kühen und Pferden.

Manchmal haben Übungsteilnehmer Schwierigkeiten, den unterschiedlichen Rhythmus von Atmung und Herzschlag miteinander zu korrelieren. Meistens genügt es, ihnen zu erklären, daß die Korrelation von Herztakt und Atemrhythmus mit Sicherheit »natürlich« und »in Ordnung« ist. Alle natürlichen Rhythmen, die wir in der Welt, im Mikrokosmos und im Makrokosmos, kennen, stehen zueinander in einem ganzzahligen Verhältnis. Das ist auch beim Atem- und Herzrhythmus der Fall. Wir atmen etwa 15- bis 20mal pro Minute. Unser Herz schlägt in der gleichen Zeit etwa 60- bis 80mal. Auch Atem- und Herzrhythmus stehen also zueinander in einem natürlichen ganzzahligen Verhältnis, nämlich in dem Verhältnis 1:4. Ist diese Relation gestört, pendelt sie sich beim autogenen Training meistens von selbst wieder ein (vgl. Kapitel 3 und 16).

Wie die »Ruhetönung« der gesamten Übungszeit die Zielrichtung weist, so können als »Atmungstönung« aufzufassende Hilfsvorstellungen (atmende Kleinkinder und Tiere) der Atemübung die Zielrichtung weisen.

Schon bei der Atemübung macht sich manchmal eine stärkere Einspeichelung im Munde bemerkbar. Sie ist ein untrügliches Zeichen dafür, daß auch die Verdauungsorgane sich zu entkrampfen und besser zu funktionieren beginnen. Jede Verdauung nimmt mit der Einspeichelung im Mund ihren Anfang.

Wie wird die Entspannung der Bauchorgane systematisch geübt?

11.5 Die Sonnengeflechtsübung (Regulierung der Bauchorgane)

Bei dieser Übung fällt es naturgemäß schwer, sich auf das weite Feld aller Bauchorgane zu konzentrieren. Selbst ein Mediziner würde in Bedrängnis kommen, wenn er sich den gesamten Bauchraum zugleich vorstellen müßte:

Magen	Bauchspeicheldrüse
Zwölffingerdarm	Milz
Dünndarm	Nebennieren
Dickdarm	Nieren
Mastdarm	Harnleiter
Leber	Blase
Gallenblase	Genitalorgane
Gallenwege	

Andererseits gelingt es auch schlecht, sich am Bauch auf einen einzigen Punkt zu konzentrieren. »Nabelschau« ist nicht jedermanns Sache. Ein desillusionierender Kölner Witz macht deutlich, daß der normale Durchschnittseuropäer mit einer solchen fernöstlichen Versenkungsmethode wenig anzufangen weiß: Zur Meditation aufgefordert, beschaut Tünnes im Lotossitz seinen Nabel und stellt nach einigen Stunden lediglich resignierend fest: »Eijentlich künnste dat Ding emol wieder wäschen.«

Wie sollen wir aus dieser Zwickmühle herauskommen, die es unmöglich macht, uns entweder auf alle Bauchorgane zugleich oder aber nur auf einen einzigen Punkt im Bauchraum zu konzentrieren?

Professor SCHULTZ wählte folgende Formel:

5. Übungsformel:

»Sonnengeflecht strömend warm.«

Was ist das Sonnengeflecht?

Wir verstehen darunter die netzartige, zentrale Vereinigung von Bauchnerven zu einem auffälligen sonnenartigen Geflecht, das als größter Lebensnervenknoten des Leibes im Oberbauch etwa in der Mitte zwischen dem unteren Ende des Brustbeins (Schwertfortsatzspitze) und dem Nabel liegt. Von diesem Geflecht, das sich mit einer Schaltzentrale vergleichen läßt, zweigen ringsum, ähnlich den Strahlen der Sonne, Nerven ab, die zu all jenen Bauchorganen gelangen, welche eben aufgezählt wurden. Über die »Telegrafenleitungen« dieser Nerven wird die Funktion aller Bauchorgane gewissermaßen vom Sonnengeflecht aus ferngesteuert.

Ohne diese Zusammenhänge zu kennen, schrieben die frühe und die mittelalterliche Medizin dem Sonnengeflecht allein wegen seiner Ähnlichkeit mit der strahlenden, lebenspendenden Sonne geheimnisvolle Wirkungen zu. Es gab Veranlassung, unter dem Zwerchfell den Sitz der Seele zu vermuten. Daß ein starker Druck auf das Sonnengeflecht eine Pulsverlangsamung bewirkte, bei der die Befürchtung aufkommen konnte, die Seele auszuhauchen, mochte diese Vermutung bestärken.

Im alten Ägypten wurde das Sonnengeflecht als Ebenbild jener einzigartigen Sonne gedeutet, die der König ECHNATON und seine Gemahlin NOFRETETE zum Gott ATON erhoben, dargestellt durch eine Sonnenscheibe mit strahlenförmig ausgebreiteten Händen. Diese Sonnenverehrung wirkte über den 104. Psalm und den Sonnengesang des HEILIGEN FRANZISKUS, der die Sonne als Sinnbild des Höchsten pries, fort bis zum Sonnenmaler VAN GOGH, der in der Sonne ein Sinnbild CHRISTI sah. Noch vor 150 Jahren wurde die sinnbildliche Deutung des Sonnengeflechts zur Grundlage der »Od-Lehre«, die behauptete, daß nicht nur Magneten, sondern auch Menschen sich als »Strahler« erweisen. Völlig unbewußt hegen vielleicht auch viele von uns noch solche Vorstellungen, und es ist denkbar, daß sie der Konzentration auf die Formel »Sonnengeflecht strömend warm« zugute kommen. Dabei ist das Wort »strömend« ein Hinweis auf die verbesserte Blutzirkulation der Bauchorgane, welche im autogenen Training speziell durch die Sonnengeflechtsübung unwillkürlich erreicht wird.

Merke: Die Formel »Sonnengeflecht strömend warm« meint eine angenehme Leibwärme, kein unangenehmes Hitzegefühl im Bauch. Es ist dabei an eine Wärmflasche zu denken, die als Leibauflage von den meisten Magenkranken nur dann als angenehm empfunden wird, wenn sie gut warm ist, nicht aber, wenn sie heiß ist. Noch besser denkt man an ein leichtes Heizkissen mit der Schaltstellung II. Eine weitere Hilfsvorstellung ist der erste Schluck einer warmen Suppe bei großer Kälte. Sie durchrieselt warm den Leib und bewirkt von da aus meistens schlagartig durch Nervenschaltvorgänge auch eine bessere Durchwärmung von kalten Händen und Füßen. Dasselbe bewirken alkoholische Heißgetränke (Grog, Friesenfeuer, Teepunsch, Glühwein, Seehund, Irish Coffee). Patienten, die an Fußkälte wegen fortgeschrittener arterieller Beindurchblutungsstörungen leiden, wissen, daß ihnen als »Fernheizung« gerne eine Verstärkung der Leibwärme durch Wickel, warme Heusäcke, Heißluftkästen oder temperaturansteigende Sitzbäder verordnet wird. Wer viel am Strand liegt, kann die Vorstellung zu Hilfe nehmen, daß ihm die Sonne auf den Leib scheint. Schließlich kann uns auch die Phantasie helfen, daß die in unseren Luftwegen angewärmte Einatmungsluft den Leib durchströmt und beim Ausatmen nochmals sachte über die einsinkende Bauchdecke hinwegstreicht. Vorübergehend darf man auch, um die Aufmerksamkeit auf das Sonnengeflecht zu lenken, eine Hand, ein leichtes Kissen oder ein Wolltuch auf den Leib legen.

Durch zunehmende Trainingserfolge beim Aneinanderarbeiten der bisherigen fünf Übungen wird ein Zustand erreicht, als läge man entspannt in einem behaglichen warmen Bad. SCHULTZ hat das Beruhigungsbad immer wieder als Modell für Empfindungen gewählt, denen wir uns beim autogenen Training überlassen sollen. Wer allerdings einmal als Herz-Kreislauf-Kranker eine richtige Badekur mit kohlensäurehaltigen Solebädern gemacht hat, tut gut daran, nur diese Bäder als Modellvorstellung zu wählen, weil sie Muskeln und Gefäße noch besser entspannen als Süßwasserbäder und weil sie auch schonender und wirkungsvoller als Süßwasserbäder die Herzarbeit, die Atmung und die Verdauung regulieren.

Die Bäderwirkung wird verstärkt, wenn eine kühle (nicht kalte!) Kompresse auf der Stirn liegt. Der Mensch im Bad gleicht dann dem entspannten, idealen Menschen,, der – im übertragenen Sinne – ein »warmes Herz« und einen »kühlen Kopf« haben soll. Dabei symbolisiert der kühle Kopf freilich nicht die Gefühlskälte eiskalter Rechner, wohl aber die Überlegenheit von Menschen, die sich in verworrenen Situationen nach biblischem Motto »klug wie die Schlangen« und »ohne Falsch wie die Tauben« (MATTHÄUS 10,16) einen kühlen Kopf bewahren.

Den kühlen Kopf in diesem Sinne erreichen wir beim autogenen Training durch die 6. Übung.

11.6 Die konzentrative Kopfübung (Stirnkühle)

Hierbei konzentrieren wir uns nicht auf die tatsächliche Stirnhauttemperatur, sondern auf die im allgemeinen kühlere Temperatur der Umgebung. Sie kann, wie schon im Kapitel 3 näher erklärt wurde, bei genügender Konzentration aufgrund sehr zahlreicher, temperaturempfindlicher Hautnervenendigungen gerade im Stirngebiet besonders gut wahrgenommen werden. Da Hauswände, Fenster und Türen nirgendwo vollkommen luftdicht sind (Türritzen, Schlüssellöcher), bewegt sich die Luft überall. Die Stirnkühle wird deshalb meistens als kühler Hauch erlebt. Gläubige Spiritisten deuteten ihn fälschlich als »kühlen Geisterhauch«, womit sie freilich nicht jenen »klaren Kopf« bewiesen, den wir mit der

6. Übungsformel:

»Stirn ein wenig kühl«

anstreben. Dabei können wir uns vorstellen, daß wir ein wenig mit einem ausgewrungenen kalten Waschlappen, einem alkoholdurchtränkten Erfrischungstüchlein, einem Migränestift oder einem Kölnisch-Wasser-Stift über unsere Stirne reiben. Wer mit solchen Vorstellungen nicht zurechtkommt, weil er mit dem etwas unsicheren Begriff »ein wenig« nichts anzufangen weiß, kann auch die Formel wählen:

»Stirn *angenehm* kühl.«

Es genügt anfangs, das Gefühl der Stirnkühle nur wenige Sekunden lang festzuhalten und dann die Übung »zurückzunehmen«.

Merke: Die konzentrative Kopfübung darf niemals von unangenehmen Kältevorstellungen begleitet werden. Über die eigentliche »ableitende« Wirkung hinaus, die bei Hitzköpfen die Zornesadern zum Abschwellen bringt und die jenen den »Kopf zurechtrückt«, die zuvor »nicht wußten, wo ihnen der Kopf stand«, oder denen »etwas in den Kopf gestiegen war«, kann es durch Kältevorstellungen zu Migräneanfällen, zu Dauerkrämpfen der kleinen Hirngefäße und zu Ohnmachten kommen! Ein solches Übungsresultat kann dann nicht der Methode des autogenen Trainings, sondern nur einem methodischen Fehler des Übenden angelastet werden. Wer mit der 6. Übung »auf kaltem Wege« vorschriftswidrig an Eiseskälte denkt, handelt »kopflos«. Wer »mit Köpfchen« trainiert, übt richtig:

»Stirn *ein wenig* kühl« oder
»Stirn *angenehm* kühl.«

Manche Übungsleiter empfehlen die Stirnübung nur als Tagesübung, weil es Menschen gibt, die mit kühler Stirn nicht gut einschlafen können. Diese Gefahr ist aber nicht übermäßig groß, wenn richtig geübt wird. Außerdem schlafen viele Menschen am liebsten bei offenem Fenster, weil sie in einem gut durchlüfteten und kühlen Schlafzimmer besser schlafen können. Im Zweifelsfall muß man ausprobieren, ob die Stirnübung das Einschlafen eher fördert oder stört. Beides ist möglich. Ähnlich ist es beim KNEIPPschen Wassertreten; auch danach kann der Nachtschlaf, wenn es vor dem Einschlafen durchgeführt wird, besser oder schlechter sein.

Solche, die die Kopfübung als ihre persönliche Schwerpunktübung empfinden, können der Übungsformel den formelhaften Vorsatz »Kopf klar und frei« hinzufügen.

12

Lassen sich alle sechs Übungen in einer Kurzformel zusammenfassen?

Die zuvor beschriebenen sechs Übungen bilden als eine in sich geschlossene Einheit die »Grundstufe des autogenen Trainings«. Je ausdauernder und genauer nach den hier gegebenen Vorschriften geübt wird, um so eher gelingt es, alle sechs Übungen tatsächlich beim Üben in der relativ kurzen Zeit von etwa 1½ Minuten als eine wohltuende Einheit zu empfinden und sich dabei genauso behaglich zu fühlen wie in einem warmen Bad. (Auch bei einer Badekur tritt allerdings das volle Behaglichkeitsgefühl nicht schon beim ersten Bad, sondern erst nach einer Serie von Bädern ein!)

Wenn Transfer (Übertragung) und Generalisierung (Ausbreitung) gut funktionieren, sieht das Übungsschema der sechs Übungen nach vollständig absolvierter Grundstufe so aus:

»Ich bin ganz ruhig« (»Ruhetönung«).

»Ich bin ganz schwer...
...und warm...«
»Mein Herz schlägt ganz ruhig und kräftig.«
»Es atmet mich.«
»Sonnengeflecht strömend warm.«
»Stirn ein wenig kühl.«

»Arm fest!« – »Tief atmen!« – »Augen auf!« (Rücknahmeformel).

Es sei hier wiederholt, daß die Häufigkeit, mit der man sich die einzelnen Übungsformeln vergegenwärtigt, und die Notwendigkeit des Zwischenschaltens der Ruhetönungsformel »Ich bin ganz ruhig« dem jeweiligen Übungsstand und den Erfordernissen der jeweiligen Disposition angepaßt werden müssen (siehe Seiten 95–101).

Wenn einem die Übungsformeln so in Fleisch und Blut übergegangen sind, daß sich Schwere- und Wärmegefühl, ruhiger Herzschlag, leichtere Atmung, vermehrte Leibwärme und angenehme Stirnkühle fast zur gleichen Zeit einstellen, sobald man nur an das autogene Training denkt, ist es ratsam, die Übungsformel abzukürzen:

»Ruhe – Schwere – Wärme«,
»Herz und Atmung ganz ruhig«,
»Leib warm – Stirn kühl.«

Schon bald wird man nur noch so üben können, daß man sich alle sechs Übungen nicht mehr hintereinander, sondern auf einmal aneignet. SCHULTZ beschrieb diese Eigentümlichkeit als »Vollzugszwang«. Wir alle haben Ähnliches beim Lesenlernen erlebt. Unseren Namen, z. B. HELMUT, mußten wir dabei früher zunächst mühsam buchstabieren. Später konnten wir nicht anders, als alle sechs Buchstaben auf einmal zu lesen. Selbst das Aufziehen einer Uhr, das uns heute spielend wie von selbst gelingt, haben wir einmal mühsam und holperig in mehreren Lernschritten üben müssen.

Zur schnellen Orientierung faßt die folgende Tabelle die sechs Lernschritte des autogenen Trainings nochmals übersichtlich zusammen:

Übungsaufbau des autogenen Trainings

Übung	Übungsformel	Subjektive Empfindungen
1 Schwereübung (Muskelentspannung)	»Der rechte (bei Linkshändern linke) Arm ist ganz schwer.«	Schwere- und Schwellungsgefühl (bleierne bzw. Bettschwere), abgeschlafft. In Einzelfällen Leichtigkeits- und Schwebegefühl.
2 Wärmeübung (Gefäßentspannung)	»Der rechte (bei Linkshändern linke) Arm ist ganz schwer und warm.«	Kribbeln, Prickeln, »Ameisenlaufen«, wohliges Wärmegefühl – meist in den Fingerspitzen beginnend –, mitunter überschießend, zuweilen von Anfang an pulsierend, durchflutend.
3 Herzübung (Herzberuhigung)	»Mein Herz schlägt ganz ruhig und kräftig« (ggf. »kräftig« weglassen).	Pulsationsgefühl in Fingerspitzen, Schläfen, Karotiden, Herzgegend, Bauch (mitunter stoßweise), Herzschlag wird ruhiger, langsamer.
4 Atemeinstellung (Atemberuhigung)	»Es atmet mich« (evtl. »Atmung ganz ruhig«).	Ruhige, leichte, gleichmäßige Atmung (»ganz von selbst«). Befreiung vom Atemkorsett. Allgemeine Erleichterung. Verstärkte Bauchatmung. Wohlgefühl rundherum.
5 Sonnengeflechtsübung (Regulierung der Bauchorgane)	»Sonnengeflecht strömend warm.«	Vermehrte Einspeichelung, Magenknurren und Glukkern, angenehme Leibwärme.
6 Konzentrative Kopfübung (Stirnkühle)	»Stirn ein wenig kühl« (evtl. »Stirn angenehm kühl«).	Zunächst nur flüchtige leichte Stirnkühle (»kühler Geisterhauch«), Erfrischungsgefühl wie nach Bestreichen der Stirn mit Eisstift oder Waschlappen. Klarer, freier Kopf.

Nicht selten berichten Kursteilnehmer am Ende eines Kurses (oder 6 Monate später bei einem Wiederholungstreffen mit Erfahrungsaustausch) von dem Gefühl, daß die Übungen insgesamt zwar irgendwie »sitzen« und daß »es« klappt. Trotzdem aber fühlten sie sich zuweilen verunsichert, weil sie sich nicht klar darüber seien, ob sie vorschriftsmäßig in der richtigen Reihenfolge geübt hätten. Meistens ergibt sich dann folgendes Frage-und-Antwort-Spiel: »Wie sind Sie hierhergekommen?« – »Mit dem Auto.« – »Was heißt ›mit dem Auto‹?« Was mußten Sie tun, um mit dem Auto herzukommen?« – »Fahren.« – »Was heißt fahren?« Verlegenheitspause ... Nur selten weiß ein Übungsteilnehmer auf Anhieb und in der vorschriftsmäßigen Reihenfolge alle Tätigkeiten zu nennen, die zur Vorbereitung der Autofahrt und zum Starten und Fahren notwendig waren. Trotzdem sind alle gut angekommen. Was sie sich einst in zahlreichen Lernschritten der Reihe nach mühsam aneigneten, ist ihnen so selbstverständlich in Fleisch und Blut übergegangen, daß die einzelnen Verrichtungen nur noch hin und wieder in unterschiedlicher Weise bewußt werden. Sie gehen mehr oder minder *automatisch* fließend ineinander über.

Ähnlich verhält es sich im Lauf der Zeit auch beim *autogenen Training*. Die Übungen laufen zwar meßbar und dokumentierbar mit einem logisch-physiologischen »Vollzugszwang« vorschriftsmäßig ab, aber das Bewußtsein ist daran immer weniger beteiligt. Es geht nur noch zwischen den einzelnen Übungen hin und wieder gewissermaßen »spazieren«.

Die nachfolgende *Vergleichstabelle* soll dazu dienen, in Ihnen die tröstliche Gewißheit zu bestärken, daß mit der Zeit beim *autogenen Trainieren*, ähnlich wie beim *Auto-fahren*, vieles auch dann vorschriftsmäßig abläuft, wenn Sie sich dessen nicht immer bewußt sind.

»Automatische« Vorgänge beim Auto-fahren und beim auto-genen Training

Auto-fahren	*Auto-gen trainieren*
Startvorbereitung	*Trainingsvorbereitung (»Ruhetönung«)*
Autotüre aufschließen, Platz nehmen, Autotüre zuklappen, Sitz und Lehne incl. Kopfstützen richten, kontrollieren: Autopapiere, Brille, km-Stand, Streckenkarte, Parkscheibe, Sicht; Rück- und Seitenspiegel einstellen, anschnallen, Schalthebelstellung überprüfen, Lenkradverschluß lösen.	Ruhige Stelle aussuchen, Übungshaltung einnehmen, beengende Kleidungsstücke lockern, Augen locker schließen: »Ich bin ganz ruhig« oder »Ruhe kommt ganz von selbst«, Bilder- und Gedankenfetzen vorüberziehen lassen, ggf. Ruheleitbild wählen, unangenehme Empfindungen verschönern, »innere Uhr« einstellen.
Starten und Fahren	*Üben, Sich fallen lassen*
1. Zündschlüssel betätigen, 2. Kupplung treten, 3. Gang einlegen, 4. Handbremse lösen, 5. Gas geben, 6. Kupplung raus (Start).	1. Schwereübung, } Grundübungen 2. Wärmeübung, } 3. Herzübung, 4. Atem-Einstellungs-Übung, } 5. Sonnengeflechtsübung, } Organübungen 6. Konzentrative Kopfübung. }
Ziel	*Ziel*
Wissen, wohin man fährt, Zielvorstellungen haben.	Wissen, warum man übt, ggf. formelhafte Vorsätze.

13

Was sind formelhafte Vorsätze und wandspruchartige Leitsätze?

Wie man, je nach äußeren Umständen und dem Ablauf des Filmes in unserem eigenen Inneren, in die sechs Übungsformeln des autogenen Trainings erfolgreich immer wieder die Ruhetönungsformel »Ich bin ganz ruhig« zwischenschalten kann, kann man auch andere formelhafte Vorsätze zwischenschalten, die dem Übenden genauso wie die eigentlichen Übungsformeln bald in Fleisch und Blut übergehen.

Diese *formelhaften Vorsätze* müssen

- maßgeschneidert sein für bestimmte persönliche Bedürfnisse,
- möglichst kurz sein,
- einen positiven Inhalt haben,
- dem gewohnten eigenen Wortschatz entsprechen.

Man darf sich also nicht scheuen, sie so zu formulieren, »wie einem der Schnabel gewachsen ist«.

Obwohl es ratsam sein kann, seine formelhaften Vorsätze mit dem Übungsleiter zu besprechen, und obwohl auch der Übungsleiter bestimmte Formulierungen anbieten kann, muß letzten Endes jeder seine formelhaften Vorsätze selbst finden:

Eine Patientin mit »hartnäckigen« Schulter-Nacken-Beschwerden machte sich ohne mein Wissen als Vorsatz eine Mahnung zu eigen, die ich bei Beginn eines Kurses in die Instruktionen zur Einübung der richtigen Übungshaltung einfließen ließ: »Hartnäkkigkeit (Halsstarrigkeit) nützt nichts, hier nicht und auch sonst nicht.« Sechs Monate später berichtete sie mir, daß ihre Beschwerden bald nach Kursbeginn verschwunden seien, obwohl hier die Regel, daß formelhafte Vorsätze einen positiven Inhalt haben sollen, durch ein dreimaliges »nicht« durchbrochen wurde.

Einem Patienten mit Phantomschmerz nach Daumenamputation, der beständig das Gefühl hatte, sein längst amputierter Daumen säße in einem Schraubstock, empfahl ich den Satz: »Der Schraubstock ist doch scheißegal.« Der Patient machte seine Übungen, nahm sie vorschriftsmäßig zurück und strahlte mich mit dem frohen Ausruf an: »Herr Doktor, der Schraubstock ist weg, zum ersten Male nach vielen Jahren ist der Schraubstock weg.« Ich fragte ihn: »Welchen formelhaften Vorsatz haben Sie gewählt?« Antwort: »Scheiß auf den Schraubstock.« Hier war der Lernende klüger als sein Lehrer. Er tat genau das, was SCHULTZ für formelhafte Vorsätze gefordert hat: Er formulierte seinen Vorsatz maßgeschneidert, kurz, als aktive Leistung in der eigenen Sprache! Worauf ich sch...ße, das habe ich ein für alle Male unter mir gelassen.

Amüsant ist die Mitteilung von LINDEMANN über einen 13jährigen Schüler, der im autogenen Training seiner Hautwarze den unmißverständlichen Befehl gab: »Verschwinde, du Aas!« Das »Aas« verschwand tatsächlich.

Bei *Entwöhnungskuren* bewährten sich folgende Vorsätze:

> »Zigaretten entfallen den Fingern.«
> »Rauchen passé, Zigaretten ade.«
> »Die Lungen sind frei.«
> »Das Geld geht nach Hause.«
> »Ich weiß, daß ich keinen Tropfen Alkohol trinke, zu keiner Zeit, an keinem Ort, bei keiner Gelegenheit, in keiner Form, in keiner Stimmung, in keiner Verstimmung.«

(Formulierung von Professor SCHULTZ, die sich – ungeachtet der fünfmaligen Verneinung »kein« – in Heilstätten für Alkoholkranke bewährte und die sinngemäß auch bei der Raucherentwöhnung angewandt werden kann.)

Dazu gehört der Vorsatz:
»Jeder Augenblick ist wichtig.« Wie wichtig eine derartige Antidotformel (Antidot = Gegenmittel zum »Einmal ist keinmal«) ist, zeigt die bekannte Anekdote des Bauern, der jeweils 100 Schritte vor einem Gasthaus den Vorsatz »Herz, bleibe stark« wiederholt,

10 Schritte nach dem Gasthaus jedoch umkehrt mit der Bemerkung: »Herz, weil du stark geblieben bist, bekommst du jetzt zur Belohnung einen Doornkaat.«

Eine nachdenkliche Betrachtung zum »Einmal ist keinmal« hat uns JOHANN PETER HEBEL (1760–1828) hinterlassen:

»Einmal ist keinmal. Dies ist das erlogenste und schlimmste unter allen Sprichwörtern, und wer es gemacht hat, der war ein schlechter Rechnungsmeister oder ein boshafter. Einmal ist wenigstens einmal, und daran läßt sich nichts abmarkten. Wer einmal gestohlen hat, der kann sein Leben lang nimmer mit Wahrheit und frohem Herzen sagen: Gottlob! Ich habe mich nie an fremdem Gut vergriffen, und wenn der Dieb erhascht und gehenkt wird, alsdann ist einmal nicht keinmal. Aber das ist noch nicht alles, sondern man kann meistens mit Wahrheit sagen: Einmal ist zehnmal – und hundert- und tausendmal. Denn wer das Böse einmal angefangen hat, der setzt es gemeiniglich auch fort. Wer A gesagt hat, der sagt auch gern B, und alsdann tritt zuletzt ein anderes Sprichwort ein, daß der Krug so lange zum Brunnen geht, bis er bricht.«

Gibt es eine bessere Begründung für die Notwendigkeit der Antidotformel: »Jeder Augenblick ist wichtig«?

Von den formelhaften Vorsätzen sind *wandspruchartige Leitsätze* zu unterscheiden. Sie zielen nicht auf aktive Leistungen, sondern unterstützen die allgemeine Entspannung und dienen der Selbstwertfindung. Auch diese Leitsätze müssen persönlichem Geschmack und persönlicher Neigung entsprechen. Einem GOETHE-Liebhaber hilft vielleicht der Vers:

»Es will der Spitz aus unserem Stall
uns immerfort begleiten,
doch seines Bellens lauter Schall
beweist nur, daß wir reiten.«

Für andere Übungsteilnehmer wäre ein solcher Vers viel zu feierlich, geschraubt oder geziert. Der Volksspruch »Was ficht's eine Eiche an, wenn ein Dackel dran pinkelt« tut bei ihnen dieselben

Dienste. Ein ostpreußischer Bauernknecht beruhigt sich mit dem Satz »Uns pißt keine Maus ins Korn«, ein fröhlicher Rheinländer mit »Das kann doch einen Seemann nicht erschüttern«.

Bei religiösen Menschen bewähren sich in vergleichbaren Situationen dagegen Meditationsverse und Bibelworte:

> »Alles dient zu meinem Besten.«
>
> »Laß mich fallen in deine Hand.«
>
> »Lernet von mir, denn ich bin sanftmütig und von Herzen demütig, so werdet ihr Ruhe finden für eure Seelen« (Matthäus 11,29).
>
> »Sorget nicht für den anderen Morgen, denn der morgige Tag wird für das Seine sorgen; es ist genug, daß ein jeglicher Tag seine eigenen Plagen habe« (Matthäus 6,34).
>
> »Meine Zeit steht in deinen Händen« (Psalm 31,16).
>
> »Ehe denn die Berge wurden und die Erde und die Welt geschaffen wurden, bist du, Gott, von Ewigkeit zu Ewigkeit« (Psalm 90,2).

Auch aus dem Volksmund kommende zusätzliche Beschwörungsformeln sind zu rascher Beruhigung durchaus brauchbar, wenn dabei die leichtfertige Verwendung von Himmel und Hölle, Herrgott und Teufel, Blitz, Donnerwetter und bestimmten Körperteilen aus dem Spiele bleibt. Immerhin vermag ein autogen Trainierter dem berühmten Fluch des GÖTZ VON BERLICHINGEN, wenn er sich schon einmal einstellen will, den Stachel zu nehmen, indem er ihn im Herztakt zu einem »Lma^2« (sprich: »El em A Quadrat«) verkürzt und verfremdet. Noch versöhnlicher ist das an die hamburgische Begrüßungsformel »Mors-Mors« angelehnte »Klei mi am Mors«.

Als Chefsekretärinnen noch in der »Furcht des Herrn« lebten, hatten sie ihre eigenen Beschwörungsformeln. Eine ältere Chefsekretärin schrieb mir einmal, sie habe immer, ehe ihr Generaldirektor den Raum betrat, gedacht »Du Affe«. Eine solche »Formel« ist natürlich als Leitspruch für das autogene Training ungeeignet, weil zuviel Aggression darinsteckt. Dasselbe gilt für das viel gebräuchliche, aber nicht sehr kooperative »Rutsch mir den Buckel herunter«. Dagegen sind andere Beschwörungsformeln und Beruhigungsdevisen, die mir auf eine spezielle Umfrage hin mitgeteilt wurden, vielleicht eher vertretbar, beispielsweise:

»Jetzt kommt der Augenblick, wo Jumbo Wasser läßt.«
»Ruhig Blut.«
»Immer sinnig.«
»Immer langsam mit den jungen Pferden.«
»Nimm den Fuß vom Gaspedal.«
»Zieh die Bremse an.«
»Eile mit Weile.«
»Alter Mann ist doch kein D-Zug.«
»Zähl bis fünf, bis der Zorn verraucht.«

Erinnert sei auch an das bekannte »Heu-wä-gel-chen« und an »Klotz, Klotz, Klotz am Bein, Klavier vorm Bauch ...«

Es soll hier bewußt davon abgesehen werden, für bestimmte Situationen, Beschwerden und Krankheitszustände formelhafte Vorsätze und Leitsprüche als Patentlösungen und »Konfektionsware« anzubieten.

Formeln, die dazu beitragen sollen, spezielle Organbeschwerden zu lindern, müssen unbedingt mit dem Arzt abgesprochen werden!

Ganz besonders sei auch davor gewarnt, formelhafte Vorsätze für »jeden Dreck« zu bilden, über den man sich ärgert. Vorsätze und Leitsprüche sind kein billiges Allheilmittel, das sich beliebig anwenden läßt. Ihr Einsatz ist immer nur dann gerechtfertigt, wenn bestimmte Beschwerden und Situationen bei guter Beherrschung des autogenen Trainings nicht durch die sechs Übungen der Grundstufe wie von selbst gemeistert werden. Auch soll man auf einigen wenigen Vorsätzen und Leitsprüchen beharren und diese, ebenso wie die Übungsformeln selbst, möglichst nicht ändern.

14

Autogenes Training, formelhafte Vorsätze und Naturheilverfahren

Da wir das autogene Training als ein natürliches Gesunderhaltungs- und Gesundungsmittel dem *Naturheilverfahren* zuordnen können, sollen hier lediglich einige »Basisformeln« angeboten werden, die geeignet sind, das Naturheilverfahren in seinen Hauptsäulen

1. Wasserbehandlung,
2. Bewegungstherapie,
3. Diätetik,
4. »Lebensordnungstherapie«,
5. Phytotherapie

zu unterstützen. Diese Säulen bilden vor allem das Grundgerüst der Naturheilbehandlung nach KNEIPP, welches sehr gut mit dem autogenen Training harmoniert. Beide Verfahren streben eine »Umstimmung« und »Stabilisierung« durch ärztlich überwachte Selbstbehandlungen an. Der Kur- und Kneipparzt RUDOLF BEHRENS schreibt 1969 dazu in seinem Buch »Wege zur Selbstentspannung«: »Ideal ist das Nebeneinander von Kneippkur und autogenem Training ... weil gerade das autogene Training der Forderung KNEIPPS nach der Ordnung im seelischen Bereich in idealer Weise entspricht, weil es sich auch hier um eine Eigenleistung des Patienten handelt. Gerade auf die Stärkung der Eigenverantwortlichkeit und die Aktivierung des Gesundungswillens hat KNEIPP immer wieder Wert gelegt...« Auch Professor LANGEN wies 1969 in Bad Wörishofen bei einem Festvortrag zum 75jährigen Bestehen des *Kneipp-Ärztebundes* auf Beziehungen zwischen Kneippbehandlung und autogenem Training hin.

Dr. DOGS, Chefarzt der Burghof-Klinik für psychosomatische

Erkrankungen in Rinteln, schreibt in seinem Buch »Konzentrative Entspannungstherapie«, daß in der gegenwärtigen Krise der Medizin gleichermaßen sowohl die »naturgemäßen Heilweisen, wie sie z. B. in den Lehren und Anwendungen des Pfarrers KNEIPP festgelegt sind«, als auch die Möglichkeiten des autogenen Trainings noch mehr als bisher beachtet werden sollten.

Die folgenden Formeln können eine positive Einstellung zur jeweils notwendigen Kneipp- und Naturheilbehandlung bewirken und eventuelle Widerstände abbauen. Sie können in der konzentrativen Entspannung, worauf vor allem THOMAS aufmerksam machte, rhythmisch mit dem Herzschlag synchronisiert werden.

14.1 Wasserbehandlung

Speziell für Wasserscheue ist hier die Grundformel nützlich, welche der ganzen konzentrativen Entspannungsarbeit die Zielrichtung weist:

»Ich bin ganz ruhig.«

Auf eine übertriebene naturwissenschaftliche Genauigkeit braucht bei den formelhaften Vorsatzbildungen und Leitsprüchen nicht immer sorgfältig geachtet zu werden. Es können deshalb auch Leitsprüche wie diese verwendet werden:

»Wasser ist Leben« oder
»Wasser wirkt Wunder.«
»Gehemmtsein und Angst bewält'ge ich leicht.«
»Ich bin und bleibe ganz frei von Furcht.«
»Was kalt ist, das stärkt, und was lau ist, das schwächt« (KNEIPP).
»Gesegnet sei, wer das Bad erfand« (römisches Sprichwort).
»Den Kopf halt kühl, die Füße warm,
das macht den reichsten Doktor arm« (deutscher Volksmund)

14.2 Bewegungstherapie

»Ich komme voran.«
»Ich habe Erfolg.«
»Ich gehe ganz zwanglos, gelassen und froh.«
»Ich zieh' in die Zukunft, erleichtert und frei.«
»Ich bin und bleibe ganz sicher dabei.«
»Ich wandere ruhig, gesammelt und gern.«
»Schultern und Arme sind locker und warm.«
»Ich bin leicht, beweglich, aktiv.«
»Gelöster Schwung meistert alles.«
»Gewandt und frei durch Mut und Selbstvertrau'n.«
»Bein zu Beine!
Blut zu Blute!
Glied zu Gliedern,
daß sie gelenkig sind!«
(Merseburger Zaubersprüche, 7. Jahrhundert).
»Alles geht besser, wenn ich mehr gehe«
(abgewandeltes Motto der Stiftung »Spazierengehen«).
»Trau dich der Welle,
sie trägt«
(RUDOLF BINDING).
»Ich schaffe es«
(formelhafter Vorsatz von LINDEMANN bei seiner 72tägigen Atlantiküberquerung im Serienfaltboot).

14.3 Diätetik

»Ich esse in Ruhe und lasse mir Zeit.«
»Ich bin ganz ruhig, zufrieden und satt.«
»Essen ganz gleichgültig.«
»Was der Schmied frißt, zerreißt den Schneider«
(Sprichwort in der Oststeiermark).

»In der Mäßigkeit ruht die größte Weisheit«
(MOHAMMED).

»Freude, Mäßigkeit und Ruh
schlägt dem Arzt die Türe zu«
(FRIEDRICH VON LOGAU).

»Üppige Abendessen füllen die Särge«
(von KNEIPP zitiertes spanisches Sprichwort).

»Das Abendessen (Mittagessen) schenke deinem Feinde«
(ostasiatisches Sprichwort).

Und auch hier als Antidot zum »Einmal ist keinmal«: »Jeder Augenblick ist wichtig.« Den Bibelvers »Ist nicht das Leben mehr als die Speise?« (Matthäus 6,25) mögen sich gläubige Christen vergegenwärtigen. Spezielle Formeln sind bei *Fastenkuren* zu erwägen, z. B.: »Trainieren und fasten, Kreislauf entlasten.«

14.4 »Lebensordnungstherapie«

»Gesundheit kauf' ich nicht im Handel,
Gesundheit gewinn' ich durch Lebenswandel«
(Spruchkarte des Österreichischen Kneippbundes).

»Ordnung ist Freiheit« (SCHULTZ).
»Ich schaffe mein Leben.«
»Mut ist Sieg.«
»Ich seh' das Gute und freu' mich am Leben« (SCHULTZ).

Beim Partnerschaftstraining:

»Ich hab', ich habe Herzen,
so treue, wie gebührt,
die Heuchelei und Scherzen
nie wissentlich berührt...«
»Dem Mensch ist nichts so eigen,
so wohl steht ihm nichts an,
als daß er Treu erzeigen
und Freundschaft halten kann«
(SIMON DACH, 1605–1669).

»Ein getreues Herz wissen
hat des höchsten Schatzes Preis«
(PAUL FLEMING, Arzt und Weltreisender, 1609–1649).

Zur Immunisierung gegen die Hektik im Büro empfehlen HUBER und KLAUSNITZER den Vers: »In aller Seelenruhe seh' ich das Getue.« Für Patienten mit Herzinfarkt empfiehlt LINDEMANN den Ruhevorsatz: »Überall und jederzeit Ruhe und Gelassenheit.« Überängstlichen Herzinfarktrekonvaleszenten und solchen, die sich zu Unrecht in die Rolle von Opfern oder Märtyrern unserer Leistungsgesellschaft hineinsteigern, wird man allerdings zuweilen bewußt machen müssen: »Arbeit schändet nicht« (HESIOD). Auch die Einsicht »Arbeit, die uns freut, wird zum Ergötzen« (SHAKESPEARE) ist gelegentlich hilfreich.

Abschließend dennoch ein von Professor SCHULTZ geschätzter RILKE-Vers:

»Eines muß er wieder können: fallen,
geduldig in der Schwere ruhn,
der sich vermaß, den Vögeln allen
im Fliegen es zuvor zu tun.«

14.5 Phytotherapie

Als fünfte Säule des Naturheilverfahrens wird oft die Pflanzenheilkunde, die Phytotherapie, genannt. Kurmäßig verordnete pflanzliche Mittel vertragen sich mit dem autogenen Training, dessen Erlernung sie bei vielen Beschwerden erleichtern können, ausgezeichnet. Das gilt auch für überwiegend aus Frischpflanzen hergestellte homöopathische Zubereitungen. Autogenes Training, Phytotherapie und homöopathische Behandlung regen gleichermaßen unsere Steuerungs- und Regulationsmechanismen an. Insofern gehören sie auch gemeinsam zur »Ordnungstherapie«. Sie alle gelten als sanfte, nebenwirkungsfreie Heilverfahren, bei denen Besserungen nicht schlagartig, sondern erst allmählich eintreten. Erfolge sind hier wie dort nur bei ausdauernder Geduld und exakter, zuverlässiger Mitarbeit zu erwarten. Der Altmeister der modernen Phytotherapie, Professor WEISS, zitiert in vielen seiner Schriften einen Ausspruch des ASKLEPIOS VON THESSALIEN:

> »Zuerst das Wort,
> dann die Pflanze,
> zuletzt das Messer.«

Unter dem »Wort« dürfen wir hier wohl auch getrost formelhafte Vorsätze und Leitsprüche verstehen. Natürlich soll dieser Ausspruch nicht dazu verleiten, im rechten Augenblick auf Medikament und Messer zu verzichten. Immer wieder macht man jedoch die Erfahrung, daß durch autogenes Training stärkere Medikamente eingespart und durch nebenwirkungsfreie pflanzliche Mittel ersetzt werden können.

Alle guten Erfahrungen mit der Phyto- und Homöotherapie schließen natürlich nicht aus, daß nicht nur akute, sondern auch viele chronische Krankheiten nur durch den Einsatz stärkerer Medikamente beherrscht oder geheilt werden können. Dabei können Vorurteile und übertriebene Erwartungen wie z. B. »Tabletten sind Gift« oder »Pflanzliche Mittel wirken Wunder« durch bestimmte Leitsätze abgebaut werden. Stets aufs neue zitieren wir im Gruppenunterricht den Satz des PARACELSUS: »Die Dosis macht, ob ein Ding Gift sei.« Jenen, die auf das »Aspirin aus der Weidenrinde« schwören, die Retorten der pharmazeutischen Industrie jedoch verdammen, erklären wir nüchtern: »Die Chemie ist unteilbar.«

Wenn Patienten bis zur Teilnahme am autogenen Training Schlaf- und Beruhigungsmittel bekommen haben, sollen sie diese zunächst weiter einnehmen. Mit zunehmenden Fortschritten beim Üben können dann diese Mittel häufig reduziert, durch pflanzliche oder homöopathische Mittel ersetzt und schließlich ganz fortgelassen werden. Jede Änderung in der medikamentösen Behandlung sollte aber immer nur im Einvernehmen mit dem behandelnden Arzt geschehen. In bestimmten Situationen und Lebenskrisen kann es sein, daß Ihr Arzt Ihnen Medikamente, die Sie dank des autogenen Trainings lange nicht mehr benötigt haben, vorübergehend erneut verordnet. Das sollte Sie nicht entmutigen und keinesfalls veranlassen, mit dem autogenen Training aufzuhören!

Übrigens: Manche Frauen wurden trotz Pille schwanger, weil sie längere Zeit regelmäßig barbitursäurehaltige Schlaf- oder Beruhigungsmittel eingenommen hatten. Hier wären mildere pflanzliche Mittel in Verbindung mit autogenem Training besser gewesen!

15

Zukunftsperspektiven: Mehr Lebensqualität für ältere Menschen

Der Altersaufbau der Bevölkerung in den Industrieländern entwickelte sich seit der Jahrhundertwende dramatisch. Die Erhöhung der durchschnittlichen Lebenserwartung von 40 auf über 70 Jahre sowie ein gleichzeitiger starker Geburtenrückgang haben zu einer Proportionsverschiebung der Bevölkerungspyramide geführt. Nach einer im Jahr 1984 durchgeführten Berechnung (W. RÜCKERT, Bevölkerungsentwicklung und Altenhilfe von der Kaiserzeit bis zum Jahr 2000, Köln 1984) hat in Deutschland in der Zeit von 1910 bis 1982 die Gruppe der bis zu 5jährigen um 62 % abgenommen, wohingegen die Gruppe der 70- bis 80jährigen im selben Zeitraum um 189 % zugenommen hat. Während es 1950 in der Bundesrepublik nur 20 000 über 90jährige gab, werden es bis zum Jahre 2000 über 450 000 sein. Der Trend des 20. Jahrhunderts geht also vom Baby- zum Seniorenboom.

15.1 Multimorbidität – ein Charakteristikum des Alters

Nach Angaben des *American College of Physicians* wandten in den USA schon 1980 die niedergelassenen Ärzte für die Behandlung von über 65jährigen Patienten mindestens ein Drittel ihrer Arbeitszeit auf. Künftig wird diese Altersgruppe bei steigender Lebenserwartung die ärztlichen Praxen noch stärker belasten. Hinzu kommt die Beanspruchung durch Legionen von Frühgealterten. Diese überproportionale Beanspruchung ärztlicher Leistungen ist auf die sogenannte Alters-Multimorbidität zurückzuführen. Ältere Menschen leiden in der Regel an mehreren Krankheiten zugleich. Obwohl diese Krankheiten nicht immer schwerwiegend verlaufen, verdienen sie mit all ihren Frühsymptomen doch die vermehrte Aufmerksamkeit von Hausärzten und Betroffenen.

15.2 Der Ruhestand als Problem der Psychohygiene

Schlimmer als die körperlichen sind oft die seelischen Probleme der im Ruhestand Befindlichen. In seinem Buch »Autogenes Training, Seine Bedeutung in Gegenwart und Zukunft« schreibt der österreichische Psychotherapeut Professor PROKOP: »Die medizinische Betreuung wird immer optimaler, die psychohygienischen Maßnahmen, die Vorbeugungsmaßnahmen, um sich geistig und seelisch lebensfähig zu halten, hinken dagegen weit zurück.« Zu den psychischen Schwierigkeiten der Älteren trägt nicht unerheblich ein von der Leistungsgesellschaft produzierter Jugendlichkeitswahn bei. »Jung und dynamisch« ist Trumpf. Ewige Jugend ist erstrebenswert. Das Alter wird zum Schreckgespenst. Kein Wunder, daß bei solchen Bewertungen viele alte Leute Komplexe bekommen, die sie zu kompensieren versuchen. Um nicht als »wertlos«, »unbrauchbar« oder gar »zum alten Eisen gehörend« abgestempelt zu werden, wollen viele jünger erscheinen, als sie sind. Nicht wenige – auch Männer – unterziehen sich allen möglichen Verjüngungskuren und Schönheitsoperationen.

Anstatt jedoch dem Jugendlichkeitskult zu huldigen, sollte sich die ältere Generation die positiven Werte des Alters bewußt machen. Dabei kann das autogene Training helfen, das Selbstbewußtsein zu stärken, es kann innere Ausgeglichenheit fördern. Innere Ausgeglichenheit wirkt sich auch auf den Körper aus, weil seelisches und körperliches Wohlbefinden – wie wir längst wissen – immer in einem wechselseitigen Verhältnis zueinander stehen: Die Seele wirkt auf den Körper, und der Körper wirkt auf die Seele. Ein autogen Trainierter wird das Abnehmen der körperlichen Kräfte nicht mehr als einen Mangel betrachten oder gar als ein Unglück, sondern als eine Gelegenheit zur »Innenschau« und zur Erlangung letzter Weisheit.

15.3 Auch Hochbetagte lernen autogenes Training

Oft hört man die Frage, ob autogenes Training im Alter überhaupt noch erlernt werden kann. Dies ist eindeutig zu bejahen. Es ist nämlich wissenschaftlich erwiesen, daß sich die intellektuelle Leistungsfähigkeit im Alter wohl ändert, nicht aber notgedrungen abnimmt, vorausgesetzt, die Gehirnfunktionen werden in Anspruch genommen. Muskeln, die wir nicht benutzen, verkümmern. Die Gehirnzellen reagieren nicht anders. Der amerikanische Altersforscher PRENTICE MULFORD sagt mit Recht: »Die Denkfähigkeit des Menschen nimmt vor allem deshalb ab, weil er sich hat einreden lassen, daß sie abnehmen muß.«

Nach PROKOP müssen Altersprozesse sehr weit fortgeschritten sein, ehe sie die Erlernung des autogenen Trainings vereiteln können: »Die Fähigkeit, das autogene Training perfekt zu erlernen, haben rüstige Greise bis ins hohe Alter schon oft genug unter Beweis gestellt.« In einem in der ehemaligen DDR erschienenen Buch über das autogene Training schrieb Dr. ODERICH, es sollten hinsichtlich des Alters »nach oben grundsätzlich keine Einschränkungen vorgenommen werden«. Dr. B. HOFFMANN erwähnt im »Handbuch des autogenen Trainings« eine 82jährige Patientin, die das Training in jüngeren Jahren einmal erlernte, dann aber nicht weiterübte. Nach einer erneuten kurzen Einführung von nur zwei Stunden lernte sie es, erfolgreich ihre Einschlafstörungen in den Griff zu bekommen. Einzige Voraussetzung zur Erlernung ist die »freie Selbstverfügbarkeit«. Es darf nicht verschwiegen werden, daß sie durch weit fortgeschrittene Hirngefäßveränderungen und Hirnabbauprozesse, die aber nicht nur bei Greisen vorkommen, eingeschränkt sein kann. Die Einschränkung der »freien Selbstverfügbarkeit« ist aber bei jüngeren Menschen, die sich den Aposteln und Gurus der neuen Jugendreligionen und destruktiven Kulte ausliefern, oft viel beängstigender als bei Hochbetagten, die sich trotz altersbedingter Hirngefäßveränderungen ihr kritisches Urteilsvermögen bewahren.

15.4 Erfahrungen mit Bejahrten gestern und heute

Schon Professor SCHULTZ schrieb, daß für das autogene Training »das Senium (Greisenalter) an und für sich keine Gegenindikation bedeutet, obwohl hier ›organische‹ Veränderungen selbstverständlich sind«. »Prompte und haltbare Abstellungen«, z. B. mangelhaften Schlafs, seien ihm und anderen mit Erfolgskontrollen von mehr als zwei Jahren selbst bei älteren Menschen mit schwerer allgemeiner Gefäßverkalkung, Bluthochdruck, Zuckerkrankheit und Schrumpfniere gelungen. Es ist an der Zeit, einige Fälle, die J. H. SCHULTZ bereits vor mehr als 60 Jahren als »sehr glatte« Kursverläufe mit »guten Fortschritten« bei älteren Menschen beschrieb, wieder in Erinnerung zu rufen:

1. 68jähriger Kaufmann, seit acht Jahren überwiegend funktionell bedingte Magen- und Darmbeschwerden mit »heftigsten und quälenden Schmerzanfällen ... so daß schließlich nur noch Morphium in erheblichen Dosen vorübergehend Ruhe brachte«. Im autogenen Trainingskurs »sehr ruhige, sachliche und konsequente Einstellung, guter Fortschritt, nach 1½ Monaten Üben vollständige Ruhe, Wohlbefinden und Symptomfreiheit« (Nachbeobachtungszeit drei Jahre).
2. 71jähriger, noch berufstätiger Akademiker. Bekam früher wegen starker Kopfschmerzen bei Verdacht auf Hirntumor (später nicht bestätigt) Morphium und Opiate. Seit einem Jahr schwere Angina pectoris mit erheblichem Vernichtungsgefühl. Deshalb 1926 (!) autogenes Training. Der Kurs verläuft »sehr glatt«. »Nach Beherrschung der Muskelentspannung für einen Tag, nach Erlernung der Gefäßentspannung 14 Tage ganz frei, zum erstenmal seit Jahresfrist.« Nach Abschluß des Kurses »vollkommenes Verschwinden der Herzanfälle« (Nachbeobachtungszeit 14 Monate).
3. 85jährige Ausländerin. Seit 40 Jahren allabendlich Schlafmittel. »Vielfache Entziehungsversuche und therapeutische Unternehmungen der verschiedensten Art ohne Erfolg. Die intelligente und energische Patientin trainierte 1923 (!) sehr konsequent und konnte bereits nach 1½ Monaten Üben ihr Einschlafen selbst herbeiführen.« Nach vollständiger Erlernung des autogenen Trai-

nings brauchte sie auch in der Folgezeit keine Schlafmittel mehr (Nachbeobachtungszeit drei Jahre).

SCHULTZ' engster Mitarbeiter, K. THOMAS, berichtete von einigen 78- bis 84jährigen Frauen und Männern, bei denen unter Betonung der Sonnengeflechtsübung und mit formelhaften Vorsätzen sogar Libido- und Potenzstörungen behoben werden konnten (Nachbeobachtungszeit 15 Wochen bis fünf Jahre).

Der österreichische Professor G. S. BAROLIN, der mehrere Jahre mit Senioren autogene Trainingskurse durchgeführt hat, stellte fest, daß die positiven Allgemeinergebnisse besser und die Ausfallquoten geringer waren als bei Gruppen mit jüngeren Teilnehmern. Auch ohne emotionale Eruptionen waren in den äußerlich weniger dynamischen Seniorengruppen ebenso tiefgreifende Wirkungen nachweisbar wie in den anderen Gruppen. Die Senioren leisteten während der Kurse einander wechselseitig Hilfe. Nicht selten bildeten sich im Anschluß an die Kurse Patientenclubs, die Vereinsamungstendenzen wirksam entgegensteuerten.

Ähnliche Erfahrungen mit älteren Kursteilnehmern sammelte Frau KOENIG-MILL in Kanada. Sie betonte, daß die autogen trainierten Senioren mit zunehmender Entspannung mehr Lebensfreude gewannen. Ihr Selbstbewußtsein steigerte sich, weil sie lernten, ihr Leben wieder selbst in die Hand zu nehmen, statt hilflose Opfer eigener destruktiver Emotionen zu werden.

Professor BAROLIN hat darauf aufmerksam gemacht, daß ältere Menschen zur Erlernung des autogenen Trainings länger brauchen als jüngere. Die nachfolgenden Notizen, die sich auf Protokollaufzeichnungen während unserer dreiwöchigen ambulanten Kurse mit »gemischten« Gruppen stützen, zeigen jedoch, daß ältere Menschen auch ohne altersspezifische Instruktionen solche Kurse erfolgreich absolvieren können:

1. 72jähriger Ruhestandsbeamter mit hartnäckigen Schlafstörungen (»durch siebeneinhalb Jahre Krieg und Gefangenschaft«), vor einem Jahr Herzinfarkt. Von Anfang an intensives Ruheerlebnis, sofort einsetzendes Schweregefühl. Erstes intensiveres Wärmeerlebnis nach einer Woche. In der zweiten Woche deutliche Herz- und Atemberuhigung. »Tiefe Entspannung, die wohltuend empfunden wird.« In der dritten Woche stärkere

Wärmeempfindung im Leib, die allmählich zunimmt. Entspannt nach jedem Üben. Schlafstörungen lassen nach.

2. 72jährige Apothekerin mit Schlafstörungen. Konzentration zunächst unterschiedlich. »Schwere- und Wärmegefühl war immer da.« »Herzschlag ruhig und kräftig.« Nach Hineinnahme der Sonnengeflechtsübung »sehr gute Verdauung«. »Das autogene Training beruhigt und tut mir gut.« »Schlafstörungen gebessert« (ab dritter Woche).
3. 73jähriger Prokurist mit Schlafstörungen und Emphysembronchitis. Im Kurs und beim Üben daheim von Anfang an »gute Erfolge«. Ruhigstellung und Schwere- und Wärmeübung gelingen prompt. Außenreize (Düsenjäger) stören kaum. Abends besserer »Rutsch in den Schlaf«. Herzübung mit unterschiedlichem Erfolg. »Alles andere fahrplanmäßig.« Ab dritter Woche auch »schwache Sonnengeflechtsreaktion«. Die Stirnübung glückt bei Beendigung des dreiwöchigen Kurses »ansatzweise«.
4. 82jähriger, ehemaliger Kneippbademeister und Krankengymnast mit aktiver Mitarbeit in der Erwachsenen- und Seniorenbildung. Erster Kurs mit 76 Jahren. Briefauszüge 4 Wochen nach dem Wiederholungskurs: »Beide Kurse waren positiv und erfolgreich. Schlafe besser, wache froh auf und habe dabei mehr Mut, eins mit meiner kalten Dusche zu werden. Ernst und Freude meiner Freizeitgestaltung, die auch anderen Menschen dient, steigern die Lebensqualität... Regelmäßige Gymnastik, Arbeit, Denken, Schreiben und Redewendungen bekommen durch das autogene Training mehr Fluß. Diskussions- und Diavorträge zum Thema ›Jung im Alter‹ und über Körper- und Gesundheitspflege sind stets Erfolgsbarometer. Nicht nur mir selbst, auch anderen fiel dabei eine merkliche Ruhe auf. Sie verließ mich auch nicht, wenn einmal der Projektor streikte. Oft werde ich gefragt: ›Wo nehmen Sie Ihre Ruhe her?‹ Antwort: ›Autogenes Training... Ich will mir keinen Verlust an inneren Kräften leisten...‹«
5. 82jähriger Ruhestandsbeamter mit vielen Ehrenämtern. Erstanleitung zum autogenen Training vor 20 Jahren. Obwohl er es bald vernachlässigte, war die früher angeeignete Übungsfolge nach kurzer Anleitung wieder abrufbar. Grund des Neube-

ginns: vermeintlich unmännliche Alterssentimentalität mit häufigen Tränen, die er sich nicht zubilligt und die ihm bei offiziellen Verpflichtungen peinlich sind. Ein bevorstehendes Jubiläum wird zunächst verheimlicht, weil ihm die Vorstellung, bei einer offiziellen Ehrung weinen zu müssen, unerträglich ist. Zudem leidet er unter Kopfschmerzen und Schlafstörungen. Alle Grundübungen gelingen nach 1 Woche »automatisch«. Am 10. Tag typische reaktive Krise mit innerer Unruhe und Kopfschmerzen. Zugleich unsachliche Vorbehalte gegenüber der Gruppe und den geforderten Übungsprotokollen, die vorübergehend vernachlässigt werden. Wenige Tage später wieder problemloses Training, sogar mit »vorweglaufenden« Übungsphänomenen (trotz Tieffluglärms und Ärgers mit Familienangehörigen und Handwerkern: »Das geht nicht mehr unter die Haut«). Auch Bilder und Gedankenfetzen stören nicht mehr. Ab 3. Woche spontaner Versuch, Zusatzformeln einzubauen (»Heulen vorbei – ich bin ganz frei« – »Frohgemut nur Gott vertrauen – brauchst nicht mehr am Wasser bauen«). Bei Kursende sind das Wechselspiel von Körper und Seele und die Macht der Vorstellungskraft – anders als beim ersten Kurs – zur Gewißheit geworden. Mit mehr Körperfühlvermögen wächst das Bewußtsein beseelter Leiblichkeit. »Ich bin dankbar und habe für mein Restleben viel gewonnen.« Bevorstehende Ehrungen werden nicht mehr gescheut. 4 Wochen später hält er ohne Lampenfieber und ohne Tränen in den Augen eine souveräne Ansprache.

15.5 Wie kann das autogene Training zu einer sinnvollen Gestaltung und Bewältigung des letzten Lebensabschnitts beitragen?

Von den vielen Vorteilen, die das autogene Training älteren Menschen bieten kann, sollen nachfolgend drei allgemeiner Art und je sechs im somatischen (leiblichen) und im psychischen Bereich hervorgehoben werden.

Allgemeine Vorteile:

1. Das autogene Training ist im Gegensatz zu einigen Entspannungsmethoden, die vorwiegend im Bannkreis der sogenannten Jugendreligionen heimisch wurden, generations- und altersunabhängig. In einem langen Leben gewachsene weltanschauliche und religiöse Überzeugungen bleiben durch das autogene Training unberührt.
2. Alte Menschen sind oft konservativ, sie schätzen das Bewährte. Das autogene Training ist das älteste, erfolgreichste und weitest verbreitete Entspannungsverfahren unseres Jahrhunderts. Es hat von allen psychosomatischen Behandlungsmethoden das breiteste Anwendungsspektrum.
3. Das autogene Training harmoniert vorzüglich mit anderen Regenerations- und Umstimmungsmethoden, die von älteren Menschen besonders geschätzt werden, so mit der bewährten Badekur und dem seit mehr als hundert Jahren erfolgreichen klassischen Naturheilverfahren der Kneipp-Physiotherapie.

Spezielle Vorteile im somatischen (leiblichen) Bereich:

1. Das autogene Training ist aufgrund seines breiten Anwendungsspektrums eine unspezifische Basisbehandlung der Alters-Multimorbidität. Nach H. LINDEMANN gilt die Erfahrung, daß es kaum eine Erkrankung gibt, bei der nicht durch das autogene Training gewisse Erleichterungen zu erzielen wären.
2. Das autogene Training ist geeignet, die übliche Anzahl und Dosierung verordneter Medikamente zu reduzieren. Dadurch lassen sich auch die medikamentös bedingten Neben- und Wechselwirkungen zumindest vermindern. In bestimmten Fällen kann sogar auf Medikamente vollständig verzichtet werden.
3. Das autogene Training wirkt als Zusatztherapeutikum bei vielen Krankheiten und Beschwerden, die im Alter gehäuft auftreten, besonders günstig, z. B. bei Bluthochdruck, Angina pectoris, Konzentrationsmangel, nachlassendem Gedächtnis, Schlafstörungen und den Begleitbeschwerden degenerativer Knochen- und Gelenkveränderungen. Darüber hinaus ist es auch kostensparend.
4. Das autogene Training schützt vor übermäßigem Streß und vor

»Streßkrankheiten«, die nach Professor SELYE, dem Vater des Streßbegriffs, den Alterungsprozeß beschleunigen können. Auch auf diese Weise werden Arztpraxen und Krankenversicherungen entlastet.

5. Das autogene Training trägt durch Verbesserung der Durchblutung und durch Stabilisierung der Gemütslage vermutlich auch zur »Abhärtung« und zum Schutz vor Infekten bei, die älteren Menschen sonst gefährlich zusetzen können.
6. Das autogene Training kann einen altersgemäßen Lebensrhythmus fördern. Ältere Menschen brauchen mehr als jüngere *ihre* Regeln. Zur Regelung des individuellen Wechsels von Wachen und Schlafen, Essen und Fasten, Arbeit und Muße, Bewegung und Ruhe kann das autogene Training durch richtige Einstellung der »inneren Uhr« und mit Unterstützung formelhafter Vorsätze viel beitragen.

Spezielle Vorteile im psychischen Bereich:

1. Das autogene Training eignet sich auch im seelischen Bereich zur Behandlung zahlreicher Störungen. Es kann helfen, daß man auf Psychopharmaka und in vielen Fällen auf die sogenannten Geriatrika verzichtet.
2. Das autogene Training ist auch im seelischen Bereich ein »Abhärtungsmittel«. Es erleichtert dem älteren Menschen, sein Älterwerden zu akzeptieren und das Alter als Chance zu sinnvoller Lebensgestaltung zu bejahen.
3. Das autogene Training fördert Aufgeschlossenheit und Duldsamkeit, wodurch die Kontaktbereitschaft gefördert wird. Die Vermittlung des autogenen Trainings in Gruppen fördert die Geselligkeit und wirkt als Antidot (Gegenmittel) bei drohender Vereinsamung und Isolierung.
4. Das autogene Training begünstigt die Freisetzung kreativer Kräfte, die zuvor in der Hektik des Berufsalltags verdrängt wurden. Unsere Kulturgeschichte ist reich an Beispielen unvergeßlicher Leistungen, die viele bekannte Musiker, Maler und Dichter noch im neunten Lebensjahrzehnt vollbracht haben. Solche Beispiele (TIZIAN, FRANS HALS, PABLO CASALS, PABLO PICASSO, MARC CHAGALL, BERNARD SHAW, BERTRAND RUSSELL,

GRANDMA MOSES) können dazu anregen, die Fähigkeit zu schöpferischer Gestaltung zu fördern. »Es gibt keinen Menschen, der nicht über schöpferische Fähigkeiten verfügt« (H. PROKOP).

5. Das autogene Training erschließt ferner einen ungezwungenen Zugang zu bisher versperrten Bereichen der Metaphysik und der Religion. Es öffnet den Weg nach innen und schärft das Vermögen zur Unterscheidung von Wesentlichem und Unwesentlichem.
   Der Geisteswissenschaftler, Theologe und Arzt KLAUS THOMAS hat erfahren, daß autogenes Training auch Beten lehren kann. Im letzten Zeitabschnitt unseres irdischen Daseins unterstützt es so die Möglichkeit zur Anbindung an überzeitliche Werte, die über alles Irdische hinausführen. Für Christen gilt: »Keinerlei Angstgefühle können Raum gewinnen, wenn jede Übung von Anbeginn an eingebettet ist in das Erleben einer ruhenden Geborgenheit und in den Schutz des himmlischen Vaters, der auch alle persönliche unbewältigte Vergangenheit unter seinen vergebenden, tragenden Fittichen deckt« (K. THOMAS).
6. Das autogene Training vermittelt »Gelassenheit im Endlichen für die Heimat im Unendlichen«. Es ist im letzten Lebensabschnitt nach J. H. SCHULTZ Lebens- und Sterbehilfe zugleich. Sterben und Tod erscheinen in einem anderen Licht.

76jährig schrieb J. H. SCHULTZ zum Abschluß einer Arbeit über das Alter: »Entscheidend dürfte sein, daß nach Möglichkeit jeder Mensch von unbegründeten Ängsten befreit und instand gesetzt wird, in Mut, Ruhe und Gelassenheit Leben, Altern und Tod aus der Hand der unbekannten Allmacht hinzunehmen. Daß echte Glaubensbergungen nie als ›Infantilismen‹ vom Arzte angegangen werden dürfen – wie es leider manche allzu junge Analytiker tun –, bedarf unter erfahrenen Ärzten keines Wortes. ›Unbeirrt in ihren Lauben / laßt die Liebe, laßt den Glauben, / der, wenn man es recht ermißt, / auch nur lauter Liebe ist‹ sagt der alte Weise von Wiedensahl ...«

Diese Verse WILHELM BUSCHS, des »alten Weisen aus Wiedensahl«, den J. H. SCHULTZ sehr schätzte, sollen auch hier den Kreis des Themas »Autogenes Training und Alter« schließen.

16

Autogenes Training und Biorhythmik

Der Chirurg AUGUST BIER schrieb: »Es dürfte schwer oder unmöglich sein, einen normalen Lebensvorgang zu finden, der nicht in rhythmischen Schwankungen abliefe.« Rhythmische Schwankungen bedeuten »Wiederkehr von Ähnlichem in ähnlichen Zeitabschnitten« (LUDWIG KLAGES).

Bei vielen *Krankheiten* sind solche Schwankungen längst bekannt und seit etwa 100 Jahren genau beschrieben worden. Dabei dominieren *7tägige* Schwankungsperioden, aber auch deren Multiple, d. h. 14-, 21- und 28tägige Perioden, wurden verzeichnet. Es handelt sich dabei um Multiple und Submultiple der Wochen- und Monatsrhythmik. Auf die zusätzliche Bedeutung des achten bis zwölften Tages mit Maximum am *zehnten* Tag wies in der Schweiz vor 40 Jahren der Hautarzt A. SCHNITZER hin. Gleich den »Circa*septan*rhythmen« imponieren auch die selteneren »Circa*dekan*rhythmen« als Submultiple der Monatsrhythmik. Sie sind jedoch unabhängig vom kalendarischen Monats- und Wochenablauf. Wahrscheinlich dauert die Kalenderwoche sieben Tage, weil biologische »Circa*septan*rhythmen« im Organismus verankert sind.

Erst nach dem Zweiten Weltkrieg widmete sich auch die »Wissenschaft vom Urlaub« intensiver solchen Schwankungsphänomenen. Der Urlaubsforscher HITTMAIR beobachtete bei Urlaubern »fast gesetzmäßige neurovegetative Wellen«, die erst nach etwa drei Wochen allmählich abebbten. Auch diese »Wellen« zeigten kritische »Wellenberge« und »Wellentäler« in *7-* oder *10tägigen* Abständen. Bei Tropenreisen treten stärkere Anpassungskrisen oft erst nach zweimal *zehn* Tagen, also in der dritten Woche, auf. Die »Wissenschaft vom Urlaub« rechtfertigt so, daß schon unsere Vorfahren für Urlaubsreisen wenigstens drei Wochen veranschlagten.

Wir wissen heute, daß die dritte Woche nicht nur bei den Tropenreisen besondere Aufmerksamkeit verdient. Die »Wissenschaft vom Urlaub« erklärt nämlich auch, warum jahrhundertelang bei Badekuren 21 Bäder üblich waren. Das sind wiederum 3×7 oder in etwa 2×10 Bäder. Bei täglichem Bad entspricht das mindestens drei Wochen, die man für nötig hielt, damit Erholung wirkt und anhält. Die moderne »Ordnungsphysiologie« wies nach, daß kürzere Badekuren ebenso wie kürzere Erholungsreisen sinnlos, wenn nicht gar gefährlich sind und daß es sich bei den genannten Wellen um den Ausdruck notwendiger reaktiver »Anpassungs- und Umstimmungskrisen« handelt. Ohne solche Krisen gibt es in der Regel keine nachhaltigen Kurerfolge und keine ausreichende Erholung im Urlaub.

In den letzten Jahren wurden subjektive Beschwerden und charakteristische Verläufe von etwa 25 Befindenskomplexen bei *Kurlängsschnitterhebungen* systematisch erfaßt. Angeregt durch die »Wissenschaft vom Urlaub« wurden auch die von ihr verwendeten objektiven Parameter zur Längsschnittbeobachtung periodischer Kurkrisen und »circa*septaner*« wie *»-dekaner«* Kurverläufe benutzt. Dabei zeigte sich, daß der Organismus nicht minder als auf komplexe Reizkonstellationen im Urlaub auch auf Kurbehandlungsserien mit einer adaptiv-sinnvollen Reaktionsperiodik anspricht, deren Zeitmuster heilungsfördernde Etappen fortschreitender Umstimmungs- und Normalisierungsprozesse markieren. Dazu eine humorvolle Bemerkung von SEBASTIAN KNEIPP: »Wenn der Teufel ausgetrieben wird, macht er noch allerlei Sprünge und Streiche, bis er endlich 's Hintertürl findet.« Glatter Erfolg ist kein gutes Zeichen: »Der Lump rumort noch, ehe man ihn beim Schwanze erwischt.« Mit dem »rumorenden Lumpen« sind gleichsam alte Krankheitsreste gemeint, die »ausgeputzt« werden. Man hat die Kur deshalb auch mit dem Besen eines Kaminfegers verglichen, der alte Rückstände ausputzt, damit »der Schornstein wieder raucht«.

Neben *rasch* abklingenden »Circa*septan*rhythmen« sind auch im Kurverlauf wie bei manchen Krankheits- und Urlaubsphänomenen *trägere* »Circa*dekan*rhythmen« registrierbar. Die von verschiedensten Kurfaktoren in Gang gesetzte Reaktionsperiodik fehlt bei unbehandelten Einheimischen und ist auch bei Kuren unabhängig vom kalendarischen Wochenrhythmus. Auch Kurkrisen häufen sich um die Wende von der 1. zur 2. Woche, also um den *7. Tag,* sowie am Ende der 3. Woche um den 20./21. Tag. (Das sind abermals 3×7 oder 2×10 Tage.) Aus den Multiplen von »Circa*septan*-« und »Circa*dekan*rhythmen« resultieren auch hier Reaktionsballungen um den 20./21. Tag (DREXEL, HILDEBRANDT u. a.).

Gibt es ähnliche biorhythmische Phänomene wie bei bestimmten Krankheiten, beim Urlaub und bei Kuren auch im Verlauf von Kursen zur Erlernung des autogenen Trainings?

Bis vor kurzem fehlten systematische Längsschnittuntersuchungen, die Aufschluß darüber geben konnten, ob das autogene Training auch eigenständig einer reaktiven Biorhythmik unterliegt, wenn es unabhängig von Kuren ambulant am Wohnort eingeübt wird. Es schien reizvoll zu untersuchen, ob Übungskrisen, die oft wie Kurkrisen als Störungen mißverstanden werden, ebenfalls eine »circa*septane*« oder *»-dekane«* Periodik aufweisen.

Jeder Übungsleiter weiß, daß Lern- und Umschaltprozesse beim autogenen Training genauso wie bei Kuren nicht linear ansteigen und daß der Weg vom Mißerfolg zum Erfolg, von der Skepsis zur Überzeugung in Wellenlinien verläuft. In kritischen Phasen sind die Kur- und Kursabsolventen hier wie dort unkonzentriert, unruhig, verspannt und aufgeregt. Sie können nicht richtig abschalten und fühlen sich wieder gehetzt und unausgeglichen. Gelegentlich treten leichte depressive Versagenszustände auf. Zu Schwindelgefühl und dumpfen Kopfschmerzen treten Herzsensationen und Verdauungsstörungen, zuweilen auch Frösteln oder Hitzewallungen. Muskelverkrampfungen und Nervenwurzelreizungen nehmen zu. Schon gebesserter Schlaf wird wieder unruhig und nicht selten durch unwillkürliche Gliederzuckungen und schwer beschreibbare Mißempfindungen der Extremitäten unterbrochen. Man fühlt sich zerschlagen und ist unzufrieden. Beim Üben ist man nicht mehr bei der Sache. Oft bleibt es beim Versuch. »Es geht einfach nicht.« Die üblichen Übungsphänomene und schon gewohnte Generalisierungseffekte lassen auf sich warten. Man läßt sich durch alles mögliche beim Üben stören. Vorzeitige Übungsabbrüche sind häufig. Zuweilen werden die Übungen vergessen, oder man läßt sie mit fadenscheinigen Begründungen aus. Bei näherer Prüfung sind die Begründungen Scheinmotivationen. Sie sprechen für eine Verminderung von Übungsbereitschaft und Konzentrationsfähigkeit. Spätestens am Ende der 3. Übungswoche sind die meisten Krisen behoben.

Professor J. H. SCHULTZ selbst bemerkte bei kritischen Übungssituationen auch »formelfremde Empfindungen«. Professor LUTHE in Kanada, der solche »Durchgangsphänomene« und »inhaltslosen Abreaktionen« systematisch untersuchte, deutete sie als »autogene Entladungen« im Sinne eines Selbstheilungsprinzips, wobei an der Hirnstromkurve objektivierbare »neutralisierende zentralnervöse Entlastungsvorgänge ... wesentlich zur Erholung und Normalisierung beitragen«.

Analogien zur »heilsamen Störwirkung der Kurkrisen« liegen nahe. Wie Kurkrisen schwingen auch »autogene Entladungen« gedämpft aus. Wie jene manifestieren sie sich in Bezirken, die für die Absolventen wegen anlagebedingter »Schwächen« oder symbolhafter, tiefenpsychologischer Projektionen Problemfelder sind. So wie Kurkrisen prognostische Schlüsse zulassen, gelten auch »autogene Entladungen« als »entscheidender Faktor hinsichtlich der durch autogenes Training erzielbaren Erfolge«. Wahrscheinlich gilt hier wie dort, »daß es ohne Reaktionsperiodik keine adaptiven Umstimmungsprozesse gibt«.

Um diese Fragen genauer zu studieren, wurden bei 4 ambulanten Übungskursen etwa 5000 freie Protokollnotizen von 94 Absolventen gesichtet. Zusätzlich wurden von 112 Absolventen aus weiteren 6 ambulanten Kursen etwa 100 000 Kurstagebuchfelder ausgewertet.

Es zeigte sich bei allgemein nachlassender Protokollhäufigkeit (die sich aus der Anweisung ergab, besondes anfangs ausführlich zu protokollieren) eine aus dem allgemeinen Trend herausfallende Protokollmüdigkeit in *7tägigen* Abständen am 8., 15. und 22. Tag und mit *10tägigem* Abstand am 5. und 15. Tag. Aus den freien Protokollen eruierbare Übungskomplikationen und -ausfälle ließen allmählich nach, reduzierten sich jedoch ebenfalls nicht geradlinig. Im Gesamtverlauf der abfallenden Kurve fielen Kaskadenbildungen abermals in etwa *7tägigen* Abständen um den 6. bis 9. und um den 13. bis 16. Tag auf.

Die sich aus den Eintragungen in das Tagebuch des Kurses ergebende Verteilung von allgemeinen Befindensverschlechterungen, Beschwerdehäufungen und speziellen Beschwerden auf die einzelnen Übungstage, auf die 1. bis 3. Übungswoche und auf die 1. Nachkurswoche zeigte im allgemeinen Trend der abnehmenden Beschwerden miteinander korrespondierende »circa*septane* Störgipfel« an den kritischen Wenden von der 1. zur 2. und von der 2. zur 3. Kurswoche. Nach einer besonders auffälligen Talsohle in der 3. Woche wird der günstige Trend in den meisten Bereichen gegen Ende der 3. Woche und am Übergang zur 4. Woche deutlich unterbrochen. Er kehrt sich sogar oft um, ehe es zum endgültigen Stagnieren aller Beschwerden kommt. Besonders typisch ist die Häufigkeitskurve von Kopfschmerzen und Schwindel. Dabei fällt auf, daß einem ständigen Häufigkeitswechsel in der ersten Kursdekade ein *10tägiges* »Tal« folgt, dessen Sohle am 17./18. Kurstag wiederum in die 3. Woche fällt. Wäre der autogene Trainingskurs dann beendet worden, so hätte man ein befriedigendes Durchschnittsergebnis konstatieren können. Der für die 3. Woche charakteristische erneute Anstieg, der bei ambulanten Trainingskursen genauso konstatierbar ist wie bei stationären Kuren und der zu negativen Erfolgsbeurteilungen verleiten könnte, wäre nicht erfaßt worden. In Wirklichkeit garantiert erst der erneute Abfall der Beschwerden in der 4. Woche einen anhaltenden Besserungstrend.

Man muß die Krisen kennen. Die Teilnehmer von autogenen Trainingskursen sollten sich schon bei Kursbeginn schonend darauf vorbereiten. Andernfalls besteht die Gefahr, daß solche »autogenen Entladungen« nach dem Motto »Es hilft doch alles nichts« als Ausdruck persönlichen Versagens oder mangelnder Tauglichkeit mißverstanden werden.

Die nachstehende Tabelle zeigt einen Vergleich der Verteilungshäufigkeit verschiedener Beschwerden, die sich bei gleichen Fragebögen aus den täglichen Eintragungen sowohl von stationären Kurpatienten als auch von Absolventen ambulanter autogener

Trainingskurse ergaben. Die zum Vergleich dienenden Angaben der Kurpatienten entstammen einer Doktorarbeit von D. FRANK in Bad Berleburg.

Außer einer Besserung des Allgemeinbefindens findet sich in beiden Gruppen auch ein Besserungstrend für alle übrigen Befindensindikatoren. Er wird durch regelmäßige Auslenkungen und Verzögerungen unterbrochen, die z. T. bei Absolventen ambulanter autogener Trainingskurse noch deutlicher als bei Kurpatienten sind. Solche kritischen Gipfel und Trendverzögerungen finden sich um den *7.* und *14. Tag* bei »Beschwerden« und »innerer Unruhe« und markant um den *21. Tag* bei den allgemeinen Befindensbesserungen, angedeutet auch bei den Stimmungsnoten. Gruppenstatistisch waren die Quoten für Besserungen des Allgemeinbefindens, Abnahmen der Beschwerdehäufigkeit und Nachlassen von Unausgeglichenheit bei ambulantem autogenen Training ähnlich wie bei stationären Kuren (Punkte 1.–4. der Tabelle). Eine Zunahme nächtlicher Träume, die als Anregung »seelischer Verdauungsvorgänge« positiv zu werten ist, war bei ambulantem autogenen Training sogar um 70% häufiger als bei Kuren. Auch die Besserungsquoten von »innerer Unruhe« und »Einschlafstörungen« übertrafen bei Absolventen von ambulantem autogenen Training die Ergebnisse stationärer Kurpatienten um mehr als das Zwei- bis Dreifache (Punkte 6. und 7. der Tabelle).

Auswertungsergebnisse gleichlautender Kur- bzw. Kursbefragungen bei ambulantem autogenen Training (angelehnt an das »Berleburger Kurtagebuch«)

Symptome	Stationäre Kuren (Berleburg, n = 1925)	Ambulante Kurse (Haus Ohrbeck, n = 112)
1. Besserung des Befindens	8½fach	8fach
2. Abnahme der Beschwerden	45%	42%
3. Besserung der Unausgeschlafenheit	37%	34%
4. Besserung der Grundstimmung	10%	10%
5. Zunahme der Traum-Häufigkeit	39%	68%
6. Abnahme der inneren Unruhe	33%	71%
7. Besserung der Einschlafstörungen	25%	78%

Diese Ergebnisse zeigen, daß adaptiv sinnvolle »reaktive Perioden« als Schrittmacher wünschenswerter Umschaltprozesse bei ambulanten autogenen Trainingskursen durch »passive« Konzentration autogen (von innen heraus) aus dem eigenen Ich genauso »angestoßen« werden können wie bei stationären Kurklinikbehandlungen durch aktive Konzentrationsimpulse (Bewegungstherapie) oder durch von außen kommende balneo- und hydrotherapeutische Reize (Bäder- und Kneipp-Anwendungen).

Außer den *reaktiven* biorhythmischen Schwankungen spielen auch *tageszeitliche, circadiane Schwankungen* beim Üben eine Rolle: Nach unseren Erhebungen treten beim Üben am *späten Abend,* d. h. in einer *circadianen* Phase des Überwiegens biorhythmisch gesteuerter Erholungsmechanismen, um 50% weniger Übungsversager und Übungskomplikationen auf als am *Mittag* oder *Morgen.* Eine der Muskelentspannung folgende *Gliedmaßenwärme* wird indessen von 52% der Absolventen zuerst in der Aufheizphase des Körpers am *Vormittag,* aber nur von 27% bzw. 21% bei deren Abklingen am *Mittag* bzw. in der Entwärmungsphase am *späten Abend* empfunden. Von den Protokollanten, die positiv verlaufende *Leibesübungen* notierten, empfanden zwei Drittel vermehrte Leibwärme mit stärkerem Speichelfluß erstmals beim Üben am *Mittag.* Es bestand ein offensichtlicher Zusammenhang mit der *circadian* gesteuerten größten Verdauungsbereitschaft zur Zeit der Hauptmahlzeit. Nur je ein Sechstel empfand die gleichen Phänomene zuerst am *Morgen* oder *späten Abend.* Auch *Stirnkühle* wurde beim Üben der systematischen Ruhigstellung des Psychovegetativums tageszeitlich unterschiedlich bemerkt. Während Stirnkühle am *Vormittag* erstmals von 47% und am *Mittag* von 41% der Übenden protokolliert wurde, wurde sie am *späten Abend* nur von 12% zuerst empfunden. Sie wird anfangs abends schwerer realisiert, weil bei gleichbleibender Raumtemperatur die tageszeitliche Differenz zwischen Stirnhaut- und Umgebungstemperatur dann am geringsten ist.

Schließlich scheinen auch die mit der vegetativ-nervösen Ausgangslage und deren Schwankungen übereinstimmenden »biologischen Jahreszeiten« für die Erlernung des autogenen Trainings nicht ganz ohne Belang zu sein.

Die Zeit vom Januar bis einschließlich März, das ist die Zeit des Übergangs vom »biologischen Winter« zum »biologischen Frühling« (etwa Mitte Februar), begünstigt mehr die Entspannungsvorgänge des autogenen Trainings. Die Zeit vom Juli bis einschließlich September, das ist die Zeit des Übergangs vom »biologischen Sommer« zum »biologischen Herbst« (etwa Mitte August), begünstigt eher konzentrative Lernvorgänge. In den Zwischenzeiten (April bis Juni bzw. Oktober bis Dezember) ist das Verhältnis zwischen Entspannungs- und Konzentrations- bzw. Lernbereitschaft am ausgewogensten. Es besteht dann gleichermaßen die Tendenz, Neues zu beginnen, wie auch Muße, zu üben und sich zu entspannen. Nicht von ungefähr finden in diesen Zeiten die meisten Konzert- und Theateraufführungen statt. Im Verlauf der »biologischen Jahreszeiten« *können* deshalb diese Zwischenzeiten, die mit ihren vegetativ-nervösen Übergangsphasen in etwa den Übergängen vom »biologischen Frühling« zum »biologischen Sommer« (etwa Mitte Mai) und vom »biologischen Herbst« zum »biologischen Winter« (etwa Mitte November) entsprechen, auch zur Erlernung des autogenen Trainings besonders günstig sein.

Einige weitere Hinweise auf Kurskrisen und reaktive Biorhythmik finden sich in Auszügen aus Übungsprotokollen auf den Seiten 229 und 230.

17

Entspannung aktuell

17.1 Autogenes Training und Zeitnot (»Angina temporis«)

Niemand hat die »Angina temporis«, die Hetze und Zeitnot unserer Tage, die uns mit Angina pectoris und Herztod bedroht, besser zu schildern gewußt als der Berliner Schauspieler FRIEDRICH KAYSSLER (1874–1945). In einem Gedicht, das er »Gebet eines Menschen im zwanzigsten Jahrhundert« nannte, heißt es:

»Ich leb' in einer Zeit, o Gott,
wo alles jagt im wilden Kreis,
wo keiner mehr um Heimat weiß.
Zeit ist nur Geld – und Zeit ist Spott,
Gott, gib mir Rast...
Es fliegt der Tag, es fliegt die Nacht.
Nichts ist vollbracht...
Pflicht weckt mich: Auf! Die Zeit! Die Zeit!
Pflicht stachelt mich: Der Weg ist weit!
Pflicht ruft: Jetzt mußt Du dieses tun!
Pflicht lähmt mich: Halt! Jetzt mußt Du ruhn!
Pflicht stiert mich an so fürchterlich:
Ich schreie: Pflicht! Wann lebe ich?
O Gott! O Gott! Gib Du mir Zeit!«

Auf einer Karikatur des österreichischen Zeichners WIGG SIEGL spricht ein Angestellter mit untergeklemmter Aktenmappe und Terminkalender und im zum Totenhemd gewordenen Nachthemd noch im Arm des als Teufel verkleideten Todes, ohne zu merken, was ihm geschieht: »Mann, können Sie sich nicht schneller bewegen, ich habe wenig Zeit.«

Tierärzte versichern uns, daß Rennpferde zu den Tieren gehören, die nicht selten einem plötzlichen Herzinfarkt erliegen. Spüren wir nicht, daß im übertragenen Sinn auch ein jeder von uns sein Herz zu Tode hetzen kann?

Fehlt es uns nicht oft an Zeit, weil wir überdreht sind? Weil wir uns mit Kleinigkeiten aufhalten? Weil alles, wirklich alles, über unseren Schreibtisch laufen soll? Weil wir dann das Wesentliche nicht mehr vom Unwesentlichen unterscheiden können? Weil wir vor lauter Bäumen den Wald nicht mehr sehen? Weil uns alles, aber auch alles, so auf die Nerven geht, daß wir nicht mehr in der Lage sind, Arbeitsüberhänge sinnvoll zu verteilen?

Ein kanadischer Industrieller ging wöchentlich zum Angeln und sagte: »Mein Unternehmen verlangt meine Abwesenheit.« Er wußte, daß sein Unternehmen besser funktionierte, wenn er nicht mit überstrapazierten Nerven auch noch die Nerven seiner Mitarbeiter tyrannisierte.

Dr. GAUGER sagte einmal in einem großen Industriewerk zu einem Belegschaftsmitglied, das einem Nervenzusammenbruch nahe war, sehr ernst, aber betont und freundlich: »Lieber Freund, Sie werden für Ihre Arbeit bezahlt, nicht für Ihre Aufregung.« Dieses ganz simple Ansprechen hatte eine fast magische Wirkung, die nicht auf den Patienten selbst beschränkt blieb, sondern weiterwirkte. Durch eine Änderung seiner Einstellung zur Arbeit und zu den Mitarbeitern vermochte der Mann seine Lebensweise zu ändern. Er vergeudete seine Zeit nicht mehr mit nutzlosen Aufregungen, arbeitete erfolgreicher und gewann mehr Zeit für sich selbst.

Durch ihre Grundwirkungen

- rasche Erholung,
- Ruhigstellung,
- Leistungssteigerung und
- Selbstbeherrschung

vermag konzentrative Selbstentspannung durch *autogenes Training* zur Bewältigung der Zeitnot unserer Tage, zur »Angina temporis«, die unsere Lebensentfaltung und unser Herz beengt, einen wesentlichen Beitrag zu leisten (vgl. Kapitel 20).

Schließlich gibt uns das autogene Training durch seinen Beitrag zur *Selbstwertfindung* und *Selbstbestimmung* auch die Chance, wieder jenem Zeitbegriff näherzukommen, den GOETHE im »Faust« mit den Versen meinte:

»Mein Erbteil, wie herrlich, weit und breit,
Die Zeit ist mein Besitz, mein Acker ist die Zeit.«

Zwar sind wir in unserer vom Prestigedenken beherrschten Industrie- und Konsumgesellschaft wirtschaftlichen und gesellschaftlichen Zwängen derart verhaftet, daß wir uns von der Devise »Zeit ist Geld« nicht vollständig lösen können. Dennoch können wir aber zwischenzeitlich immer wieder, um frei zu sein, von ihr Abschied und Urlaub auf Zeit nehmen. *Ein* Weg dazu, vielleicht der praktikabelste und einfachste, ist das *autogene Training*.

17.2 Autogenes Training und Streß

Zeitnot und Streß werden oft gleichgesetzt. »Die Welt scheint sich von Tag zu Tag schneller zu drehen. Für ruhige Besinnlichkeit findet der Durchschnittsbürger kaum noch Zeit... Wir leben ständig mit Höchstgeschwindigkeit... Termine sind einzuhalten. Keiner kann sich dem *Streß* des täglichen Lebens entziehen.«

Diese Sätze stammen von Professor HANS SELYE, dem Vater des Streßbegriffs, der sich selbst – quasi als Antidot (Gegenmittel) – »niemals die gemütliche Weltanschauung seiner Heimatstadt Wien abgewöhnen konnte oder gar wollte«.

Ist Streß wirklich so schlimm, so erbarmungslos? Oder ist die Gleichung Zeitnot = Streß = Leistung nur ein Trugschluß vermeintlicher Märtyrer unserer Leistungsgesellschaft?

Was ist überhaupt Streß?

Der Begriff »Streß« ist der Physik entlehnt. Bei Materialprüfungen werden unter diesem Fachausdruck alle Kräfte verstanden, die von außen auf ein bestimmtes Material einwirken. Die durch Streß verursachten Materialänderungen werden als »Strain« bezeichnet. Von der Beschaffenheit des Materials hängt es ab, ob Strain Formung, Anpassung oder Zerstörung bedeutet. Bei gleichem Streß ist Strain um so kleiner, je widerstandsfähiger, um so größer, je verletzlicher das Material ist. Das gilt auch bei der Übertragung des Begriffs auf den Menschen.

Bei seiner Übernahme aus der Physik in die Medizin hat der Begriff »Streß« allerdings einen Bedeutungswandel erfahren. Die von außen wirkenden Kräfte heißen nicht mehr Streß, sondern »Stressoren«, und Streß als Oberbegriff umfaßt zugleich Stressoren und Strain. So ist auch der Psychoanalytiker MITSCHERLICH zu verstehen, der als Aspekte des Stresses sowohl umweltbedingte, zivilisatorische Zwänge als auch den inneren Zwang zu verantwortlicher Lebensgestaltung versteht, im Grunde genommen damit also Stressoren und Strain beschreibt. Auch in der Umgangssprache meint ein Patient in gleicher Weise Stressoren und Strain, Reiz und Reaktion, äußere und innere Anspannung, wenn er über Streß klagt oder sich gestreßt fühlt. Was geht hierbei vor sich?

SELYE stellte fest, daß auf spezifische körperliche und seelische Reize immer die gleiche, unspezifische Reaktionsfolge ablief, die er *Adaptionssyndrom* nannte und in drei Stufen unterteilte:

a) Alarm- oder Notfallreaktion,
b) Abwehr- oder Kompensationsphase,
c) Erschöpfungsphase.

Für den ganzen Komplex aus unspezifischen Reizungen mannigfacher Art und der stets gleichen Reizbeantwortung prägte er den Begriff »Streß«.

Die *Alarm- und Abwehrreaktion* wird in typischer Weise ausgelöst, wenn Gefahr droht. Je nachdem, ob dabei Ängste oder Aggressionen überwiegen, schütten die Nebennieren vermehrt Adrenalin oder Noradrenalin aus. Durch die Ausschüttung dieser »Streßhormone« werden blitzartig alle Körperreserven mobilisiert. Sinnesorgane und Muskeln werden angespannt. Die Pupillen weiten sich, um die Gefahr besser ins Auge zu fassen. Zugunsten der Muskeln entleert die Leber ihre Zuckerspeicher. Die Blutzuckerwerte steigen an. Das Blut verlagert sich aus Haut und Eingeweiden in Muskeln und Gehirn. Herzschlag und Atmung vergrößern und beschleunigen sich, um Sinnesorgane und Muskeln vermehrt mit Nährstoffen und Sauerstoff zu versorgen. Durch Funktionsänderungen der Milz werden zur Verbesserung des Sauerstofftransports zusätzlich rote Blutkörperchen frei. Unterstützt durch einen Anstieg der Blutfette wird sogar die Gerinnungszeit des Blutes verkürzt, damit eventuelle Verwundungen rasch verschorfen. Über eine gleichzeitige Aktivierung des unwillkürlichen sogenannten ergotropen oder sympathischen Nervensystems (Sympathikus = Leistungsnervensystem) werden die Blutplättchen (Thrombozyten) zu speziellen Sekretionsleistungen stimuliert, die ihre Tendenz zur Verklebung (Aggregation) verstärken.

Alle diese Reaktionen auf Bedrohung aus der Umwelt sind in freier Wildbahn natürlich und nützlich (*Eu*streß). Aber was geschieht, wenn Kampf oder Flucht sinnlos oder unmöglich sind? Die auf Außenreize frei werdenden Energien richten sich dann gegen den eigenen Körper!

Beispielsweise löst eine Überdosis an Reizen, ein Überstreß (*Dis*streß) – den der Volksmund meistens meint, wenn von Streß die Rede ist –, weder, wie beim *Eu*streß, einen erfolgversprechenden Start noch ein heilsames Lampenfieber aus. Überreizung beflügelt nicht zu Höchstleistungen, sondern der Mensch wird überdreht, stolpert, verhaspelt und verspricht sich, und seine Konzentrationsfähigkeit läßt nach. Ärger und Aufregungen, die vielen kleinen Nadelstiche des Alltags, aber auch Reizüberflutungen durch Lärm, Verkehr und Showbusineß, Sportwettkämpfe eingeschlossen, sind deshalb gesundheitsschädigend. Ein Abreagieren durch Muskelarbeit ist dabei meistens weder möglich noch zweckmäßig. Dennoch reagiert der gestreßte Organismus immer wieder mit der beschriebenen Alarm- und Notfallreaktion.

In der Fachliteratur finden sich zahlreiche Beispiele für solchen sinnlosen, weil gegen sich selbst gerichteten, körperlich nicht abreagierbaren Streß. Wer würde schon gegen eine ausgebliebene Gehaltserhöhung mit einem Tausendmeterlauf reagieren? Eher steckt sich der Gestreßte in seiner inneren Unruhe eine Zigarette an oder greift zur Flasche (»Wer Sorgen hat, hat auch Likör«). Nikotingenuß verstärkt jedoch nur, ebenso wie Alkohol, die sinnlosen Streßreaktionen.

Genauso wird ungesunder Streß (*Dis*streß) sinnlos verstärkt, wenn man sich in sein Auto setzt, um sich mehr oder minder unbewußt am Steuer abzureagieren. Schon bei einfachen Überholmanövern kann es zu erheblichen Blutdruck- und Pulsfrequenzsteigerungen und bei schon vorgeschädigtem Herzen zu krankhaften EKG-Veränderungen kommen. Außerdem nimmt die Produktion sauerstoffverschwendender und infarktfördernder Erregungsstoffe und Streßhormone, die in unserem Körper von Nerven und Drüsen gebildet werden, beim Autofahren um das Fünf- bis Sechsfache zu. An sich sind diese Stoffe zur Aktivierung unseres Herzmotors genauso notwendig wie das Benzin für den Automotor. Wenn aber diese Stoffe, die man mit einem Sammelnamen auch als »Katecholamine« bezeichnet, im Übermaß ausgeschüttet werden, so gleicht unser Herz dem vorzeitig verschleißenden, bedauernswerten Motor eines Kraftwagens, der im Hundertkilometertempo auf der Autobahn beständig hochtourig im zweiten Gang gefahren wird.

Je häufiger, länger und intensiver sich Streßsituationen wiederholen, um so nachhaltiger gerät unser Organismus von der energiefordernden, blitzartigen Alarm- oder Notfallreaktion zu Lasten aller geordneten sonstigen Funktionsabläufe in die *Abwehr- oder Kompensationsphase.* Dabei werden wichtige Verrichtungen des alltäglichen Lebensablaufs unterdrückt oder gehemmt. Das Widerstandsvermögen gegen Krankheiten erlahmt. Die Fähigkeit zur Selbstheilung läßt nach.

Hält der Streß lange genug an, so kann die im Dauerstreß, dem »stress of life«, ständig erforderliche Energie allmählich oder plötzlich versiegen. Alarm- und Abwehrstadium werden durch das *Erschöpfungsstadium* abgelöst. Krankheit oder Tod sind die Folgen! Dr. LENNART LEVI, Leiter des Streßforschungsinstituts der Weltgesundheitsorganisation (WHO) in Stockholm, schätzt, daß etwa ein Drittel aller registrierten Krankheitstage in der westlichen Welt auf Streßkrankheiten zurückzuführen ist. Bei einem Fünftel aller Todesfälle gilt nach Angaben der Weltgesundheitsorganisation Streß als Haupttodesursache.

Durch die beim *autogenen Training* nachweisbaren Funktionsumstellungen im Organismus kann Streß gemildert oder verhütet werden: Im Gegensatz zur Streßsituation werden beim autogenen Training Sinnesorgane und Bewegungsmuskeln nicht angespannt, sondern *ent*spannt. Ohne Entspeicherung der Blutdepots fördert und entlastet autogenes Training den gesamten Kreislauf. Herzschlag, Atmung und Stoffwechsel arbeiten dabei jedoch nicht auf Höchsttouren, sondern im Schongang. Die bei Streßsituationen streikende Verdauung funktioniert beim autogenen Training vortrefflich. Eine streßbedingte Mehrausschüttung von Hormonen der Nebennierenrinde wird nachhaltig gebremst. Nicht nutzlose Reizbarkeit, Alarmstimmung, Mobilmachung und Kampfbereitschaft kennzeichnen den autogen Trainierten, sondern Ruhe, Gelassenheit, Besinnlichkeit und Gleichmut (vgl. Kapitel 2 bis 6).

Da Streßgefährdung nicht nur davon abhängt, ob ein Mensch tatsächlich gehetzt und gestreßt wird, sondern auch davon, ob er sich selbst gehetzt oder gestreßt fühlt, kann die mit dem autogenen Training erlernte Verschönerung unangenehmer Empfindungen ebenfalls zur Streßverminderung beitragen.

Auch überflüssige Notfallreaktionen, die stets aufs neue durch quälende Erinnerungen an das Drum und Dran von längst vergangenem Streß ausgelöst werden, lassen sich durch autogenes Training günstig beeinflussen. Das gleiche gilt für tatsächliche oder vermeintliche Drohungen, die ins Unterbewußte verdrängt wurden und von hier aus, begleitet von unnötigen Alarm- und Abwehrmechanismen, durch Alpträume bei Nacht und durch Fehlverhaltensweisen am Tage ihren Spuk treiben. In solchen Fällen trägt das autogene Training zur seelischen Selbstreinigung bei. Es ist also nicht nur ein beruhigendes Verfahren, es greift auch ordnend in die Tiefenschichten der Persönlichkeit ein. Wie jedes »Ganzheitsverfahren« macht es manche aufwendigere andere Behandlung überflüssig, weil »ein gesunder Wirt seine Lumpen selbst hinauswirft« (KNEIPP).

Die schlimmsten Stressoren sind Angst, Ärger, Eifersucht, Haß und Frustrationen: Russische Forscher berichteten, daß bei Affen im Augenblick der Gefangennahme Herzinfarkte oder tödliche Schlaganfälle auftraten. Affen, denen man elektrische Schläge versetzte, wenn sie bei bestimmten Dressuraufgaben versagten, bekamen krankhafte EKG-Veränderungen und lebensgefährliche Herzattacken, während undressierte Affen gleichzeitige Schläge gelassen hinnahmen und gesund blieben. Der entthronte Pascha einer Affenhorde entwickelte in wenigen Monaten einen Bluthochdruck und einen Herzmuskelschaden, als er in einem gesonderten Käfig zusehen mußte, wie ein anderes Männchen seinen Harem übernahm. Spielt man Ratten tagelang ein Tonband vor, auf dem das Fauchen von Katzen und die Angstschreie anderer Ratten zu hören sind, so bekommen sie infarktähnliche Veränderungen. Stellt man Katzen- und Mäusekäfige nebeneinander, so sind die Mäuse bald »mausetot«.

Moderne Menschen pflegen sich in vergleichbaren Situationen der von der Arzneimittelwerbung propagierten »Sonnenbrille für die Psyche« zu bedienen. In immer bedrohlicherem Ausmaß lassen sie sich von neuen Wunderdrogen und Glückspillen verführen und greifen zu beruhigenden, entängstigenden Medikamenten aus der Gruppe der Psychopharmaka. Tritt als Nebenwirkung eine unwillkommene Müdigkeit auf, die man unter dem Druck der in Beruf und Familie unablässig anstürmenden Alltagsforderungen nicht ruhig abklingen lassen kann, verlockt der Slogan »Hallo, wach« zum Genuß von Kaffee und trügerischen Aufputsch- und Weckmitteln. Vereiteln diese Aufpeitscher schließlich den zu später Stunde herbeigesehnten Schlaf, beginnt der Teufelskreis von neuem. Die Schlaftablette wirkt noch, wenn der Wecker schon klingelt. Durch einen starken Kaffee mogelt sich der Unausgeruhte Frische und Fitneß vor.

Mit dem *autogenen Training* haben wir statt dessen jederzeit, ohne Rezept, kostenlos und nebenwirkungsfrei unser Beruhigungsmittel und mit der Rücknahmeformel unser Weckmittel beliebig zur Verfügung. Autogenes Training ist die psychologisch und physiologisch am besten bewährte Methode, dem Teufelskreis der Abhängigkeit von schädlichen Beruhigungs- und Aufputschmitteln zu entgehen oder ihn radikal zu durchbrechen.

17.3 Autogenes Training, Herzinfarktgefährdung (Risikofaktoren) und »Managerkrankheit«

In einer Arbeit »Herz, Streß und ärztliche Bildungspolitik« hat Professor M. J. HALHUBER (früher LVA-Klinik Höhenried am

Starnberger See) den Streß als gemeinsamen Nenner für alle Risikofaktoren und Schrittmacherkrankheiten der *Herzinfarktseuche* bezeichnet, jener »noch immer zunehmenden schwersten Epidemie aller Zeiten«, die der Volksmund hier und da noch mit der »Managerkrankheit« gleichsetzt.

Professor JUNGE-HÜLSING, Osnabrück, erläuterte einmal bei der *Deutschen Therapiewoche*, daß der Herzinfarkt nur deshalb so zum Brennpunkt der neuzeitlichen Medizin werden konnte, weil alle für ihn maßgeblichen Risikofaktoren und Schrittmacherkrankheiten durch Streß wie durch ein Brennglas verstärkt und gebündelt werden.

1990 wurde beim *International Forum on the Evaluation of Cardiovascular Care* in Lissabon vor mehr als tausend Herzforschern aus aller Welt die Schlüsselrolle, welche der Streß mit Streßhormonen und Überaktivierung des Leistungsnervensystems (Sympathikus) für die Entstehung von Risikofaktoren und Schrittmacherkrankheiten des Herzinfarkts spielt, durch zahlreiche neue Forschungsergebnisse eindrucksvoll untermauert.

Welche sind diese Risikofaktoren und Schrittmacherkrankheiten? Sind sie durch autogenes Training beeinflußbar?

Zu den gesicherten Faktoren, die das Risiko, an einem lebensbedrohlichen Herzinfarkt zu erkranken, erhöhen, zählen
- Übergewicht (Nahrungs- und Genußmittelmißbrauch),
- körperliche Trägheit und Bewegungsmangel,
- Rauchen (speziell Zigarettenrauchen),
- Bluthochdruck (Hypertonie),
- Blutfettvermehrung (Hypercholesterinämie u. a.),
- Zuckerkrankheit (Diabetes mellitus),
- Blutharnsäurevermehrung (Hyperurikämie und Gicht),
- Schlafstörungen.

Jedermann sollte wissen, daß sich das Risiko, einen lebensbedrohlichen Herzinfarkt zu erleiden und schwerwiegende andere Gefäßkrankheiten zu bekommen oder sie zu verschlimmern, bei
- zwei Risikofaktoren mehr als verdreifacht und

– bei drei Risikofaktoren mehr als verzehnfacht!

Es ist bestürzend, daß mit der Zunahme der Risikofaktoren auch die Zahl der alljährlich vom Herzinfarkt Betroffenen in keinem Lande der Erde so steil angestiegen ist wie im Nachkriegsdeutschland seit der Währungsreform. Darüber hinaus ist der einzelne Infarktkranke heute viel gefährdeter als in früheren Jahren: Nach Untersuchungen in der Teutoburger-Wald-Klinik hatten die dort behandelten Herzinfarktrekonvaleszenten bereits 1972/73 ein um 2 kg höheres Übergewicht als 1958/59. Während 1958/59 nur 26 % der Behandelten vor ihrem Infarkt mehr als 10 Zigaretten am Tag geraucht hatten, waren es 1972/73 schon 65 %! Der tägliche Durchschnittskonsum der vor dem Infarkt rauchenden Patienten betrug 1958/59 »nur« 11 und 1972/73 schon 19 Zigaretten! Auch die durchschnittlichen Blutdruckwerte waren 1972/73 deutlich höher, ebenso die Zucker-, Fett- und Harnsäurewerte im Blut. Eine Kombination von Übergewicht, Bluthochdruck und Blutfettvermehrung fanden wir bei Infarktpatienten 1972/73 dreieinhalbmal häufiger als 1958/59! Dieser Trend hat sich inzwischen leider kaum geändert: Nach Querschnittserhebungen bei 5740 Rehabilitanden der »Klinik am Park« in Bad Meinberg nahmen die wichtigsten Risikofaktoren und Schrittmacherkrankheiten auch in der Folgezeit »hochsignifikant« weiter zu (Mitteilung von Professor MERTZ und Mitarbeitern 1990).

Übergewicht und autogenes Training

Welche Bedeutung Streß bei *Übergewicht* und bei *Nahrungs- und Genußmittelmißbrauch* haben kann, deutet der Ausdruck »Kummerspeck« an. Man hofft, gegen übermäßigen Streß gefeit zu sein, wenn man sich ein »dickes Fell« anißt. Bei Anspannung und Ärger versprechen Genußmittel Ausgleich und Zufriedenheit: »Gutes Essen und Trinken hält Leib und Seele zusammen.« Das bedächtige Imponiergehabe von Feinschmeckern, Spirituosenkennern und Zigarrenrauchern und der nervöse Griff zur Zigarette ist jedermann geläufig. Auch der aufreibende Ehrgeiz, als »gewichtige Persönlichkeit« mit »schwerwiegendem Einfluß« zu gelten und nicht als Geizkragen und Weltverächter verschrien zu werden, kann bei Gewichtszunahmen eine Rolle spielen. Kaum jemand möchte gerne seinen »Gürtel enger schnallen«. Noch gilt bei vielen der Grundsatz: »Wer viel arbeitet, muß auch viel essen.« So strengt man sich beim Essen nicht weniger an als im Beruf.

Beim *autogenen Training* eingepflanzte formelhafte Vorsätze wie »Ich bin ganz satt« oder »Ich weiß, daß ich nicht trinke (rauche)« können manchem Dicken helfen, Heißhunger und Ersatzbedürfnisse bei der Abmagerungskur zu zügeln (siehe Seiten 137–138; vgl. auch Gebrüder GRIMM: »Die Ziege sagt ›Ich bin so satt, ich mag kein Blatt‹«). Zugleich dient die Entspannung dem Aufbau seelischer Kräfte, die nach dem Motto KNEIPPS, daß der Dicke »ein ›Schwächling‹ ist, der gestärkt werden muß«, helfen können, den inneren Schweinehund zu überwinden. Auf die Möglichkeit, Gewichtsreduktionen und notwendige Diätreglements durch autogenes Training zu unterstützen, haben zahlreiche Sachkenner in der Fachliteratur schon seit langem immer wieder hingewiesen. Anknüpfend an erfolgreiche hypnotische Entfettungskuren und an seine Chefarzterfahrungen mit 400 Adipösen 1921/22 in LAHMANNS Naturheilsanatorium »Weißer Hirsch« bei Dresden, betonte auch Professor SCHULTZ noch wenige Jahre vor seinem Tode im *Deutschen Ärzteblatt,* daß die Möglichkeit entsprechender Dauerheilungen durch die aktiv-klinische Psychotherapie des autogenen Trainings um so eher gegeben sei, je mehr beim Essen eingeschleifte Fehlgewöhnungen eine Rolle spielten, die auszuschleifen das autogene Training helfen könne. SCHULTZ zitierte Erfahrungen von Internisten aus seinem *Autogenen Arbeitskreis,* wonach durch Sprechstundenbehandlungen mit dem formelhaften Vorsatz »Ich bin ganz satt« in »langsam-physiologischer Art« und »ohne jede Last für den Patienten« Gewichtsabnahmen bis zu 25 kg erreicht wurden. Eine Gewichtsabnahme von 25 kg durch autogenes Training gelang auch dem Arzt HANNES LINDEMANN bei seiner legendären Atlantiküberquerung 1956/57 im Serienfaltboot (siehe Seiten 205–206).

Bewegungsmangel und autogenes Training

Mit zunehmendem Übergewicht nimmt bei vielen sehr bald auch die *körperliche Trägheit* zu. Zusammen mit dem übermäßigen Nahrungs- und Genußmittelkonsum steigert der Bewegungsmangel das Risiko, an Angina pectoris und Herzinfarkt zu erkranken, zumal auch die Entwicklung von anderen Risikofaktoren und Schrittmacherkrankheiten durch Übergewicht und Trägheit beschleunigt wird. Nicht von ungefähr sind unter den Patienten mit Angina pectoris und Herzinfarkt gleichzeitig 50 % der Bluthochdruckkranken, 70 % der Gichtiker, 80 % der Fettstoffwechselgestörten und 85 % der Zuckerkranken stark übergewichtig.

In seinem Buch »Bewegung gegen den Herzinfarkt« empfiehlt der Heidelberger Sportwissenschaftler Professor BLOSS im Kapitel »Die Risikofaktoren und wie wir sie bewältigen können« die Einübung von Entspannungstechniken, »wobei vor allem das *autogene Training* genannt werden muß«. Wie Langzeituntersuchungen von Professor BAROLIN in Österreich bei Spitzensportlern im Verlauf von 8 Jahren ergaben, kann das autogene Training beim Sport dazu beitragen, ohne den notwendigen Schlaf- und Entspannungsrhythmus zu vernachlässigen, zum rechten »Schwung« zu motivieren, Kraft und Konzentrationsreserven zu mobilisieren und Gelassenheit und Selbstbehauptung zu stärken. Genau mit diesen Effekten kann es auch die Bewegungstherapie unterstützen und so bei Herzgefährdeten und Infarktrekonvaleszenten einen Beitrag zur Überwindung der körperlichen Trägheit leisten, zu der vor allem fettleibige Herzkranke neigen.

Rauchen und autogenes Training

Ein Risikofaktor erster Ordnung ist ohne jeden Zweifel das *Rauchen*, speziell starkes *Zigarettenrauchen.* Bei unter vierzigjährigen Kranken mit Mangeldurchblutung der Herzkranzgefäße gilt es als wichtigste Ursache für Entstehung und Auslösung eines Herzinfarkts. Insgesamt sterben starke Raucher daran bis zu dreimal häufiger als Nichtraucher. Die Ergebnisse entsprechender weltweiter Untersuchungen waren bereits 1965 so überzeugend, daß eine Konferenz der Weltgesundheitsorganiation (WHO) schon damals weitere Untersuchungen für überflüssig hielt. Nach einer 1990 vom europäischen Regionalbüro der WHO verkündeten »Charter gegen den Tabak« ist »jeder Raucher als Kranker zu behandeln«. Bei eigenen Erhebungen hatten im Lauf mehrerer Jahrzehnte von allen Infarktrekonvaleszenten, die während einer Rehabilitationskur unerwartet starben, 63 % nach dem Infarktereignis weiter geraucht. Das Risiko bei Exrauchern ist dagegen wesentlich geringer. Rein statistisch kann es nach etwa 5 Jahren dem der Nichtraucher gleichkommen.

Erfahrene und bekannte Rehabilitationsmediziner weisen zu Recht auf die Möglichkeit hin, Raucherentwöhnungen mit *autogenem Training* und formelhaften Vorsätzen zu unterstützen. Als bekanntestes Modell dieser Art gilt die *Bad Nauheimer Raucherentwöhnungstherapie.* Überdurchschnittlich hohe Erfolgsraten, die mit dem autogenen Training bei der Raucherentwöhnung konstatierbar sind, finden einen Rückhalt in positiven Ergebnisssen, die damit auch bei Alkoholikern und anderen Suchtkranken gewonnen wurden.

Bluthochdruck (Hypertonie) und autogenes Training

Als ein Risikofaktor erster Ordnung wird immer wieder auch der *Bluthochdruck* (Hypertonie) hervorgehoben. Weltumspannende Studien machen wahrscheinlich, daß ein mit zunehmender Übergewichtigkeit, steigendem Nahrungs- und Genußmittelmißbrauch, nervlicher Überbelastung und Schlafmangel einhergehender rascher Wandel von Kultur und Zivilisation durch psychosozialen Streß auch für den Anstieg der durchschnittlichen Blutdruckwerte verantwortlich ist. Diese sogenannte essentielle Hypertonie gilt schon als Risikofaktor bei nur »leicht« oder »grenzwertig« überhöhtem Blutdruck (Meßwerte systolisch 180 bis 160 und diastolisch 105 bis 95 mm Hg bzw. systolisch 160 bis 140 und diastolisch 95 bis 90 mm Hg).

Im Bad Rothenfelder Infarktkollektiv fanden wir eine essentielle Hypertonie wenigstens zweimal und bei unter Vierzigjährigen bei altersentsprechendem Vergleich etwa viermal öfter als in der männlichen Durchschnittsbevölkerung. Die ersten meßbaren Beobachtungen, die J. H. SCHULTZ über *sein autogenes Training* öffentlich mitteilte, betrafen bekanntlich Blutdrucksenkungen bei Hochdruckpatienten. Als »typische Punkte der Vorgeschichte« fand er bei ihnen eine überdurchschnittliche Empfindlichkeit und Reizbarkeit bei gleichzeitiger Neigung zu Affektverhalten und ungenügender Fähigkeit, sich auszusprechen und abzureagieren. Aus der damit einhergehenden Überspannung resultiere »in exquisitem Maße die Aufgabe der Entspannung«. Zusammen mit BIEHN empfahl SCHULTZ folgerichtig schon 1925 in der *Deutschen Medizinischen Wochenschrift* eine »autogene Trainierung als prophylaktische Maßnahme bei Menschen mit erheblicher Neigung zu Blutdrucksteigerungen«. Im Verlauf einer einzigen Sitzung konstatierte er einen systolischen Blutdruckabfall um 50 bis 70 mm Hg. SCHULTZ' erste Beobachtungen über den günstigen Einfluß des autogenen Trainings bei essentieller Hypertonie wurden inzwischen immer wieder bestätigt: EBERHARD fand bei ausreichend trainierten Patienten im Lauf von etwa 4 Monaten einen schrittweisen Blutdruckabfall von durchschnittlich 35 mm Hg systolisch und 18 mm Hg diastolisch, der in der Folgezeit anhielt (Nachbeobachtungszeit 7 Monate). SHAPIRO schrieb 1977: »Wenn die autonomen Funktionen ... im autogenen Training trainiert werden und wenn dieses Training vor allem in der Anfangsphase der Hypertonie effektiv ist, wenn es außerdem über längere Zeit (mindestens 6 Monate) geübt wird, kann ein positives Feedback auf das zentrale Nervensystem und auf das Gefäßsystem so wirken, daß der Fixierung der Hypertonie entgegengewirkt wird. Zahlreiche Untersuchungen zeigen, daß das autogene Training sowohl im zentralen Bereich als auch in der Peripherie zu einer Verminderung des Sympathikotonus (Anspannung des Leistungsnervensystems) und damit zu einer Abnahme des Gefäßwiderstandes führt.« Zu Recht nennt folglich Professor WOLF, Mitbegründer der *Deutschen Liga zur Bekämpfung des hohen Blutdrucks,* in seinem Ratgeber »Sprechstunde Bluthochdruck« unter den nichtmedikamentösen Entspannungshilfen, die gegen hochdruckfördernden Alltagsstreß eingesetzt werden können, das autogene Training an erster Stelle. Wie bei anderen Erkrankungen kann das autogene Training gerade bei der Hypertonie auch zur Verhaltensdisziplin und Therapietreue beitragen (Compliance). Zu dieser Verhaltensdisziplin gehören nicht zuletzt regelmäßige Selbstkontrollen des Blutdrucks, weil nur Langzeitmessungen mit zahlreichen arztunabhängigen Werten eine Beurteilung des Risikograds der Hochdruckkrankheit wie auch der Zweckmäßigkeit und des Umfangs einer medikamentösen Behandlung und ggf. auch der Wirkungen des autogenen Trainings erlauben.

Blutfettvermehrung (Hypercholesterinämie u. a.) und autogenes Training

Die Auffassung von der vorrangigen Bedeutung der *Hypercholesterinämie* (Blutfettvermehrung) als Risikofaktor ist in letzter Zeit trotz eifriger Verfechter ins Wanken geraten. Aufgrund epidemiologischer Untersuchungen und jahrzehntelanger eigener Beobachtungen scheint sie jedoch nach wie vor zumindest für Menschen im jüngeren Lebensalter nicht ohne Belang zu sein. In Bad Rothenfelde fanden wir nämlich bei unseren Infarktrehabilitanden eine Hypercholesterinämie um 50% und bei unter Vierzigjährigen sogar um 150% häufiger als im Bevölkerungsdurchschnitt. Die altersentsprechenden Normwerte wurden bei den Älteren nur um 10 bis 15 mg%, bei den unter Vierzigjährigen aber im Durchschnitt um etwa 40 mg% überschritten! Ob dabei die erhöhten Cholesterinwerte mehr die Rolle eines Risiko*faktors* oder Risiko*indikators* spielten, der vielleicht auf eine stärkere Streßgefährdung bei bestimmten Persönlichkeitsstrukturen hinweist, sei dahingestellt. Amerikanische Herzspezialisten wiesen immerhin in zehnjähriger Forschung an 3500 Menschen wie auch in Tierversuchen streß- bzw. katecholamininduzierte funktionelle Hypercholesterinämien nach, die nahrungsunabhängig waren und auf eine Steigerung der körpereigenen Cholesterinproduktion zurückgingen. Auf eine beachtlich große Zahl von Beispielen für die Einflüsse von Spannung und Entspannung auf den Cholesterinspiegel hat schon vor 30 Jahren unermüdlich Professor GLATZEL hingewiesen, damals Direktor des Max-Planck-Instituts für Ernährungsphysiologie in Dortmund. Es seien hier nur das Auf und Ab der Cholesterinwerte bei Studenten *vor* und *nach* dem Examen und bei Industriellen *vor* und *nach* der Steuerprüfung erwähnt. Kürzlich berichtete der Medizinsoziologe Professor SIEGRIST, daß auch die Befürchtung, arbeitslos zu werden, die Blutfettwerte beeinflussen kann.

Bei *autogen Trainierten* mit hoher Suggestibilität konstatierte AYA in Japan in Abhängigkeit von der Trainingsdauer ein deutliches Absinken der Serumcholesterinwerte. Auch Professor LUTHE in Kanada fand nach regelmäßiger Durchführung der Unterstufenübungen signifikante Senkungen des Cholesterinspiegels über verschieden lange Zeiträume, die bei hohen Ausgangswerten am ausgeprägtesten waren. Nach neueren Untersuchungen von CARRUTHERS, Medical Director des Centre for Autogenic Training in London, verringern sich beim autogenen Training auch andere Blutfettfraktionen (Triglyzeride und freie Fettsäuren), deren Werte in einer Kontrollgruppe mit nur körperlichen Übungen unverändert blieben. Im Rahmen 4- bis 6wöchiger vielgleisiger Kurbehandlungen, die durch das autogene Training mitgeprägt waren, fanden wir in der Bad Rothenfelder Teutoburger-Wald-Klinik Cholesterin- und Triglyzeridsenkungen in einem Ausmaß, das durch alleinige Gaben von blutfettsenkenden Medikamenten kaum erreicht wird.

Zuckerkrankheit (Diabetes mellitus) und autogenes Training

Die *Zuckerkrankheit* war im eigenen Infarktkrankengut etwa zweimal häufiger, bei Frauen sogar um ein Mehrfaches häufiger registrierbar als bei repräsentativen Querschnittserhebungen.

Bei der Zuckerkrankheit, die als »Krankheit des Wohlstands« ebenfalls häufig an psychosoziale Streßfaktoren gebunden ist, erhöhen sich die Blutzuckerwerte durch Aufregungen, während sie durch Entspannung abfallen. Bei vielen zuckerkranken Aktionären verschlimmert sich die Krankheit, wenn die Börsenkurse sinken, während sie sich bei steigenden Kursen bessert. Als weitere Beispiele für den Anstieg der Blutzuckerwerte in übermäßigen Streßsituationen seien entsprechende Entgleisungen des Zuckerstoffwechsels im Zusammenhang mit Operationen und bei jugendlichen Zuckerkranken in Verbindung mit Schulängsten vor Klassenarbeiten und Prüfungen genannt.

Solche »katecholamininduzierten« Blutzuckererhöhungen werden durch die »organismische Gesamtumschaltung« des *autogenen Trainings* gebremst. Spezielle formelhafte Vorsätze können diesen Mechanismus unterstützen. MARCHAND registrierte 1956 bei der Suggestion einer gesteigerten Bauchspeicheldrüsendurchblutung Blutzuckersenkungen um 20 %. Meines Wissens konnten seine Beobachtungen bisher nicht generell bestätigt werden. LINDEMANN empfiehlt jedoch, wohl in Anlehnung an MARCHAND, weiterhin den Vorsatz »Bauchspeicheldrüse strömend warm«. Unabhängig vom Einsatz solcher Formeln, die eine Mehrdurchblutung der Bauchspeicheldrüse und ihrer insulinproduzierenden Inselzellen begünstigen sollen, wiesen Professor LUTHE in Montreal und neuerdings Dr. CARRUTHERS in London nach, daß wiederholt durchgeführte Untersuchungen des Blutzuckerspiegels *vor* und *nach* autogenem Training eindeutig dafür sprechen, daß es tatsächlich gelingt, durch konzentrative Selbstentspannung einen erhöhten Blutzuckerspiegel zu senken. Autogenes Training vermag außerdem bei der Zuckerkrankheit die notwendige diätetische und medikamentöse Behandlung wirkungsvoll zu unterstützen: Bei Zuckerkranken, die autogen trainieren, wirkt sich nicht nur – wie schon SCHULTZ feststellen konnte – die Allgemeinentspannung günstig auf die Krankheit aus. Sie lernen außerdem verhängnisvolle Eßgelüste durch spezielle formelhafte Vorsätze zu beherrschen, die das erforderliche Diätregime unterstützen, z. B. im Hinblick auf noch ungewohnte Diätgrundsätze: »Ich esse gelassen, ganz zwanglos und frei, Kuchen ist ganz gewiß nicht dabei.« Wie bei jeder diätpflichtigen Erkrankung ist gerade bei der Zuckerkrankheit eine durch autogenes Training bewirkte Disziplinierung nicht zu unterschätzen, die dem Kranken hilft, Fehler in Diät und Lebensführung zu vermeiden. Dazu gehört beim Typ-II-Diabetes (nicht insulinabhängiger oder Altersdiabetes) auch die Vermeidung von Übergewicht und Alkohol, die als dessen hauptsächliche Vorstufen gelten. Falls erforderlich, fördert das autogene Training beim Typ-I-Diabetes (insulinabhängiger oder Jugenddiabetes) außerdem einen disziplinierteren Umgang mit Insulinpräparaten und Selbstkontrollen, speziell bei der intensivierten konventionellen Insulintherapie und beim Gebrauch der Insulinpumpe. Mit dem Gebrauch der Pumpe einhergehende psychische und zwischenmenschliche Probleme, die besonders bei Jugendlichen durch Steigerung des Krankheitsbewußtseins bedingt sind, können von autogen Trainierten leichter verarbeitet werden.

Bluthamsäurevermehrung (Hyperurikämie) und autogenes Training

Bei eigenen Erhebungen, z. T. gemeinsam mit der medizinischen Universitätsklinik Münster, hatten 1958 nur 5 %, aber 1968 bereits 49 % aller Infarktrehabilitanden eine *Hyperurikämie* über 6,4 mg % (erhöhte Harnsäurewerte im Blut, die gichtige Kristallablagerungen in verschiedenen Körpergeweben bedingen). Andere Beobachtungen stimmten damit überein. Die schon seit den fünfziger Jahren zunehmende Hyperurikämie ist überdurchschnittlich häufig mit Übergewicht, Bluthochdruck, Hypercholesterinämie, Zuckerkrankheit und vorzeitiger Verkalkung der Blutgefäße vergesellschaftet. Erhöhte Harnsäurewerte finden sich im Blutserum nicht nur bei gichtgeplagten Schlachtern und Delikateßwarenhändlern, sondern auch bei Menschen, die in ihrem Beruf überdurchschnittlich geistig und nervlich beansprucht werden. Zwischen erhöhten Bluthamsäurewerten und Verhaltenscharakteristiken, die zu überragenden Leistungen befähigen, scheinen gewisse Zusammenhänge zu bestehen. Das Sozialforschungsinstitut in Michigan berichtete schon 1966 über Zusammenhänge zwischen Erfolgs- und Leistungsstreben einerseits und gicht- und infarktfördernder Hyperurikämie andererseits. Professor LEVI konstatierte am Stockholmer Streßforschungsinstitut der Weltgesundheitsorganisation (WHO) 1973 ähnliche Zusammenhänge bei nervlich und geistig Überbeanspruchten. Er stellte fest, daß unter dem Einfluß von Streßhormonen, die Eiweiße als Energiequellen mobilisieren und verbrennen, »speziell unter dem Einfluß unphysiologischer Katecholaminentladungen« im Stoffwechsel als Zwischen- und Endprodukte vermehrt harnpflichtige Schlackenstoffe wie Harnstoff, Kreatinin, Kreatin und Harnsäure nachweisbar sind. Auch ungewöhnliche Ängste scheinen die Harnsäurewerte zu beeinflussen, so z. B. bei Kindern, denen Gruselmärchen erzählt werden. Sind die Harnsäurewerte im Blut dauernd erhöht, so drohen in 30 bis 40% der Fälle eine Gicht und die Gefahr eines Herzinfarkts.

Das *autogene Training* kann durch seine Erholung bringende, entspannende und entängstigende Wirkung die Wirkung der überschießenden, sauerstoffverschwendenden und infarktfördernden Streßhormone (Katecholamine) abschwächen, die streßbedingte Eiweißmobilisierung hemmen und damit auch die zusätzlich infarktfördernde Harnsäurevermehrung im Blutserum einschränken. Es fördert eine »trophotrope« Stoffwechsellage, wobei – wie schon vor langer Zeit der frühere deutsche »Nierenpapst« Professor VOLHARD nachwies – vermehrt Schlacken ausgeschieden werden.

Schlafmangel und autogenes Training

Schlechter Schlaf sabotiert gewissermaßen die Ausscheidungsfunktionen (Blutreinigung) und verhindert zudem erholsame Kreislaufentlastungen. Bei risikoträchtigen Patienten mit Durchblutungsstörungen der Herzkranzgefäße werden Schlafstörungen darüber hinaus von medizinsoziologischer Seite heute auch als »gefährliches Prodromalsyndrom eines Infarktes« gewertet. Oft sind sie Ausdruck einer nicht mehr gelingenden Bewältigung von emotionalen Belastungen, die vorwiegend bei Frauen als »Entzug von sozialem Rückhalt« etikettiert werden (Professor SIEGRIST). Massive, meist streßbedingte Schlafstörungen fanden wir bei den von uns in der Teutoburger-Wald-Klinik behandelten Herzinfarktpatienten doppelt so oft wie in der Durchschnittsbevölkerung. Untersuchungen am Stockholmer Streßforschungsinstitut können die Bedeutung des Schlafdefizits für die Entstehung eines Herzinfarkts erklären: Schwedische Offiziere wurden 72 Stunden lang wach gehalten. Es kam zu einem Anstieg sauerstoffverschwendender, infarktfördernder Erregungsstoffe, der schon mehrfach erwähnten Streßhormone (Katecholamine), im Blutserum. Die Neigung zu Herzjagen und Herzrhythmusstörungen nahm zu. Außerdem leistete Schlafmangel der als Risikofaktor gefürchteten Blutfettvermehrung Vorschub. Schließlich zeigte sich eine verstärkte Neigung zur Blutpfropf-, d. h. zur Thrombosebildung. Mit speziellen Untersuchungsmethoden (Thrombelastographie = TEG) konnten wir eine derartige Neigung auch bei den von uns behandelten Infarktkranken nachweisen. In der Herzstromkurve (EKG) konnten durch ein chronisches Schlafdefizit krankhafte Veränderungen provoziert werden. Nach neueren, australischen Untersuchungen hat guter Schlaf auch einen hohen Stellenwert für die Funktionstüchtigkeit des Immunsystems. Zuwenig Schlaf fördert, wie bereits frühere Untersuchungen bei Schichtarbeitern gezeigt haben, die Infektanfälligkeit. Besonders bei jüngeren Patienten, die Überstunden im Beruf (und im Privatleben!) nicht scheuen, weil sie glauben, mit wenig Schlaf auszukommen, spielen verschleppte Infekte im Ursachenbündel frühzeitiger Herzinfarkte eine anerkannte Rolle!

Über die Behandlung von Schlafstörungen mit dem *autogenen Training* hat schon SCHULTZ in seinem Hauptwerk eingehend berichtet. Daß ein natürlicher, ausreichender Schlaf lebensrettend sein kann, konnte eine Forschergruppe der Harvard-School of Public Health in Boston, USA, nachweisen: Bei einer Gruppe von Kranken mit lebensbedrohlichen Herzrhythmusstörungen enttäuschten die derzeit wirkungsvollsten antiarrhythmischen Medikamente in den meisten Fällen. Nichts wirkte dagegen besser, als sich richtig auszuschlafen. Es ist erwiesen, daß autogenes Training nicht nur den Schlaf verbessert, sondern auch Herzrhythmusstörungen vorbeugen kann und so eine wichtige Rolle bei der Vor- und Nachsorge des Herzinfarkts spielt. In einer nachgehenden Untersuchung bei über 300 Schlafgestörten mit Herzinfarkt und anderen Herz-Kreislauf-Erkrankungen fanden wir bei einer Beobachtungszeit von 2½ Jahren Besserungen des Schlafes durch das autogene Training in 80% der Fälle, zugleich aber auch ein Nachlassen von Herzrhythmusstörungen (vgl. Seite 114). Andere Autoren das In- und Auslands teilten ähnliche Quoten mit. Selbst wenn jemand über lange Zeit an Schlafmittel gewöhnt ist, ist das autogene Training oft »die einzige auf Dauer wirksame Hilfe« (I. VON HATTINGBERG, M. LEPPER).

17.4 Der Weg zum Herzinfarkt

Mit Hilfe zahlreicher Experimente und Untersuchungsreihen gelang der modernen Herzforschung die Entdeckung, daß alle hier genannten Risikofaktoren und Schrittmacherkrankheiten durch komplizierte Stoffwechselveränderungen die Wände der Blutgefäße schädigen. Es kommt zu Veränderungen im Polymukosulfosaccharid-Stoffwechsel, die eine Verhärtung und Verkrustung an der Innenwand der Herzkranzgefäße bewirken. Die Gefäßlichtungen werden enger und schwellen zu. Das davor gestaute Blut verdickt sich zu Pfropfen, welche ein zuschwellendes Herzkranzgefäß plötzlich vollständig verstopfen können. Auch die Neigung zur Blutpfropfbildung (Thrombose) wird durch die meisten Risikofaktoren und Schrittmacherkrankheiten begünstigt. Isolierte Streßversuche zeigen, daß Streß auch ohne Zusammenhang mit den hier besprochenen Risikofaktoren und Schrittmacherkrankheiten zu Thrombosen führen kann.

Wird durch Verengung und Verstopfung eines Herzkranzgefäßes der Sauerstoff- und Nährstofftransport zum Herzmuskel infolge einer plötzlichen Unterbrechung der Blutströmung behindert, entsteht ein *Herzinfarkt*.

Es ist dabei ähnlich wie mit einem Blatt, das welkt, wenn der Blattstiel oder die zugehörigen Zweige und Äste beschädigt wurden oder morsch sind. Man kann den infarzierten Bezirk im Herzmuskel auch mit einem Feld vergleichen, das verdorrt, wenn ein Netz von Gräben und Kanälen, das dieses Feld durchströmte, plötzlich verschlammt oder versandet. Oder denken Sie daran, zu welchen Nachschub- und Versorgungsnöten es bei vielen Industriebetrieben und Bevölkerungsteilen kommen kann, wenn durch Unwetterschäden oder Unfälle plötzlich Autobahnen, Eisenbahnstrecken oder Stromleitungen unterbrochen werden.

17.5 Mythos Managerkrankheit

Nachdem Sie nun einiges über Ursachen und Entstehungsbedingungen des Herzinfarkts erfahren haben und wissen, welche Rolle dabei alltäglicher Streß und übermäßige Nervenbeanspruchungen spielen können, werden Sie sich vielleicht fragen, warum der Herzinfarkt eine Zeitlang nur als Managerkrankheit galt.

Der unter den Wiener Filmmanagern der dreißiger Jahre aufgekommene Begriff »Managerkrankheit« wurde nach dem Zweiten Weltkrieg in Deutschland neu belebt, als zahlreiche Todesanzeigen von Wirtschaftsführern, Ärzten, Journalisten, Parlaments- und Regierungsmitgliedern, Hochschullehrern und Juristen, die drei Jahre lang aus zwei führenden Wirtschaftszeitungen gesammelt wurden, ergaben, daß 75 % der Verstorbenen leitende Funktionen in der Wirtschaft hatten und daß von den 55- bis 60jährigen unter ihnen 50 % mehr starben, als es nach der Sterberate der altersentsprechenden Durchschnittsbevölkerung zu erwarten war. Angeblich ließ »das Ergebnis dieser statistischen Erhebungen keinen Zweifel darüber, daß es wirklich so etwas gibt wie eine spezifische, verfrühte Managerkrankheit«.

Nun: Frühzeitige Todesfälle, etwa von Vorarbeitern und Polieren, wurden durch derartige statistische Erhebungen in den Todesanzeigenkatalogen zweier führender Wirtschaftszeitungen *nicht* erfaßt.

Dagegen ergaben 1962 Langzeitbeobachtungen in Holland, daß beispielsweise in Rotterdam Industrie-, Bau-, Erd- und Hafenarbeiter ebensohäufig Herzinfarkte bekommen wie Kaufleute, Unternehmer und höhere Angestellte. Ähnliche Ergebnisse wurden aus Finnland berichtet. In Südafrika fand man bei Eisenbahnarbeitern keine geringere Sterblichkeit an Herzkranzgefäßerkrankungen als bei anderen Handarbeitern, Büroangestellten und leitendem Personal.

Statistiken aus der ehemaligen DDR ergaben, daß sich die Zahl der infarktkranken »Kopfarbeiter« seit der Vorkriegszeit zwar verdoppelte, die Zahl der infarktkranken Handarbeiter aber vervierfachte, wobei der Anteil der Meister am Infarktkrankengut besonders hoch war.

Schon 1954 rechnete Professor BOCK, Ehrenpräsident der *Deutschen Therapiewoche*, das vorzeitige Sterben vieler Handwerksmeister zur Managerkrankheit, und Professor BERNSMEIER meinte damals, daß man eher als von einer Managerkrankheit von einem »Handwerkerinfarkt« sprechen könne. Kaum zehn Jahre später konnten wir ausführlich über mehr als 1000 Herzinfarkte bei Lohnarbeitern berichten...

Weltweite Forschungsergebnisse zusammenfassend, definierten wir schon 1972, daß von der »Infarktseuche« am ehesten die pausenlos unter Spannung Stehenden
– sich Etablierenden und *nicht* die Etablierten,
– die sich Arrivierenden und *nicht* die Arrivierten,
– die sich Emanzipierenden und *nicht* die Emanzipierten
befallen werden.

Der Nachkriegsmythos der Managerkrankheit ist dahingeschwunden. »Angina temporis«, gnadenloser Streß, Risikofaktoren und Herzinfarkt bedrohen uns alle, egal, wo wir auf der gesellschaftlichen Skala stehen, egal ob Einheimischer oder Gastarbeiter, ob älter oder jünger, ob Mann oder Frau!

17.6 Autogenes Training, metaphysische Demenz und Selbstentfremdung

Bei einem Gesprächskreis zum Thema »Industriegesellschaft – menschlich oder unmenschlich?« wurde schon vor Jahren die Gefahr sichtbar, daß wir »Fachleute ohne Geist« und »Genießer *ohne Herz*« zu werden drohen (Bergedorfer Protokolle 1965). Wie kommt das?

Die Ziele, welche unserem Leben Sinn und Gehalt geben, dekken sich nicht mehr mit jenen Leitbildern unserer Industrie- und Konsumgesellschaft, die in der Welt der Arbeit und des Alltags

Vorrang beanspruchen. Dieses schmerzliche Mißverhältnis ist als Hauptmerkmal einer kranken, schizophrenen Gesellschaft gewertet worden, zu deren Krankheitssymptomen auch eine zunehmende *metaphysische Demenz*, ein Schwachsinn für die letzten Gründe und Zusammenhänge des Seins, gehört.

Nicht zufällig erläuterte der Heidelberger Psychotherapeut Dr. HUEBSCHMANN den Begriff der kranken Gesellschaft am Beispiel der Entstehung des *Herzinfarkts*, zu dessen Ursachen er auch die metaphysische Demenz rechnet.

»Ich bin krank... die Kranzgefäße sind angegriffen... ohne Folgen für die Gesundheit... kann man die Seele nicht dauernd ungestraft vergewaltigen«, läßt PASTERNAK seinen vom Herzinfarkt bedrohten Doktor Schiwago sprechen. Schlichter als Dr. Schiwago drückte das ein am Infarkt erkrankter Arbeiter aus, über den Dr. SEEMANN, früher Chefarzt einer LVA-Klinik in Bad Salzuflen, berichtete: »Man ist nur noch wie eine Maschine im Betrieb eingesetzt, hat aber doch das Herz eines Menschen; das geht dabei kaputt.«

Diese Vergewaltigung des Herzens und der Seele vermag keine künstliche Traumwelt zu übertünchen. Ausgerechnet in Hollywood, wo bereits 60% aller 30- bis 50jährigen an schweren Herzerkrankungen sterben, schrieb der aus Deutschland emigrierte Arzt und Dichter ALFRED DÖBLIN sein »Märchen vom Materialismus«. Darin wird die Natur durch die mechanistische Weltanschauung des Menschen an sich und ihrer Aufgabe irre. Sie streikt. Auch der Herzinfarkt ist ein solcher Streik.

Wir Heutigen verdrängen alles, was einstmals mit dem Sinnbild des Herzens lebendig wurde. Selbst der Herzinfarkt ist keine Sache des Herzens mehr, sondern allenfalls eine »Panne«.

Daß *Selbstentfremdung* infarktauslösend sei, wurde aufgrund tiefenpsychologischer Beobachtungen von HUEBSCHMANN behauptet und speziell für Herzinfarkte in der Arbeiterschaft von Professor I. VON HATTINGBERG zur Diskussion gestellt.

Woher kommt dieser heute so viel benutzte Ausdruck »Selbstentfremdung« eigentlich? Was wurde ursprünglich darunter verstanden? Gestützt auf HEGELS »Phänomenologie des Geistes«, definierte der 27jährige KARL MARX Selbstentfremdung als

- Entfremdung der Lebenswerte,
- Naturentfremdung,
- Verlust der Beziehungen zum Arbeitsprodukt und
- mitmenschliche Entfremdung.

Entfremdung der Lebenswerte ist da, wo durch Aufhebung der Bedarfsdeckung zugunsten der Gewinnmaximierung trotz aller Anstrengungen letzte Bedürfnisbefriedigung nie erreicht wird, wo bei Sättigung eines Bedürfnisses andere sich einstellen, wo unter Pervertierung des Wissens von der Macht des Unbewußten rücksichtslose Werbemanipulationen pausenlos Scheinbedürfnisse wecken. Ohne diese Entfremdung der Lebenswerte – HUEBSCHMANNS metaphysische Demenz – wäre der Infarkt keine Zivilisations- und Wohlstandskrankheit geworden, wären durch Freizeitindustrie und Freizeitfehlverhalten geförderte Herzinfarkthäufungen am freien Wochenende, nach der Löhnung, im Urlaub und nach üppig gefeierten Geburts- und Festtagen nicht erklärbar.

Autogenes Training vermag der metaphysischen Demenz und Entfremdung der Lebenswerte entgegenzuwirken, weil es mithelfen kann, die eigene Mitte zu finden, Zuversicht zu wecken, irreführende und widersinnige Leitbilder zu entlarven und falsche Gefühle zu relativieren und unter sich zu lassen. Hammer-Amboß-Situationen werden mit autogenem Training leichter ertragen, Freizeiten besser genützt. Metaphysische Demenz und Entfremdung der Lebenswerte verringern sich, wenn durch autogenes Training Selbstvertrauen und Gottvertrauen zunehmen. Bereits mehrfach wurde darauf hingewiesen, daß das autogene Training, ohne selbst Meditation oder gar Religion zu sein, durch Spannungslösung Türen zu geistigen, kulturellen und religiösen Bereichen öffnen kann, die sonst verschlossen geblieben wären (vgl. Kapitel 19.3).

Naturentfremdung ist da, wo dem Menschen durch Monotonie und Mobilität, Überstunden-, Akkord- und Schichtarbeit Fremdrhythmen aufgezwungen werden, wo Über- oder Unterbelastung verschiedener Organsysteme zum Verlust des Gesundheitsinstinkts und der Ausruhfähigkeit führt. Nicht zufällig sind unter Infarktkranken Überstunden-, Akkord- und Schichtarbeiter, aber auch bestimmte Berufe aus dem Verkehrswesen und der Schwerindustrie sehr viel häufiger vertreten, als rein statistisch zu erwarten wäre. Bei den von uns behandelten sozialversicherten Infarktpatienten lag außerdem der Anteil derer, die sich gehetzt fühlten, um 80 % höher als bei privatversicherten Infarktkranken. Massive Schlafstörungen fanden wir, speziell im vierten und sechsten Lebensjahrzehnt, gut doppelt so häufig wie bei einer repräsentativen Querschnittserhebung (vgl. Seite 178).

Durch sorgfältigere Steuerung des eigenen Kräftehaushalts, durch Erholungs- und Schlafförderung, Wiedergewinnung des Gesundheitsinstinkts und Streßminderung kann *autogenes Training* teilweise auch zum Ausgleich von Naturentfremdung, Hetze und unregelmäßiger Arbeits- und Lebensweise beitragen. Wachsendes Körperfühlvermögen sensibilisiert für eigene Bedürfnisse wie auch für die Belange von Natur und Umwelt. Arbeits- und Ämterhäufungen gelten weniger als Selbstbescheidung und sinnvoller Freizeitausgleich.

Verlust der Beziehungen zum Arbeitsprodukt ist da, wo durch Arbeitsteilung der Sinn der eigenen Arbeit nicht mehr erkennbar ist, wo sogar Sinnerhellung und Mitverantwortung unerwünscht sind, der Mitarbeiter unmündig bleibt, wo Eigeninitiative geschickt verpackt werden muß: »Herr Direktor hatten neulich eine Idee ...« Sagt dieser: »Ich erinnere mich«, wird weitergesprochen, sagt er: »Ich erinnere mich nicht«, ist Schluß. Diese Beichte eines Abteilungsleiters kommentierte Professor HÖHN, Leiter einer Akademie für Führungskräfte der Wirtschaft, mit den Worten: »Da haben Sie die Anfänge unserer Infarktorganisation.« Mittlerweile ist diese »Infarktorganisation« nicht nur ein Kennzeichen für bestimmte Strukturen in Industrie und Verwaltung. Sie reicht weit darüber hinaus. Mit zunehmender Arbeitsteilung und Mechanisierung in der Landwirtschaft nehmen auch dort die Flucht in eine Scheinwelt und – mit einer allmählichen Naturentfremdung, stetiger Entfremdung der Lebenswerte und dem Verlust der Beziehungen zum Arbeitsprodukt selbst in diesem Bereich – der Herzinfarkt zu. Das bestehende Stadt-Land-Gefälle der Infarkthäufigkeit verringert sich laufend.

Die verlorenen Beziehungen zum Arbeitsprodukt können teils durch Konzentrations- und Leistungssteigerung wiedergewonnen, teils durch sinnvollere Freizeitbeschäftigungen infolge besserer Erholungsfähigkeit aufgewogen werden. Durch die beim *autogenen Training* erlernte Verschönerung unangenehmer Empfindungen und den Abbau von fruchtloser Gereiztheit und vergeblichem Ärger können unbefriedigende Arbeitssituationen erträglicher werden. Die unvermeidliche Entfremdung vom Arbeitsprodukt wird leichter hingenommen und besser kompensiert. Zwischen aller Hast und Unruhe gelingen wieder Rast und Ruhe. Der Distreß wird aufgewogen vom Eustreß. Konkurrenz gilt weniger als Solidarität. Einer geht dem anderen wieder zur Hand. Statt Vermessenheit und Unmäßigkeit regieren Augenmaß und Mäßigkeit. Zwar sind nicht alle diese Ziel- und Wunschvorstellungen frei von Utopien. Im Gegensatz zu vielen unausgeglichenen, affektgeladenen und aggressiven Eiferern und Schwärmern werden autogen Trainierte mit solchen z. T. träumerischen Ideen in der Regel jedoch ideologiefreier und besonnener sympathisieren. Sie werden mit ihnen souveräner umgehen und dabei mehr Gespür für das Mögliche und Machbare haben.

Mitmenschliche Entfremdung ist da, wo das Konkurrenzprinzip vor dem Solidaritätsprinzip rangiert. Seelsorger und Betriebspsychologen haben uns gelehrt, daß konkurrenzbedingte nervöse Symptome, Konflikte und Frustrationen eine mitmenschliche Entfremdung auch in der Arbeiterschaft zur Folge haben. Nach HUEBSCHMANN fördern eine dämonische Auslieferung an die Anforderungen der Konkurrenz- und Leistungsgesellschaft und eine ausschließliche Arbeitsbezogenheit mit der Unfähigkeit, das Ich aus der Identifizierung mit dem Arbeitsplatz zu lösen, nicht nur mitmenschliche Entfremdungen, sondern auch nachweisbar die Entstehung von Herzinfarkten.

Autogenes Training fördert die Mitmenschlichkeit, weil Entkrampfung gemeinschaftsfähiger macht und weil es uns befähigt, das eigene Ich allmählich aus der völligen Identifizierung mit dem Arbeitsplatz zu lösen. Mit der Lockerung der ausschließlichen Arbeitsgebundenheit festigen sich mitmenschliche Bindungen. Aggressionsstauungen werden kanalisiert. Sie werden in vernünftige Bahnen gelenkt und sublimiert. Affekte werden gedämpft. Wer »gelassen in der Schwere ruht«, fühlt sich weniger verlassen. Wer sich fallenläßt und, während er fällt, den »Einen« spürt, der »dieses Fallen unendlich sanft in seinen Händen hält«, weiß sich geborgen. Eine entspannt-gelassene Haltung wird autogen Trainierten zur zweiten Natur. Verschüttete und frustrierte Wesenszüge werden wieder frei. An die Stelle von Hetze, Einseitigkeit und innerer Verarmung tritt eine vielseitige Aufgeschlossenheit für die höheren Genüsse und Werte des Lebens, treten Duldsamkeit, Herzlichkeit, Hilfsbereitschaft und Güte.

Weil entspannte Menschen sich mehr als verspannte von Vertrauen und Zuversicht als von Mißtrauen und Resignation leiten lassen, erliegen sie auch weniger der mitmenschlichen Entfremdung. Verspannte Menschen geraten rascher in trostlose Isolierung und Einsamkeit. Entspannte, geborgene Menschen dagegen finden leichter zur Gemeinsamkeit. Verspannte Menschen sind häufig fanatisch, unnachgiebig und intolerant. Entspannte Menschen sind eher verständigungsbereit, nachsichtig und tolerant. Das autogene Training ebnet Wege von der mitmenschlichen Entfremdung zum Du und zur Mitmenschlichkeit. Von SCHULTZ stammt der zum autogenen Training empfohlene formelhafte Vorsatz: »Ich sehe den anderen.«

GORBATSCHOW, dem vermutlich HEGEL und MARX nicht fremd sind, hat die Überwindung der Selbstentfremdung als ein wesentliches Ziel seiner »Perestrojka« bezeichnet. Gegenpol der Selbstentfremdung war für HEGEL, auf den sich der junge KARL MARX bei seiner Definition der Selbstentfremdung berief, die *Versöhnung* – Versöhnung, die für den jüngeren HEGEL durch die Liebe, für den älteren durch den Geist geschah. Beides kann man freilich nicht durch das autogene Training lernen. Wahr ist aber auch, daß Verspannung, Verkrampfung, Angst und Hektik Liebe vereiteln können, während Entspannung, Entkrampfung, Entängstigung und Beruhigung, zu denen die Übungen des autogenen Trainings beitragen, eher das Gegenteil bewirken – auch im Intimbereich, mit dem sich die Mehrzahl der Angina-pectoris- und Infarkt-Kranken schwertut.

18

Autogenes Training in Selbsthilfegruppen

Mitmenschlichkeit und Hilfsbereitschaft sind wesentliche Elemente der Selbsthilfegruppen. Auf Anregung des israelischen Sportmediziners Professor GOTTHEINER wurde 1965 die erste deutsche Selbsthilfegruppe für Patienten mit Herzinfarkt gegründet. Inzwischen betreuen mehr als 2000 derartige Gruppen etwa 50 000 Infarktpatienten.

Ursprünglich stark sportmedizinisch ausgerichtet, strebten die *Herzgruppen* bzw. Koronarsportgruppen aus einer ganzheitlichen Sicht mehr und mehr einen gesundheitsfördernden Lebensstil mit generellen Verhaltensänderungen an. Nach einem entsprechenden Merkblatt werden oft mit dem Krankensport auch Entspannungsübungen oder autogenes Training angeboten. Im Gesundheitspark im Olympiastadion *München (Zentrum für psychophysische Gesundheitsvorsorge),* Heimat und Leitinstitution vieler Selbsthilfegruppen Oberbayerns, wurde im Lauf der Zeit sogar so etwas wie eine autogene Trainingskultur aufgebaut. In *Hamburg* setzte sich der Internist Professor KRASEMANN, ein Pionier der Herzgruppen des *norddeutschen* Raums, wiederholt für das autogene Training ein. In *Westdeutschland* kann als regionaler Musterfall für die Entwicklung solcher Gruppen die *Arbeitsgemeinschaft Selbsthilfegruppen* in Lünen/Westfalen gelten, deren Tätigkeitsfeld sich zur Zeit auf 180 Gruppen unterschiedlicher Art im Ruhrgebiet erstreckt. Die Anfänge dieser Arbeitsgemeinschaft gingen 1978 von Trainingsgruppen aus, die autogene Trainingsangebote im Rahmen kirchlicher Erwachsenenbildung in der Praxis eines Lünener Internisten und Psychotherapeuten wahrnahmen. In *Österreich* berichteten SIMMA und BENZER aufgrund ihrer Erfahrungen mit einer Vorarlberger Koronarsportgruppe, daß alle Teilnehmer, die autogen trainierten, dem Koronarsport treu blieben und ein deutlicheres Nachlassen des infarktfördernden Typ-A-Verhaltens (siehe Seite 30) erkennen ließen als die übrigen Teilnehmer, die *nicht* autogen trainierten. Der Bonner Pädagoge und Sportwissenschaftler Professor EBERHARD MUELLER schrieb 1987 in seinem Buch »Grundlagen und Anwendung der gezielten Selbstentspannung in Herzgruppen«: »Aus der Vielzahl der möglichen Methoden ragt das SCHULTZsche autogene Training heraus. Dieser Entspannungsmethode gebührt auch in der Rehabilitation besondere Aufmerksamkeit, denn sie ist wie kaum eine andere Technik wissenschaftlich durchforscht worden, und ihr Anwendungsspielraum ist erheblich. Der Bekanntheitsgrad steigt in zunehmendem Maße ...« Sie habe sich »durchweg auch in der ambulanten Koronargruppe bewährt« und solle dort »systematisch über längere Zeiträume in die Arbeit eingebaut werden«.

Nach dem Muster der Herzgruppen entstanden zahlreiche weitere Selbsthilfegruppen. Die Bundesregierung schätzte ihre Zahl schon 1985 auf 40 000, wovon etwa 5000 bis 10 000 »krankheits- bzw. lebensproblembezogen« waren. Viele dieser Gruppen beziehen auch die Lebenspartner der jeweils Betroffenen zumindest in Beiprogrammen mit ein. Schon seit 1975 sind die meisten Gruppen in der *Bundesarbeitsgemeinschaft für Behinderte* und der *Deutschen Arbeitsgemeinschaft Selbsthilfegruppen* zusammengeschlossen (Kontaktadresse: 4000 Düsseldorf 1, Kirschfelderstraße 149).

Das autogene Training hat außer in den Herzgruppen vor allem in etlichen *Krebsselbsthilfegruppen* eine beachtliche Bedeutung erlangt. Es wird in vielen Gruppen des *Bundesverbandes Frauenselbsthilfegruppen* nach Krebs durchgeführt und gehört zum Standardangebot fast aller 32 Beratungsstellen für Krebskranke und Angehörige der *Arbeiterwohlfahrt.* Als namhafter Autor betonte der klinische Psychologe MATTHIAS S. HARTMANN, der gleichermaßen mit dem autogenen Training wie mit der Rehabilitation von Krebskranken vertraut ist, wiederholt, welche Bedeutung das autogene Training zur Ermutigung von Betroffenen und Angehörigen in den Krebsselbsthilfegruppen hat.

Als Wiege aller Selbsthilfegruppen gelten die *Anonymen Alko-*

holiker (AA), die seit der Gründung 1935 in den USA weltweit eine rasante Entwicklung genommen haben. Allein in der Bundesrepublik gab es schon 1984 über 2400 Gruppen. Viele AA-Mitglieder bedienen sich in Ergänzung zu ihren Selbsthilfekonzepten des autogenen Trainings, ebenso die Mitglieder vergleichbarer Gruppen (Blaues Kreuz, Guttemplerorden, Kreuzbund). Genaue Zahlen über autogen trainierende »trockene« Alkoholiker fehlen zwar, doch hat wohl jeder erfahrene Kursleiter in seinen Kursen schon Mitglieder der genannten Gruppen gehabt, die das autogene Training bei ihrem Bemühen, abstinent zu bleiben, keinesfalls missen möchten. Daß sich das autogene Training auch in *Raucherentwöhnungsgruppen* bewährte, wurde schon erwähnt (siehe Seite 172).

Nachfolgend seien weitere wichtige Selbsthilfegruppen genannt, die für das autogene Training noch ein weites Feld bieten:

- Allergiker- und Asthmatikerbund (AAB),
- Bundesverband für die Rehabilitation der Aphasiker (Sprachgelähmter),
- Bundesselbsthilfeverband Schlaganfallbetroffener und gleichartig Behinderter,
- Bundesverband Neurodermitiskranker in Deutschland,
- Bundesverband spastisch Gelähmter,
- Deutsche Ileostomie-/Kolostomie-/Urostomie-Vereinigung (Patienten mit Darm- und Harnleiterfisteln),
- Deutsche Morbus-Crohn- und Colitis-ulcerosa-Vereinigung, DCCV (= Vereinigung von Patienten mit speziellen geschwürigen Dickdarmerkrankungen; 1989 etwa 3000 Mitglieder),
- Deutsche Multiple-Sklerose-Gesellschaft,
- Deutsche Parkinson-Vereinigung (Patienten mit Schüttellähmung; 1988 100 Regionalgruppen mit 7000 Patienten),
- Deutscher Psoriasisbund (Patienten mit Schuppenflechte),
- Deutsche Rheumaliga (= Selbsthilfegemeinschaft rheumakranker Menschen; 1986 etwa 70 000 Mitglieder),
- Deutsche Vereinigung Morbus Bechterew (chronisch-entzündliche Wirbelsäulenverkrümmung),
- Deutscher Blindenverband,

- Deutscher Diabetikerbund,
- Wolfgang-Rosenthal-Gesellschaft, Selbsthilfevereinigung zur Förderung und Behandlung der Lippen-, Kiefer-, Gaumensegel-Spaltträger.

In anderen Gruppen haben sich Angehörige von Alzheimer-Patienten, sonstigen psychisch Kranken und Eltern kranker oder behinderter Kinder sowie alleinerziehender Väter und Mütter zusammengeschlossen.

Etwa 100 Selbsthilfegruppen befassen sich mit Problemen der Trauer.

Mitteilungen über wesentliche Besserungen durch autogenes Training bei asthmatischen und neurodermitischen Kindern – wobei sich speziell Krankheitsschübe abschwächten, die sonst verstärkt in Spannungssituationen auftraten – verdanken wir der *Arbeitsgemeinschaft Allergiekrankes Kind,* einem Zusammenschluß von etwa 3000 Eltern, deren Kinder an Bronchialasthma, Ekzemen (z. B. Neurodermitis) und Heuschnupfen leiden.

In einem weiten allgemeinen Rahmen können auch die etwa 650 Ortsvereine des *Kneipp-Bundes,* der mit 130 000 Mitgliedern größten deutschen freiwilligen Volksgesundheitsbewegung, zu den Selbsthilfegruppen gerechnet werden. Bis 1991 veranstalteten DOGS und Mitarbeiter zur Ausbildung von autogenen Trainingsleitern für den Kneipp-Bund 65 Seminare, bei denen fast 3000 Teilnahmen zu verzeichnen waren.

Zum autogenen Training in Selbsthilfegruppen folgen abschließend zwei Schilderungen von Gruppenteilnehmern. In der *Brüggener Initiative Selbsthilfe* (Brüggen/Niederrhein) treffen sich Patienten, die unter ärztlicher Anleitung das autogene Training erlernt haben, regelmäßig in einer offenen Gruppe zum Erfahrungsaustausch. Ein Gruppenmitglied schildert diese Zusammenkünfte so: »Meist ergreift einer der Anwesenden spontan das Wort und schildert die Probleme, die ihn besonders bedrängen ... Es hat sich sofort eine solche vertrauensvolle Offenheit und Teilnahme eingestellt, daß unsere Zusammenkünfte in mehrerer Hinsicht befreiend wirken: Man redet sich etwas von der Seele und erhält oft genug verständnisvolle und dennoch korrigierende Ratschläge.

Andererseits erfährt man eine gewisse Relativierung der eigenen Sorgen... Wir bestärken uns gegenseitig in der konsequenten Anwendung des autogenen Trainings, denn wir haben alle die Erfahrung gemacht, daß den Schwierigkeiten, die vorher unüberwindlich schienen, doch oft beizukommen ist, wenn man sie mit der nötigen Gelassenheit angehen kann. Was uns immer wieder klar wird, ist, daß Psyche und Physis des Menschen untrennbar zusammengehören und sich daher auch wechselseitig positiv beeinflussen lassen.«

In der Zeitschrift *iclo-praxis,* dem Organ der Selbsthilfegruppen der bereits genannten *Deutschen Ileostomie-/Kolostomie-/Urostomie-Vereinigung,* erschien 1987 der Bericht eines an Morbus Crohn Leidenden: »Seit über 20 Jahren leide ich an Morbus Crohn. Ein Darmverschluß vor 4 Jahren und die Begegnung mit Betroffenen haben dazu geführt, daß ich die Krankheit nicht mehr verdränge, sondern versuche, mit ihr zu leben. Dabei helfen mir autogenes Training und positives Denken... Meine Krankheit verursachte häufig große Schmerzen, die dazu führten, daß mein nervlicher Zustand immer schlechter wurde, ich deshalb eine große innere Unruhe hatte, die mich abends schlecht einschlafen ließ. Mit Hilfe des autogenen Trainings ist es mir gelungen – wenn auch nicht immer, aber doch recht häufig –, diese innere Unruhe zu dämpfen und einzuschlafen. Noch gut kann ich mich daran erinnern, daß sich beim Liegen immer wieder mein Bauch verkrampfte und sich bei der Entspannungsübung durch das autogene Training diese Verkrampfung mit einem überraschenden ›Knall‹ löste. Ein weiteres Erlebnis hatte ich im Krankenhaus. Dort besuchten mich nach einer schweren Operation meine Eltern. Die Aufregung und Anspannung verursachten einen Asthmaanfall. Sofort wurde der Arzt gerufen. Noch vor seinem Eintreffen hatte ich – unbemerkt von den anwesenden Menschen im Krankenzimmer – durch autogenes Training den Asthmaanfall selbst gelöst, so daß der herbeigeeilte Arzt nicht mehr helfen mußte... Die Anwendung des autogenen Trainings hat mir in der Einstellung zum Leben sowie zur Krankheit und deren Verlauf Sicherheit und Ruhe durch das Bewußtsein gegeben, daß ich mir in Notfällen... selbst helfen kann. In der Beziehung zum Partner oder im Freundeskreis, wo auch Spannungen auftreten können, ist es mir gelungen, Streßsituationen leichter zu bewältigen. Das autogene Training erhöht zudem meine Konzentration, was mir im Beruf hilft. Auch auf Reisen habe ich autogenes Training angewendet... Während eines Fluges ist es mir gelungen, mich durch autogenes Training zu entspannen. Es gibt sicherlich noch mehr über Erfolge mit der Anwendung des autogenen Trainings zu berichten. Die guten Ergebnisse haben mich darin bestärkt, das autogene Training als Hilfe zur Selbsthilfe zu verwenden.«

19

Wodurch unterscheidet sich das autogene Training von anderen Entspannungsmethoden?

19.1 Autogenes Training und Yoga

Sobald von Übungsteilnehmern andere Entspannungsmethoden ins Gespräch gebracht werden, hören wir am häufigsten die Fragen »Gibt es Gemeinsamkeiten zwischen autogenem Training und Yoga? Wodurch unterscheiden sich beide?«

Gemeinsamkeiten

Unbestreitbar hat das Leben vieler Menschen nicht nur durch autogenes Training, sondern auch durch Yoga eine Bereicherung erfahren. Yogaübungen und autogenes Training sind zwei voneinander abweichende Wege, die trotz unterschiedlicher Ziele einiges gemeinsam haben. Beide versuchen durch ganzheitliche Entspannung das Wohlbefinden des Menschen zu bessern, zu erhalten oder wiederherzustellen. »Entspanntes Tun und Leben spart Kräfte für Wesentliches« (J. H. SCHULTZ). Beide Verfahren führen zu mehr Gelassenheit. Sie ermöglichen Erholung, Kräftesammlung und Regeneration. Außerdem vertiefen sie das Gefühlsleben und steigern Selbstvertrauen, Konzentrations- und Leistungsvermögen. Sie dienen der Affektdämpfung, Gemütsmeisterung und geistigen Beherrschung. Beide Verfahren wenden sich an die unzertrennbare Leib-Seele-Einheit des Menschen. Beide trainieren und festigen sein Steuerungs- und Regulationsvermögen und vermitteln eine bessere Vertrautheit mit dem eigenen Körper. Sowohl Yoga als auch das autogene Training bezeugen die erstaunliche Kraft zielstrebiger Gedanken und Vorstellungen.

Mit dem aus der indischen Gelehrten- und Priestersprache des Sanskrits stammenden Wort »Yoga« ist unser deutsches Wort »Joch« verwandt. Ein Joch verbindet zwei Zugtiere zu gemeinsamem Gang. Im übertragenen Sinne könnten wir dabei an die Harmonisierung von Körper und Seele denken, die einem gemeinsamen höheren »Wagenlenker« unterstellt werden sollen.

Beim Erlernen von autogenem Training und Yoga sind zudem die äußeren Vorbedingungen ähnlich (ruhiger Raum, Vermeidung von Zeitdruck und störenden Außenreizen).

Unterschiede und Gefahren der Yogapraxis

Schon beim Absolvieren des jeweiligen Unterrichtspensums zeigt sich ein wesentlicher Unterschied darin, daß die meisten Yogaübungen (Asanas) im Gegensatz zu den Übungen des autogenen Trainings sichtbar sind. Sie erfordern nicht nur eine nach innen gerichtete passive Konzentration – eine »Psychogymnastik« bei völliger körperlicher Entspannung –, sondern zunächst wie bei der leibhaftigen Gymnastik auch eine aktive Konzentration mit lang anhaltender Streckung, Dehnung und Anspannung vieler Muskelgruppen. Yoga heißt wörtlich »Anschirrung«, »Anspannung«.

Bei ungelenkigen Menschen im mittleren und höheren Lebensalter, die nicht von Jugend an an Yogaübungen gewöhnt sind und die keine qualifizierte Anleitung dazu erhalten haben, besteht während dieser »Anspannung« die Gefahr einer Überbeanspruchung und Überreizung von Muskeln, Sehnen, Knochenbändern und Gelenkkapseln. Lang anhaltende Schmerzen vereiteln dann ein vielleicht längst gewohntes und liebgewordenes altersgerechtes Lockerungs- und Kreislauftraining wie z. B. Wandern, Schwimmen oder Radfahren.

Yoga ist oft als Kreislauftraining ungeeignet. In der Medizinischen Klinik der Universität Köln haben ein Yogi und ein deutscher Arzt in Gemeinschaftsarbeit nachweisen können, daß selbst bei gut trainierten jüngeren Yogis einige Übungen die Ruhewerte der Sauerstoffaufnahme um 70% steigern. Herzgefährdete und herzkranke ältere Menschen sind zu einer solchen Mehraufnahme von Sauerstoff oft nicht mehr fähig. Sie geraten dann in ein unerwünschtes Sauerstoffdefizit. Außerdem steigt bei den meisten Übungen der Blutdruck an, und zwar systolisch um maximal 45 und diastolisch um maximal 60 mm Hg. Bei älteren Bluthochdruckkranken können derartige Druckanstiege gefährlich werden. In einem Buch, das die Ergebnisse ihrer Untersuchungen zusammenfaßt, schreiben beide Forscher: *»Bis jetzt gibt es noch keine sicheren Unterlagen über anerkannte therapeutische Wirkungen des Yoga.«* Das Buch erschien 1963. In dem Buch »Physiologische Aspekte des Yoga und der Meditation«, das 1986 in der ehemaligen DDR erschienen ist, kommt sein Verfasser D. EBERT zu ähnlichen Schlußfolgerungen.

Unseriöse Heilungsversprechungen

Trotzdem wecken fast alle Yogabücher nicht nur *Heils-*, sondern auch spezielle *Heilungs*erwartungen. Dabei empfiehlt allerdings fast jeder Autor andere Übungen zur Heilung bestimmter Krankheiten. Was bei einem gegen Haarausfall gepriesen wird, hilft beim anderen gegen Zahnweh. Eine Rumpfbeuge im Sitzen (»Zange« = Paschimottan-Asana) »heilt« nach YESUDIAN die Zuckerkrankheit, während sie nach ANDRÉ VAN LYSEBETH die Lymphzirkulation anregt und die Infektabwehr verbessert. Der Schulterstand (»Kerze« = Sarawang-Asana) – die »Mutter aller Asanas« und angeblich »eine der größten Wohltaten, die der Menschheit überliefert wurden« – »beseitigt« nach SACHAROW Tetanie *und* die Recklinghausensche Krankheit (*Unter-* und *Über*funktion der *Neben*schilddrüsen!), während er nach IYENGAR u. a. *Unter-* und *Über*funktionen der eigentlichen Schilddrüse »ganz ausschaltet« und außerdem Bluthochdruck und Magengeschwürleiden »heilt«, wobei nach YESUDIAN »die verlorene Jugend reichlich zurückströmt«.

Alle diese Versprechungen beruhen auf reiner Spekulation. Die Behauptung, daß Yoga »verjüngt«, ist wissenschaftlich nicht haltbar. Viele Angaben grenzen an sträfliche Kurpfuscherei. Dazu gehören Anpreisungen bestimmter Yogaübungen bei Krebswucherungen, Lungenentzündung, Schwindsucht (Tbc) und beinahe 100 anderen Krankheiten. Auch prominente Yogavertreter, die als seriös gelten, versprechen »Heilung« und »Beseitigung« von Rheumatismus, Nieren-, Prostata- und Frauenleiden, von Knochenerkrankungen und Blutarmut. Von einer bestimmten Atemübung wird sogar allen Ernstes behauptet, sie befreie das Blut von allen Giften, »auch von tödlichen«! Leider ist selbst der eben genannte »europäisierte« und dem Christentum zugewandte YESUDIAN – der im Westen wohl einflußreichste und faszinierendste indische Yogalehrer – erfüllt von solchen Vorstellungen.

Bei allen Gesundheits- und Heilungsspekulationen, die mit der praktischen Anwendung entsprechender Übungen verbunden sind, muß man dem ursprünglichen Yoga allerdings zugute halten, daß es hier nicht primär um medizinisch-therapeutische Zwecke geht. Vielmehr verbindet sich damit für den Yogi die Hoffnung, das zerbrechliche Gefährt seines Leibes möglichst lange intakt zu halten, um Zeit zu gewinnen, sein Karma, d. h. die Bilanz seiner guten und bösen Taten, zu verbessern. Auch bei den yogischen Atemübungen, den Pranayamas (wörtlich Lenkung des Prana = Atmung), geht es nicht um Atem*therapie*. Ein Yogi versteht unter Prana den Atem als alles erhaltende, kosmische Lebensenergie, die nicht vergeudet werden darf. Die Pranayamas erstreben deshalb eine Atem*beherrschung*, die den Atem reduziert oder gar stillstellt. Je weniger ein Yogi atmet, um so länger lebt er vermeintlich. Je länger er lebt, desto größer sind seine Chancen, daß ihm ein überwiegend gutes Karma im Kreislauf vermeintlicher Wiedergeburten dereinst vergolten wird.

Verschiedene geistige Hintergründe

Yogaübungen und die Übungen des autogenen Trainings gehen demnach von andersartigen Voraussetzungen aus. Ihre geistigen Hintergründe und weltanschaulichen Wurzeln sind grundverschieden. Schon die grundlegendste aller Yogaübungen, der *Lotussitz*, entspricht einer rituellen Kulthaltung, die *tief in der Welt des Hinduismus und Buddhismus verankert* ist. Der Yoga ist ganz und gar ein Produkt dieser östlichen Glaubenswelt. Er gilt dort als *Heilsweg*, als ein absolut religiöser Weg. In diesem Sinn bedeutet Yoga nicht nur »Joch«, »Anschirrung«, »Anspannung«, sondern auch die »Anjochung« aller Gedanken und Gefühle zu dem einzigen Ziel, mit gutem Karma die Befreiung des Individuums (Moksa) aus einem schmerzlichen und trostlosen Kreislauf vermeintlicher Wiedergeburten (Samsara) zu erlangen, um so zu guter Letzt das vergängliche Ich mit dem universalen, göttlichen und letzten Sein zu verbinden. Fern von allen abendländisch-christlichen Gottesbegriffen, gilt dieser Prozeß so auch als Weg zur *Vergöttlichung* des Menschen. Als praktischer Heilsweg gehört Yoga demnach zur *Seelenheil*-Kunde und nicht, wie das autogene Training, zur Seelen-*Heilkunde* (auf die unterschiedliche Stellung des Bindestrichs kommt es an!).

In ihren Ursprungsländern sind übrigens alle auf dem Lotussitz aufbauenden Haltungs- und Atemübungen (Asanas und Pranayamas) an *mysteriöse, magisch durchtränkte Vorstellungen vom Aufbau und der Funktionsweise des Organismus und seiner Wechselbeziehungen zum Kosmos* gebunden, die im gesicherten, allgemein anerkannten Wissensschatz des Abendlands keinen Raum haben und auch mit abendländischen Glaubensvorstellungen kaum vereinbar sind.

Einzelne dieser Yogaübungen (hierzulande meistens relativ spät entstandene Hatha-Yoga = Kraft-Yoga-Übungen) aus ihren ursprünglichen Zusammenhängen herauslösen zu wollen, ist ein schwieriges Unterfangen. Viele schmerzliche Erfahrungen berechtigen dazu, »herzlich zu warnen« – zu warnen vor einem »psychischen Nährschaden« und einer »Selbstvergiftung durch unassimilierbare kulturelle Fremdkörper«, wie sich ein alter Freund von J. H. SCHULTZ, der seinerzeit sehr bekannte Psychotherapeut G. R. HEYER, ausdrückte, der mit den Weisheiten des Ostens sehr wohl vertraut war.

Yogaübungen sind nicht Yoga schlechthin, aber sie gehören eben doch zu einem uns fremden, eigentlich viel umfassenderen, von *zahlreichen rituellen und diätetischen Vorschriften* begleiteten lebenslangen Konzentrations- und Meditationsprogramm, das seine *hinduistische Prägung* nicht verleugnen kann und im tiefsten

Grunde der *Selbsterlösung* und *Selbstvergöttlichung* dient. Für Kenner schimmert dieser Hintergrund auch bei der Mehrzahl der westlichen Yogagruppen deutlich durch, obwohl er von vielen Yogalehrern bestritten oder bagatellisiert wird. Die Gefahr eines elitären Heilsegoismus, der mehr und mehr den Bezug zu den drängenden Problemen unserer heutigen Welt verliert, wird allzu leicht verkannt.

Uneinheitliche Lehr- und Ausbildungsszene

Unter den beschriebenen Umständen kann es eigentlich kaum verwundern, daß mancherlei Zwiespalt und zumindest die Ahnung gewisser Schwierigkeiten und Gefahren auch die buntscheckige Lehr- und Ausbildungsszene im Yoga des Westens beherrschen.

Der Arzt Dr. H. G. SCHMIDT, einst Vorsitzender der *Deutschen Yoga-Gesellschaft* und heute Vertreter des autogenen Trainings, schrieb vor Jahren: »Leider gibt es für den Yoga auch nicht annähernd eine vorgeschriebene Ausbildung. Es gibt in der Bundesrepublik einige hundert Yogalehrer, aber nur etwa 20 bis 30 % davon sind wirklich zuverlässig.« Nach einer Dissertation von CH. FUCHS (1990) gibt es bei uns mittlerweile zwischen 1500 und 2000 aktive Yogalehrkräfte (davon 80 % Frauen) und zwischen 100 und 150 private Yogaschulen. In bewußter Anlehnung an indische Traditionen geben sie ihrem Yoga größtenteils eine »deutlich religiös gefärbte Ausrichtung«. Nichtsdestotrotz unterscheiden sich Lehrweisen und Lehrinhalte erheblich.

SCHMIDT meint, ähnlich wie YESUDIAN, daß es notwendig sei, den Yoga in eine Form zu bringen, die in unsere westliche Zivilisation integriert werden kann. Dabei soll die Grundhaltung der Hingabe zwar dem Yoga entnommen, Yoga aber nicht als Ersatzreligion angeboten werden. Diese Forderung ist trotz gegenteiliger Beteuerungen wahrscheinlich unerfüllbar. Eine »Säkularisierung des Yoga«, das hieße eine vollständige Ablösung von seinen religiösen und magischen Hintergründen, wäre ein Widerspruch in sich. Die in fast allen maßgeblichen Yogabüchern zu findenden

Heilungs- und Gesundheitsverheißungen bezeugen die fortlebende Faszination östlich-magischen Denkens nicht weniger als die Heilungs- und Heilsversprechungen yogisch beeinflußter New-Age-Apostel und als ein im Westen weitverbreiteter yogischer Guruismus.

Im Unterschied zum Yoga hat das *autogene Training* einen festen Platz in den ärztlichen Weiterbildungsordnungen und den Leistungskatalogen der Krankenkassen. Anders als beim Yoga füllen die Unterlagen über anerkannte Wirkungen des autogenen Trainings Bände (vgl. Kapitel 3 und 4). Dabei werden jedoch keine übertriebenen Hoffnungen geweckt. Das autogene Training ist außerdem frei von rituellen Begleitvorschriften. Es ist einheitlich lehr- und erlernbar, während beim Yoga ein Gegen- und Durcheinander von Yogarichtungen, -schulen und -sekten die Beurteilung erschwert.

19.2 Autogenes Training und Meditation

Auch wer Meditation praktizieren möchte, ist nicht auf Yoga angewiesen, erst recht nicht, wenn er in seiner sonstigen geistigen Orientierung der östlichen Lebenshaltung und Weltsicht völlig fremd gegenübersteht. Es gibt traditionsreiche abendländische Meditationsformen, die nicht zwangsläufig ein Meditationsverständnis im östlichen Sinne voraussetzen.

Anders als beim Yoga und den meisten östlichen Meditationsformen geht es bei der *abendländisch-christlichen Meditation* um ein Aufschließen »zur Begegnung mit Gott und dem Nächsten« und nicht um ein »Konzentrieren auf das Ich« oder den Versuch, »von allem Irdischen, Sinnenhaften und Begrenzten abzusehen, um in die Sphäre des Göttlichen einzutauchen« (aus einem Schreiben der *Vatikanischen Kongregation für die Glaubenslehre* 1989). Es geht in der christlichen Meditation um die Annahme des Leibes und der Kreatürlichkeit und nicht um deren Überwindung, um Weltbewährung und nicht um Weltverneinung. Sie konstituiert Gemeinschaft (PEGUY: »Ein Christ allein ist kein Christ«). Zugleich ist sie betendes Aufschauen zum Du des Schöpfergottes

(»*Unser* Vater, der *du* bist im Himmel...«). Als »schönsten Satz der deutschen Sprache« pries GOETHE den Satz aus MARTIN LUTHERS »Kleinem Katechismus«: »Ich glaube, daß *mich* Gott *geschaffen* hat samt allen Kreaturen, mir... *Vernunft* und *alle Sinne* gegeben hat und noch *erhält.*« Kein Hindu oder Buddhist könnte diesen Satz nachvollziehen. Im vermeintlich sanften Tibet stand sogar auf ein solches Bekenntnis noch zu Beginn unseres Jahrhunderts die Todesstrafe!

Eine eigenständige christliche Meditationstradition geht zurück bis auf die ersten Christen. Sie reicht von AUGUSTINUS und der ersten deutschen Ärztin, HILDEGARD VON BINGEN, und von FRANZ VON ASSISI, THOMAS VON KEMPEN, MEISTER ECKHARDT und THOMAS VON AQUIN bis zu IGNATIUS VON LOYOLA und zu THERESA VON AVILA. Ihr Bogen spannt sich von JAKOB BÖHME und dem Priesterarzt ANGELUS SILESIUS über die Andachtszirkel der sogenannten Stillen im Lande, der Pietisten und Brüdergemeinen und ihren täglichen Losungen, bis zu den schweigenden Versammlungen der Quäker und ihrem »Gebot der Stille«. Wir finden sie auch in unserem Jahrhundert noch beispielhaft bei dem großen indischen Pilgermissionar SADHU SUNDAR SINGH. Gegenwärtig erleben viele Meditationsformen im gesamten christlichen Bereich eine Renaissance. Sie werden besonders im ökumenischen Kloster Taizé und in der alle christlichen Konfessionen erfassenden charismatischen Bewegung gepflegt.

Autogenes Training ist allerdings *nicht Meditation.* Es kann jedoch den Zugang zu bisher verschlossenen Bereichen der Kunst, Philosophie, Religion und auch Meditation öffnen, ohne dafür Kompetenzen zu beanspruchen. Es kann gewissermaßen *Meditationsträger* sein.

Selbst einige bedeutende Weisheitslehrer des Ostens, die das Treiben europäischer und amerikanischer Indienpilger mit Kopfschütteln betrachten, verweisen immer wieder auf unsere eigenen Entspannungs- und Meditationsmöglichkeiten, die unserem Wesen und unserer Natur viel gemäßer sind.

Mit Überraschung stellt man bei Kursen für autogenes Training nicht selten fest, daß ausgerechnet Teilnehmer aus den verschiedensten Gebieten Asiens den neuerdings bei uns so gepriesenen, uralten Entspannungsmethoden ihrer Heimat recht fernstehen. Sie bieten ihnen zur Bewältigung der aktuellen Probleme in ihren vereuropäisierten und veramerikanisierten Ländern wenig Hilfe. Dagegen vermögen sie sich sehr rasch das autogene Training anzueignen.

In Japan bereiten sich die Spitzensportler seit vielen Jahren auf Wettkämpfe größtenteils mit dem autogenen Training vor. Es genießt dort auch beim olympischen Training eine Vorrangstellung.

An einem meiner Kurse nahm eine Ordensschwester aus einem anderen fernöstlichen Land teil. Sie hatte in ihrem Kloster als Exerzitienmeisterin versucht, die Novizinnen nach den traditionellen Entspannungsregeln ihrer Heimat zu entkrampfen. Schon nach wenigen Stunden autogenen Trainings stellte sie fest: »Das autogene Training wirkt viel besser.« Später sah ich sie zufällig in einer Großstadt wieder, wo sie mir im dichtesten Verkehr unbekümmert quer über die Straße entgegenlief, um mir zu berichten, daß sie mit Hilfe des autogenen Trainings ihre Prüfungsangst bewältigt habe. Sie war Diplompsychologin und promovierte in Deutschland zum Dr. phil.

Leider wird auch in einigen Meditationskreisen mit dem guten Namen des autogenen Trainings *Mißbrauch* getrieben. Einige »Therapeuten«, die in Wirklichkeit dem Yoga näherstehen, benutzen es zur Tarnung und als Aushängeschild.

Nicht blenden lassen sollte man sich von der aus hinduistischen Fragmenten stammenden und amerikanisch vermarkteten sogenannten *Transzendentalen Meditation* (TM) des Inders PRASAD VARMA (His Holiness Maharishi Mahesh Yogi). Unter dem Deckmantel altindischer Ayurveda-»Medizin« (Maharishi-Ayurveda) versucht sie neuerdings, hartnäckig in die westliche Medizin und Naturheilkunde einzudringen. Mit oder ohne Maharishi-Ayurveda preist sie sich seit eh und je als Mittel gegen alles und jedes, von AIDS, Angina pectoris, Asthma und Altersbeschwerden über Furunkulose, Herzrhythmusstörungen, Neurosen, Paranoia und Schizophrenie bis zu Zellatypien und Zahnfleischbluten an. Mit Schlagworten wie »Mechanik der Befreiung«, »Physik der Unbesiegbarkeit« und »Biochemie der Erleuchtung« gibt sie sich recht wissenschaftlich. Durch die Behauptung, daß dank ihrer Meditation die »Modifizierung« oder gar Aufhebung der Naturgesetze möglich sei, richtet sich die Transzendentale Meditation jedoch selbst: Sie verspricht ihren Anhängern übernatürliche Fähigkeiten wie »Fliegen«, »Unsichtbarwerden«, »Gehen durch Wände«, »Kontakte zu anderen Sternsystemen« und »Unsterblichkeit«. Zuständig für letztere ist wohlgemerkt ein »Minister für Gesundheit und Unsterblichkeit« in einer von der TM-Bewegung etablierten »Weltregierung des Zeitalters der Erleuchtung«!

Auch die von der »Osho-Bewegung» propagierte und in »Osho-Meditaton-Centers« betriebene *Dynamische Meditation* sollte man am besten auf sich beruhen lassen. Sie ist ein Mixtum compositum des skandalumwitterten indischen Gurus RAJNEESH CHANDRA MOHAN, der sich erst »Bhagwan« (»Gott«), nach seiner Ausweisung aus den USA »Buddha« und vor seinem Tode in Poona »Osho« nannte.

19.3 Autogenes Training und New Age

Zu einem Sammelbecken der verschiedensten Psychokulte, Meditationsschulen und Yogaströmungen wurde die weltweite *New-Age-Bewegung*. Aufgrund umstrittener astrologischer Berechnungen glauben ihre Anhänger, daß sie als Vorläufer eines »neuen Menschen« in der Wende zu einem »neuen Zeitalter« leben, das im Sternzeichen des Wassermanns steht, während das bisherige Zeitalter, das im Zeichen der Fische stand, zur Neige geht.

In den Standardbüchern der Verkünder des New Age ist bemerkenswert oft von Medizin und »Therapie« die Rede. Zu den aktivsten Gefolgsleuten zählen auch hier Legionen selbsternannter »Therapeuten«. Sie beschwören für ihr »neues Zeitalter« und die »neue Menschheit« eine »neue Medizin«. Diese angeblich »neue Medizin« besteht jedoch größtenteils aus einem Sammelsurium von uralten Praktiken vorwissenschaftlicher Medizinmänner. Die meisten Verfahrensweisen gehören in den Bereich der Magie und des Okkultismus. Sie stützen sich auf abergläubische Geheimlehren von allerlei übersinnlichen Dingen und Kräften

(Arkandisziplinen). Einige Prozeduren entsprechen einem Rückfall in die längst überwundenen Theorien des Magnetismus und Mesmerismus (vgl. Seiten 19 und 23). Daneben scheuen sich die New-Age-»Therapeuten« aber nicht, auch klassische Methoden des Naturheilverfahrens und der Psychotherapie wie die Kneipp-Physiotherapie und das autogene Training für sich in Beschlag zu nehmen. Wie selbstverständlich findet man das autogene Training als Stichwort beispielsweise in einem »Wörterbuch des New Age« und in den Programmangeboten maßgeblicher New-Age-Zentren und -Verlage. Hier dem Verfahren von J. H. SCHULTZ zwischen Astrologie und Pendeln, Edelstein- und Blütentherapie, Wünschelrutengängerei und »Lebensberatungen aus dem Jenseits« zu begegnen, tut fast weh und bedarf wohl kaum weiterer Kommentare.

19.4 Sonstige Entspannungsverfahren

Auf das *Bio-Feedback* und seine Verwendungsmöglichkeiten wurde bereits hingewiesen (siehe Seite 24). Es kommt in Deutschland hauptsächlich als *Respiratorisches Feedback* (Atem-Feedback) zum Einsatz.

Verschiedene andere Verfahren, so etwa die *Tiefmuskelentspannung* des Amerikaners JACOBSON (Progressive Relaxation, Chicago 1938), bezwecken daselbe wie die Schwereübung des autogenen Trainings, sind aber zeitaufwendiger. Sie appellieren in erster Linie an den Willen und schalten dabei die Kräfte der Einbildung, Vorstellung und Phantasie weitgehend aus. Das Originalverfahren von JACOBSON wurde stark verkürzt. Es gibt zahlreiche Varianten und keine einheitlichen Richtlinien. Vergleichende Langzeituntersuchungen, die bei mehreren hundert Kurpatienten durchgeführt wurden, zeigten nach einem Jahr bei mehr als 20 überprüften Befindensstörungen verschiedenster Art eine eindeutige Überlegenheit des autogenen Trainings (H. BRENNER 1978, ähnlich HAPKEMEIER 1984).

Weitere Verfahren sind durch das autogene Training überholt oder mit nur unwesentlichen Abweichungen aus dem autogenen Training hervorgegangen.

20

Wie lassen sich die Grundwirkungen des autogenen Trainings am besten zusammenfassen?

Die beste und kürzeste Zusammenfassung der Grundwirkungen des autogenen Trainings findet sich auf den Schlußseiten des von Professor J. H. SCHULTZ herausgegebenen »Übungsheftes für das autogene Training«.

Er faßt hier die Grundwirkungen in vier Abschnitten zusammen, die folgende Überschriften tragen:

1. Entspannung als Erholung,
2. Entspannung als Ruhigstellung,
3. Intensitäts- und Leistungssteigerung,
4. Selbstbeherrschung und Selbstbestimmung.

20.1 Entspannung als Erholung

SCHULTZ schreibt: »Spannung ist Kräfteverbrauch, Entspannung Kräfteersparnis. Die ersparten Kräfte werden von der Natur der Erholung dem Wiederaufbau zugeführt.«

Als Beispiel für planmäßiges Kräftesammeln durch autogenes Training und für seine außerordentlich erfrischende und leistungssteigernde Wirkung erwähnt SCHULTZ den Arzt Dr. HANNES LINDEMANN, der mit Hilfe des autogenen Trainings in 72 Tagen und Nächten in einem Serienfaltboot allein den Atlantischen Ozean überquerte.

Der beim autogenen Training ins Unbewußte eingebaute Vorsatz »Ich schaffe es« veranlaßte LINDEMANN in allen kritischen Situationen zum Durchhalten. (»Der Vorsatz wirkte wie ein seelisches Stützgerüst in den bedrohlichsten Stunden der Fahrt, vor allem, als ich am 57. Tag kenterte und eine lange Sturmnacht auf dem glitschigen Boot liegen mußte, ehe ich es im Morgengrauen wieder aufrichten konnte.«) Mit autogenem Training überwand LINDEMANN Magenkrämpfe und Angstzustände. Er lernte es, seine Kräfte einzuteilen und die Arbeit seines Herzens auf 30 Schläge pro Minute zu drosseln, eine Gewichtsabnahme von 25 kg in Kauf zu nehmen, sein Gesäß so zu durchbluten, daß keine Sitz- und Salzwassergeschwüre und keine Karbunkel auftraten, und Schlafen und Wachen den jeweiligen Umständen anzupassen. Auch im Sturm entspannte er so oft wie möglich. Das autogene Training verhalf ihm häufig zu minutenweisem Schlaf, der sein Leben rettete. Es bewirkte ein Höchstmaß an Zuversicht, mit dem – selbst bei einem Mindestmaß an Ausrüstung – für einen Schiffbrüchigen die Aussicht, durchzukommen, viel größer ist als die Gefahr, umzukommen. Diese Erkenntnis bewährt sich auch im stürmischen Ozean des Lebens, in welchem den meisten Menschen Kentern und Schiffbrüche nicht erspart bleiben.

20.2 Entspannung als Ruhigstellung

SCHULTZ schreibt: »Entspanntes Tun und Leben spart Kräfte für Wesentliches.« Wer mit genügender Ausdauer trainiert, gewinnt unvermeidlich eine ruhige, gelassene Haltung. Viele Übungsteilnehmer sagen: »Ich ärgere mich nicht mehr.« Nichts oder niemand »kotzt einen mehr an«. Wenn ein anderer mich »anscheißen« will, so fällt es auf ihn selbst zurück. Ich quittiere das mit der gelassenen Haltung des Wieners: »Geh, scheiß di (dich) nit ahn.« Auch die »Fliegen an der Wand« und die »falschen Tapeten« verlieren an Bedeutung.

Die naturhafte Entspannungsruhe des autogenen Trainings darf aber nicht mit Gefühlsabtötung verwechselt werden: Nur die falschen, verkrampften Gefühlsstörungen lösen sich auf. Echte Gefühle bleiben nicht nur lebendig, sondern vertiefen sich. Man braucht es nicht mit ERNST MORITZ ARNDTS »Der Gott, der Eisen wachsen ließ« zu halten; den im gleichen Lied gerühmten »kühnen Mut« und »Zorn der freien Rede« sollte man dennoch auch als autogen Trainierter hoch einschätzen, wenn beide echt sind und am rechten Ort und zur rechten Zeit erfolgen... (womit freilich nicht der Bundestag gemeint ist, wenn die Fernsehkameras surren!).

Das Untersichlassen von verkrampften Gefühlsstörungen zeigt sehr schön ein Foto aus der Serie »Lachende Kamera« (Terra magica, Bildband 1, München 1966). Das Foto zeigt das Unterteil einer recht übergewichtigen Frau mit Blümchenkleid und Pantoffeln, die auf einem Bücherstapel quasi in Droschkenkutscherhaltung entspannt. Einige Buchtitel sind lesbar, z. B. »Vermächtnisse ewiger Liebe«. Was hat diese Frau unter sich gelassen? Nicht die wahre Liebe, welche ohne Marktgeschrei still einhergeht, sondern das unechte Pathos, den Edelkitsch, das viele Theatermachen, die unechten Töne über die Liebe. Ein weiterer Buchtitel ist lesbar: »Die Kneippkur« von SCHALLE. Ich selber besitze dieses Buch und verdanke ihm manche wertvolle Anregung. Die abgebildete Frau aber hat zuvor wahrscheinlich ein Evangelium daraus gemacht und alle Aussagen ihrer »Gesundheitsbibel« verabsolutiert. Jetzt kann sie relativieren. Nicht die segensreichen Empfehlungen der Kneippkur hat sie unter sich gelassen, wohl aber jeden Dogmatismus und jeden missionarischen Eifer, der die oft unverdiente Gnade der Gesundheit unbekümmert damit quittiert, daß er bei Schwerkranken mit kalten Wickeln, Zinnkraut und sauren Kirschen hausieren geht.

Stets bedingt das autogene Training eine dem eigenen, inneren Wesen entsprechende Entwicklung. Wir können uns damit selber besser leiden und rundherum wohl fühlen, können besser zu uns selbst finden (vgl. Abschnitt 20.4). Wenn wir durch konzentrative Selbstentspannung und formelhafte Vorsatzbildungen unsere eigene Mitte und Ruhe finden, schreibt DOGS, dann »dürfen wir dabei nie vergessen, daß wir in ein kosmisches Geschehen von unendlicher Weite eingeordnet sind und daß Selbstvertrauen und Gottvertrauen letztlich übereinstimmen«. Ohne Eitelkeit gleichen wir dann vielleicht dem alten MATTHIAS CLAUDIUS (1740–1815), der – sich im Spiegel betrachtend – dichtete:

»Ich danke Gott und freue mich
wie's Kind zur Weihnachtsgabe,
daß ich bin, bin! Und daß ich dich,
schön menschlich Antlitz habe.«

Wie viele Maler bei ihren Selbstbildnissen erlebt sich der Dichter CLAUDIUS hier bewußt und mit Dankbarkeit als Geschöpf seines Schöpfers. Die sieghafte Entdeckung »Ich bin« spiegelt den Schöpfergott, dessen hebräischer Name »Jahwe« gleichfalls besagt »Ich bin«.

20.3 Intensitäts- und Leistungssteigerung

Gesammelt, konzentriert seinem Inneren zugewandt, kann man viele Leistungen steigern. Gefühle, innere Einsichten, Erinnerungen stehen klarer und stärker zur Verfügung.

Weil autogenes Training nicht nur beruhigt, sondern auch die Konzentrationsfähigkeit steigert und die Erinnerungen an alles einmal Gelernte schärft, stellte Professor LANGEN fest: »Ich kenne keinen Examenskandidaten, der das autogene Training beherrschte und die Prüfung nicht bestanden hat, wobei ich... die Behauptung aufstellen möchte, daß bei Trainierten die Noten in der Examenssituation immer um eine Stufe besser sind als bei untrainierten Prüflingen.« Selbst viele vergessene Gedichte aus der Schulzeit tauchen in der Erinnerung wieder auf. Die Älteren unter uns besinnen sich vielleicht auf den »Wanderer zwischen beiden Welten« von WALTER FLEX, der etwa siebzig GOETHE-Gedichte auswendig konnte. Dafür entscheidend war wohl, daß dieser Wanderer zwischen beiden Welten (ein angehender Theologe) ein entspannter Mensch war. Mir selber fiel in entspanntem Zustand während der Kriegsgefangenschaft in Rußland GOETHES siebenstrophiges Gedicht »Vermächtnis« ein, ohne daß ich mir bewußt wäre, es je gelernt zu haben (»Kein Wesen kann zu Nichts zerfallen, das Ew'ge regt sich fort in allen«).

Im Volksmund wird gerne das Bibelwort zitiert: »Den Seinen gibt's der Herr im Schlafe.« Jeder weiß, daß ihm Vergessenes wieder einfällt und er wichtige Entscheidungen vernünftiger verrichtet, wenn er erst einmal darüber schläft. Was dabei herauskommt, sind aber in Wirklichkeit nicht Resultate tiefen Schlafs, sondern einer konzentrativen Selbstentspannung. In einem solchen Zustand und nicht etwa im Schlaf fand DIESEL das Tüpfelchen zum i für seinen Dieselmotor und KEKULÉ das Tüpfelchen zum i für das Modell des Benzolringes, fand ARCHIMEDES die Hebelgesetze, erfand WATT die Dampfmaschine und SAUERBRUCH den Pneumothorax, fand GREGOR MENDEL die Erbgesetze und NILS BOHR jene Strukturdarstellung des Atoms, die noch heute in jedem neuen Lehrbuch der Physik enthalten ist.

20.4 Selbstbeherrschung und Selbstbestimmung

Die Selbstbeherrschung, die der Alltag fordert, wird durch die Aneignung des autogenen Trainings schon deshalb sehr erleichtert, weil der Mensch von innen heraus »naturhaft« ruhig wird und bescheiden zu sich selber findet. Damit findet er auch leichter, ohne enttäuscht zu werden, den Weg zum Nächsten. Er lernt es wieder, »die Geister zu prüfen« und Engel und Teufel zu unterscheiden – eine Eigenschaft, welche die heutige Christenheit weithin verlernt hat. Nicht dauernde Skrupel und pausenloses Mißtrauen können diese Eigenschaft fördern, wohl aber die durch das autogene Training vermittelte Fähigkeit, sich fallenzulassen. »Wir lernen durch das autogene Training, uns fallenzulassen, um gelassen zu werden«, schreibt der Psychotherapeut G. R. HEYER. Dabei wird wiederum die Erinnerung an einen RILKE-Vers geweckt:

> »Wir alle fallen. Diese Hand da fällt...
> Und doch ist einer, welcher dieses Fallen
> unendlich sanft in seinen Händen hält.«

Die so gewonnene Gelassenheit des autogen Trainierten und seine Treffsicherheit stecken an. Der einzelne trainiert mithin nicht nur für sich, sondern auch für seine Familie und seine Arbeitsgemeinschaft. Entkrampfung macht gemeinschaftsfähiger. Vertiefte

Selbstbestimmung macht zufriedener, und Zufriedenheit steckt nicht minder an als Unzufriedenheit!

Durch Selbstherrschung und Selbstbestimmung lernt der Mensch, seinen Horizont über das eigene Ich hinaus zum Wir auszuweiten und sich und seine Umwelt in größere Sinnbezüge einzuordnen. Er spürt, »wie Gott ihn gemeint hat« (DOGS). Damit aber haben wir schon einen Schritt in die vertieften Anwendungsgebiete des autogenen Trainings getan, die im Gegensatz zu den Grundübungen auch ganz bewußt weltanschauliche und religiöse Bindungen aufzudecken und zu festigen vermögen. Auf Einzelheiten dieses mit gelenkten Phantasien arbeitenden und tiefenpsychologisch orientierten »Oberstufentrainings« kann in diesem Buch nicht eingegangen werden. Nach Professor HARING handelt es sich dabei um eine eng begrenzte, spezielle Anwendungsmöglichkeit, die zum autogenen Training nicht notwendig dazugehört. Im Gegensatz zu den Grund- und Organübungen können »Oberstufen«-Übungen nur in Kleinstgruppen und ohne einen festen zeitlichen Rahmen durchgeführt werden. Das »Oberstufentraining« ist schwer standardisierbar, wird in unterschiedlicher Weise viel häufiger beschrieben als gelehrt und praktiziert und macht auch nur 8 % des Standardwerks von J. H. SCHULTZ aus. In seinen zahlreichen Vorträgen hat SCHULTZ sich fast nie damit befaßt. Manchen Kursteilnehmern, die sich nach Absolvierung der Grund- und Organübungen nur wie Grund- bzw. Volkschüler vorkommen, weil ihnen eine vermeintlich höhere Bildung verschlossen blieb, muß man sagen, daß die sogenannte Oberstufe oft mehr eine Sonderschule für Spezialfälle als eine höhere Schule ist.

Bei guter Beherrschung können die in diesem Buch beschriebenen sechs Übungen auch für sich alleine zur Streßbewältigung beitragen, indem sie

Mut in Demut
Flucht in Zuflucht und
Furcht in Gottesfurcht wandeln.

»Gott gebe mir die *Gelassenheit,* Dinge hinzunehmen, die ich nicht ändern kann, den *Mut,* Dinge zu ändern, die ich ändern kann, und die *Weisheit,* das eine vom anderen zu unterscheiden.« Auch autogenes »Unterstufentraining« kann dieses Gebet des Mediziners, Naturwissenschaftlers und schwäbischen Kirchenvaters CHRISTOPH FRIEDRICH OETINGER (1702–1782) unterstützen.

21

Durchschnittliche Übungsverläufe: Von der Skepsis zur lieben Gewohnheit

Die meisten Interessenten beginnen das autogene Training mit Skepsis. Zuweilen fürchten sie, manipuliert zu werden. Manchmal ist ihre Skepsis mit Neugier und falschem Ehrgeiz untermischt. Hier und da halten auch Hausärzte, ohne sich ernstlich mit der Methode beschäftigt zu haben, nicht viel davon. Krankenkassen und Behörden verhalten sich mitunter bei Zuschuß- und Beihilfeanträgen abwartend. (Komplette Kostenübernahme wäre ein Kunstfehler. Wer autogenes Training lernen will, sollte sich daran wie an jeder Psychotherapie auch finanziell mitbeteiligen. Jede Gratis-Psychotherapie endet nach SIGMUND FREUD in einer Katastrophe.)

Die Skepsis des modernen Menschen ist verständlich: Zahllose Illusionen sind in unserer Zeit zerronnen. Trotzdem oder gerade deshalb werden aber – in der Hoffnung auf reichlichen Profit und unter Mißbrauch von massen- und tiefenpsychologischen Erkenntnissen – alle möglichen Ideologien und Entspannungsrezepte mit raffiniertem Werbungsaufwand wie Konsumgüter propagiert und vermarktet. Der augenblickliche Entspannungsboom zeitigte dabei seltsame Eintagsfliegen und schon mancherlei wunderliche Blüten. So zirkulierte in den USA ein »Konsumentenleitfaden der Mystik«. Pseudoreligiös verbrämte neue Entspannungskulte kommen und gehen. Manche maskieren geschickt ihren ideologischen Hintergrund und preisen sich als »wissenschaftlich« an. Aber auch in der Wissenschaft ist nicht alles Gold, was glänzt.

Ein gewisses Maß an Skepsis ist also durchaus angebracht, gesund und notwendig. Wir brauchen es überall.

Wer autogenes Training vermitteln will, sollte nicht versuchen, den Skeptikern ihre Bedenken unbekümmert auszureden. Die so Angesprochenen würden sich durch derartige gutgemeinte Bemühungen nur überrumpelt fühlen und ihre inneren Widerstände verstärken.

Von denen, die auf neue Ideen mit fliegenden Fahnen zugehen, sind viele oft die ersten, die wieder die Flinte ins Korn werfen.

Mit Erstaunen schilderte kürzlich der Japaner TATSUO OGURO in seinem Buch »Ihr Deutschen – Wir Japaner« die beinahe modeabhängige ideologische Sprunghaftigkeit seiner deutschen Kommilitonen. Oft seien es dieselben gewesen, die vom Yoga zur Transzendentalen Meditation, von der Solidarität mit Vietnam, Chile oder Nicaragua zu den Ökogruppen oder zur Friedensbewegung überwechselten. »Hauptsache, sie haben ihre... Theorie, wenn auch jeweils eine andere.« Auch bei manchen Entspannungstheoretikern hat man den Eindruck: »Hauptsache, sie haben ihre Theorie...« Die besten Anhänger einer wirklich guten Sache sind Skeptiker, die sich überzeugen ließen. Skeptiker reagieren empfindlich auf jeden Widerspruch zwischen Theorie und Wirklichkeit und prüfen alles mit Gelassenheit und zäher Geduld.

In der *ersten Phase eines Kurses für autogenes Training* spüren die meisten Teilnehmer »noch nicht viel«. Sie wenden die Methode »zwar nicht ganz ohne«, aber doch »mit nur geringem Erfolg« an. Eine am Anfang recht störende Unfähigkeit zum »Abschalten« behindert den weiteren Übungsverlauf. Die Absolventen sind es nicht gewöhnt, sich mit passiver Konzentration nach innen zu wenden. Der Weg nach innen will behutsam beschritten sein. Spektakuläre Anfangserfolge sind selten. Man sollte sie nicht überbewerten. Kleine Schritte führen meistens eher zum Ziel. Ein autogener Trainingskurs ist kein Gewaltmarsch.

Gewöhnlich werden die versprochenen Wirkungen zuerst »kaum«, »nicht ganz sicher«, »nur ansatzweise«, lediglich »manchmal« und nur »undeutlich«, »schwach« und »sehr oberflächlich« mit »einem ziemlich vagen Gefühl« registriert. Man spürt die erwarteten Wirkungen nur »ungefähr« oder »beinahe«. Zuweilen merkt man »fast gar nichts«, zumindest »nichts Besonderes«. Das wenige, das man empfindet, ist »nicht der Rede wert«, »nicht nennenswert«. »Der Erfolg ist gleich Null.« Von den zu erwartenden Phänomenen fühlt man allenfalls »nur einen Hauch« oder »einen leichten Anflug«. Sie werden nur »ganz entfernt geahnt«. Jedenfalls spürt man sie »nur bedingt« oder »nicht genau«. Man weiß nicht, ob man dem bißchen, das man zu fühlen »glaubt« oder zu spüren »meint«, trauen darf oder ob man es sich nur vorgaukelt. Es tauchen Zweifel auf, ob man für das autogene Training geeignet ist.

Die ersten Erfolge stellen sich unmerklich ein. Man hat den Eindruck, »als ob ...« Man beschreibt die Phänomene *fiktiv,* d. h. wie eine illusionäre, erdichtete Unterstellung. Häufig wird anfangs beim Protokollieren der Konjunktiv verwendet: Das Empfundene »könnte« so etwas wie Schwere oder Wärme gewesen sein, obwohl die vorgeschaltete »Ruhetönung« eigentlich mißlang.

Einige erteilen sich selbst Zensuren, meistens unbefriedigende. Jedenfalls ist, was sie empfinden, vermeintlich »noch nicht richtig«. (Woher wissen sie eigentlich, was »richtig« ist?)

Nicht selten werden nur vage empfundene Übungsphänomene auch mit einem Fragezeichen versehen oder in Klammern gesetzt. Vorsichtige Aussagen werden durch »eventuell«, »vielleicht« oder »möglicherweise« eingeschränkt. Über kurz oder lang hat man dann aber den »Eindruck«, daß die übermittelten Übungen »halbwegs« wirken (je nach Temperament »schon« oder »nur«). Obwohl es bei einer Patientin angeblich von Übung zu Übung schon »immer besser ging«, schrieb sie doch noch: »Ich bin mir einfach nicht sicher; es könnte wohl etwas sein, aber ich kann es nicht genau sagen.« Auch wenn es schon besser geht, weicht also die Skepsis nur langsam. Irgendwann aber kommt bei allen Übungen – nicht selten »erstaunlicherweise« und »zur größten Überraschung« – die glückliche Feststellung: »Es gelingt, es klappt.«

Auch einige Zeit nach Kursbeginn können aber die meisten Absolventen noch nicht »völlig« abschalten. Es »klappt einfach nicht« oder »nur teilweise«. Man wird »noch nicht ganz« ruhig, jedenfalls »nicht ruhig genug«, zumindest nicht ruhig genug nach den zu hoch gespannten eigenen Erwartungen.

Leistungs- und Willensmenschen ärgern sich, daß sie es nicht »geschafft«, daß sie das jeweilige Übungsziel »nicht erreicht« haben, obwohl sie sich immer wieder »zwangen« und »bemühten«, die Übungen »durchzuhalten« und »durchzuziehen«. Sie quittierten ihr vermeintliches Versagen mit »schade« oder »leider«. Es fällt ihnen schwer, einzusehen, daß es beim autogenen Training nicht darum geht, etwas zu »schaffen« oder etwas »durchzuziehen«.

Tief verankerte allgemeine Versagensängste, deren Aufarbeitung in der Gruppe oft nur bei begleitender Einzelpsychotherapie gelingt, können sich in Ausnahmefällen auch auf das autogene Training auswirken. Das gleiche gilt bei einem mehr oder minder unbewußten Mangel an sogenanntem »Urvertrauen«. Irgend etwas hält solche Menschen davon ab, »sich völlig fallenzulassen«.

Andere, die eine hohe Erwartungshaltung haben, werden zwar rasch ruhig, schwer und warm, »aber nicht mehr«: »Schwere und Wärme hätten stärker sein können.« »Die Übung bringt nichts.« In Wirklichkeit ist das vermeintlich wenige, was sie registrieren, schon sehr viel!

Ruhetönung:

In der Regel wird die Einstiegsphase bis zur *Ruhetönung* allmählich immer kürzer. Die Einsicht wächst, daß Vorstellungskraft, Vertrauen, Geduld und Phantasie wichtiger sind als der Wille.

Schon nach wenigen Tagen schreiben einige Übungsteilnehmer nach solcher Einsicht:

> »Es klappt schlagartig.«
> »Erstaunlich, daß ich schon nach so kurzer Zeit abschalten kann.«
> »Es wird schön ruhig und still in mir.«
> »Ich fühle mich ruhiger und vor allem entspannt; das ist schon viel, und ich habe es kaum erwartet.«
> »Ich empfinde das ›In-mich-Gehen‹ als etwas Wohltuendes.«
> »Ich habe das Bedürfnis, die Übungen zu machen, weil sie mir guttun.«
> »Ich trainiere gern und freue mich auf die Minuten, in denen ich abschalten kann.«

»Die Übungen werden nicht mehr als lästig empfunden, sondern als eine angenehme Einkehr.«

»Die schönen Frühstunden der letzten Tage machten mich fröhlicher; in dieser Stimmung, die ich dem autogenen Training verdanke, empfinde ich die Übungen als wohltuend und nicht mehr als ein ›Muß‹.«

»Ich tue meinem Körper damit etwas Gutes; ich möchte noch lange in meinem Körper sein; es ist ein neues Gefühl, ihn nicht unbedingt für Leistungen zu gebrauchen, nichts von ihm zu fordern.«

»Die angenehmen Wirkungen des Übens mischen sich mit der Freude am Gelingen.«

Schon bald spüren einige Schüler nicht nur während des eigentlichen Übungsverlaufs, sondern auch zwischen den Übungen eine »Umstellung« ihres Körpers, eine »Umstimmung«:

Bereits eine Woche nach seiner Einführung notierte ein Absolvent: »Insgesamt bin ich schon wesentlich ruhiger geworden; ich rege mich nicht mehr über Kleinigkeiten auf und reagiere besonnener und überlegter.«

Man reagiert »wirklich ruhig« und »nicht nur beherrscht«.

Ein anderer Absolvent vermerkte in seinen Übungsprotokollen: »Es hätte ein Panzer an mir vorbeifahren können, ich hätte ihn nicht gehört.«

Studenten vermerkten dankbar »totale innere Ruhe« trotz bevorstehender Prüfungen. Prüfungsängste verschwanden.

Eine ältere Patientin, die anfangs beim Abschalten Schwierigkeiten hatte, erfuhr ihr erstes Ruheerlebnis unter der Haartrokkenhaube, deren monotones Geräusch sie von Straßenlärm und anderen Störungen abschirmte.

Ein Teilnehmer, der früher transzendental mit einem Mantra meditiert hatte, schrieb: »Ich komme nicht mehr mit meinem Mantra in Konflikt. Ich habe erkannt, daß es auch *ohne* Mantra gut geht.«

Schwereübung:

Bei der *Schwereübung* ertappt man sich anfangs noch dabei, einzelne Extremitäten »zu stark« zu beachten. Die Konzentration ist mehr aktiv als passiv. Sie richtet sich »krampfhaft auf dieses oder jenes Glied«. Man weiß nicht genau, »ob der Arm schwer ist oder nicht; und wenn man darüber nachdenkt, ist sowieso alles umsonst«. Auch wenn sich die erwartete Schwere nicht einstellt, ist häufig ein Unterschied zum anderen Arm feststellbar. Einige versehen ihre Übungsergebnisse wie in der Schule wiederum mit Zensuren – anfangs mehr mit schlechten als mit guten: »Es tut sich nichts«; »das Ergebnis hätte besser sein können.«

Allmählich gelingt es jedoch immer häufiger, »die Glieder einfach mal so hängenzulassen«. Der eine oder andere registriert dann »mit Erstaunen« oder »Verblüffung«, daß »die Sache tatsächlich doch funktioniert« (»eigenartigerweise«). Später stellen sich Ruhe und Schwere »ungewollt« und (»sogar«!) »wie von selbst« ein. Man kann es »kaum fassen«. Mit der Zeit genießt man »eine so richtige Bettschwere«. Einige Übungsteilnehmer empfinden sie so stark, daß sie glauben, »mit der Unterlage verschmolzen« zu sein. Wieder andere »versinken« in die Schwere und steigern damit ihr Wohlbefinden. Diese Generalisierung vertieft sich, wenn bewußt auch die Entspannung der Gesichts- und Schultermuskulatur erlebt wird!

Bei einer Kinderkrankenschwester reichten Ruhe- und Schwereübung schon in der ersten Kurswoche als Ersatz für ein gewohntes Mittagsschläfchen, mit dem sie sich »immer mal kurz von der Welt wegstehlen« mußte. Im weiteren Kursverlauf ist die Feststellung, daß das autogene Training den Mittagsschlaf ersetzen kann, nichts Außergewöhnliches. Ruhetönung und Schwereübung sind dazu häufig ausreichend.

Nach der Vorformel »Nichts wollen, nichts erzwingen, geschehen lassen« empfand ein leitender Angestellter die Schwere als »überwältigend« (»besonders wohltuend in Gesichtsmuskeln und Schultern«!). Das Schweregefühl war »überwältigend«, weil nicht er es wirklich produzierte, sondern weil er »es« in sich geschehen ließ, weil »es« ihn überwältigte.

Wärmeübung:
Die *Wärmeübung* vermittelt hin und wieder anfänglich »keine *besonderen* Wärmeempfindungen«. »Hände und Füße sind weder warm noch kalt.« Ein Kursteilnehmer sagte verlegen: »Ich weiß nicht, ob das, was ich spüre, ›Wärme‹ ist; es kann sein, es kann aber auch nicht sein.« »Es ist keine direkte Wärme.« Trotzdem »scheint die Übung irgendwie zu gelingen«.

Schwere und Wärme werden überdies nicht selten fast gleichzeitig empfunden. Ein Kursteilnehmer drückte das so aus: »Schon bei der ersten Vorstellung ›Schwere‹ spürte ich, wie das Blut warm bis in die Fußspitzen flutete.«

»Ruhetönung« und die wichtigsten Grundübungen Schwere und Wärme werden von nicht wenigen Kursabsolventen schließlich auch ohne Formeln »direkt« empfunden und zu »innigsten Begleitern«. Man ist jedesmal über Schwere- und Wärmegefühl »beglückt«. Beide Übungen gelingen »sofort«, »prompt« und »wie auf Kommando«.

Anfangs tritt das Wärmegefühl allerdings zuweilen verzögert auf. Es verschwindet dann meistens auch nicht nach der Rücknahme. Im allgemeinen wird diese Wärme, welche die Rücknahme überdauert, jedoch nicht als unangenehm empfunden.

Bei der 50 km weiten Heimfahrt von einem Übungsabend versagte im Auto eines Ehepaars bei strengem Frost die Heizung. Die Ehefrau übte als Beifahrerin autogen und empfand zu ihrer Verblüffung die Kälte bald überhaupt nicht mehr. Durch seelische Beeinflussung übertrug sich ihr Wärmegefühl auch auf den Ehemann, der als Fahrer beim Steuern natürlich nicht ohne weiteres selbst üben konnte.

Eine stets an kalten Händen leidende Sekretärin berichtete schon am Ende der ersten Übungswoche: »Obwohl ich keinen Erfolg zu haben glaubte, gelang es mir bei 14 Grad Raumtemperatur, warme Hände zu bekommen.«

Ein Lehrer schrieb: »Die Wärme verteilte sich wohlig im ganzen Körper. Da ich meistens kalte Finger und Füße habe, konnte ich mich, skeptisch und halbherzig wie ich war, von Tatsachen überzeugen lassen.«

Eine ältere Hausfrau protokollierte: »Als ich beim ersten Frost von einem Spaziergang zurückkam, war ich eiskalt. Nach dem Üben waren Hände und Füße im Gegensatz zu früher innerhalb weniger Minuten warm. Es war toll. Ich fühlte mich sehr wohl und war zufrieden.«

Herzübung:
Auch der *Herzschlag* wird zunächst oft »mehr geahnt als gespürt«. Er ist »nur zu vermuten« oder wird vereinzelt »wie von weitem wahrgenommen«. »Das Herz ist schweigsam.« Die Herztätigkeit ist »undefinierbar«. Man registriert sie »nicht direkt«, sondern mehr indirekt durch die Wahrnehmung von Pulsationen in der Peripherie, die sich gelegentlich nur als ein »feines und zartes Pochen« bemerkbar machen.

»Langsam, aber sicher« entdeckt man jedoch allmählich, obschon »nur ganz leicht«, auch das Herz selbst. »Das Herz spricht an«, wird vielleicht sogar »brennend warm«. Ein Übungsteilnehmer realisierte zu guter Letzt die Herzformel gedanklich im »Singsang«. Dadurch gelang es ihm, sich mit seinem Herzen, das er früher als unangenehm empfunden hatte, anzufreunden.

Ein anderer Übungsteilnehmer schrieb: »Es ist seltsam: Wenn ich in den letzten Wochen an mein Herz dachte, spielte es verrückt. Wenn ich jetzt übe und mich auf mein Herz konzentriere, dann bleibt alles ruhig in mir. Ich nehme meinen Herzschlag wohl wahr, aber ich empfinde ihn als angenehm. Er macht mir keine Angst mehr.«

Eine Teilnehmerin berichtete: »Erst nachdem sich der Herzschlag beruhigte, konnte ich zum ersten Male nach vielen Monaten einen schönen Mittagsschlaf machen. Seither freue ich mich immer wieder auf die Übungen.«

Eine andere Teilnehmerin schilderte ein aufregendes Telefonat, bei dem sie ein Kälteschauer überlief, wobei das Herz bis zum Halse klopfte. Anschließend trainierte sie autogen: »Schwere und Wärme klappten rasch; das Herz wurde ruhiger, und der Herzschlag normalisierte sich; danach war ich ›wie ausgewechselt‹.«

Schließlich klappt es mit der Herzübung sogar auch dann, wenn man die vorausgehende Wärmeformel einmal vergessen hat.

Manche Absolventen entdecken ihren Herzschlag plötzlich und unerwartet erst, wenn sie »alles krampfhafte Suchen danach aufgegeben« haben.

Atemerlebnis:
Die *Atemeinstellung* ist für nicht wenige nach erstmaliger Vermittlung »schwer zu machen«. Sie müssen erst lernen, daß sie mit der Atmung gerade nichts »machen« sollen. Zuweilen sind Teilnehmer über eine vermeintlich »zu oberflächliche« und »zu rasche« Ruheatmung, die mit dem kategorischen »Tief Luft holen und langsam durchatmen« unzähliger Erzieher und Sportlehrer so gar nichts zu tun hat, unnötig besorgt.

Allmählich scheint sich die Atmung jedoch zu entkrampfen. Man ist sich zunächst jedoch auch bei dieser Übung noch nicht sicher, ob sie »wirklich anschlägt«. Allmählich atmet man immer häufiger »gut in den Bauch hinein«. »Das Gefühl, daß der Bauch sich kräftiger hebt und senkt, wird zur Gewißheit.«

Eine Ordensschwester beschrieb das Erlebnis der Bauchatmung hingegen so: »Beim Atmen hatte ich ein einmaliges Erlebnis. Plötzlich merkte ich nur noch eine ganz leichte Bauchatmung, ohne daß Mund, Nase oder gar der Brustkorb mitbeteiligt waren. Es war ein Gefühl, als würde nur die schon im Körper vorhandene Luft völlig schwerelos hin und her bewegt.«

Mitunter gelingt es erst nach einem herzhaften Gähnen, daß eine lange malträtierte Atmung ihren natürlichen Eigenrhythmus findet. Einige berichten, daß sich dann mit dem so gefundenen eigenen Atemrhythmus auch alle übrigen Übungen besser einschwingen. Etlichen vermittelt das Atemerlebnis im eigentlichen und im übertragenen Sinn das Gefühl, »gelüftet zu sein«.

Sonnengeflechtsübung:
Auch die *Sonnengeflechtsübung* klappt meistens nicht auf Anhieb. Man spürt jedoch, daß oft schon bei den vorigen Übungen etwas anders wird im Leib:

> »Leibwärme ist noch nicht da, aber auch kein Druckgefühl mehr.«

»Der Bauch ist ganz weich.«

Manchmal findet sich vor der Bestätigung des Erlebnisses vermehrter Leibwärme auch der kurze und bündige Vermerk: »Bauchschlagader gespürt.«

Manchen wird bei der Sonnengeflechtsübung bewußt, daß ihnen »das Sonnengeflecht eigentlich als eine Stelle, von wo sich die Wärme schon immer in den Körper ausbreitete, nicht fremd ist«. Erst nach solcher Bewußtmachung werden bei einigen chronischen Kaltfüßlern auch die Füße plötzlich warm.

Eine Teilnehmerin schreibt: »Bei der Sonnengeflechtsübung ging eine sich sagenhaft schnell steigernde Wärme spiralenförmig vom Bauchnabel aus in den ganzen Körper.«

Ein Student beschrieb dieses Erlebnis als »einem Rausch oder einer Ekstase ähnlich«.

Andere tabuisieren alle Leibgefühle. Manchmal gelingt es, mit einer zaghaft aufdämmernden, schmunzelnden Selbsterkenntnis dieses Tabu aufzulockern, wenn statt der üblichen Leib- und Sonnengeflechtsformeln die Formel »Souterrain strömend warm« akzeptiert wird. Diese Formel bewährt sich bei Unterleibsbeschwerden beider Geschlechter.

Auch die Wirkungen der Sonnengeflechtsübung zeigen sich nicht nur während des eigentlichen Übungsvorgangs, sondern schon bald ebenso im Übungsintervall. Verstopfungs- und Blähungsbeschwerden werden gelindert, und der Stuhlgang reguliert sich.

Stirnübung:

Gelegentlich steigert erst das Gelingen der *Stirnübung* den allgemeinen Entspannungseffekt. Gleichzeitig bekommt man einen »klaren Kopf«. Ein Geistlicher fühlte sich bei der Stirnübung »plötzlich allem Irdischen enthoben«: »Als ich wieder ›landete‹, konnte ich durch meinen ganzen Körper gehen.«

Eine Hausfrau im mittleren Alter schilderte ein »Schweben« mit einem »unbeschwerten Glücksgefühl«: »Unbekümmertheit, Sorglosigkeit, Leichtigkeit der Gedanken, nichts belastet mich!«

Vergleicht man die Protokolle der *Schlußphase von autogenen Trainingskursen* mit den Protokollen der *Anfangsphase*, läßt sich folgendes *zusammenfassen*:

Die Verwirklichung der Übungen gelingt *immer schneller*. Aus dem anfänglichen »allmählich« wird ein »ziemlich rasch«, »schnell«, »prompt« und »sofort«.

Außerdem gelingt das autogene Training mit der Zeit immer müheloser und *immer besser*:

Die skeptischen und negativen Prädikate und Umstandsworte treten in den Übungsprotokollen während des Kurses nach und nach zurück und weichen positiven Prädikaten wie »zufrieden«, »relativ gut«, »gut«, »sehr gut«, »prima«, »hervorragend«, »ausgezeichnet«, »herrlich«, »fabelhaft« und »wunderbar«. Schließlich ist »alles in Ordnung«, »alles bestens«. Man verbucht einen »vollen Erfolg«, »rundherum Wohlbehagen«.

»Durch das autogene Training habe ich eine bessere Einstellung zu mir selbst und zu meiner Umwelt gefunden. Es hilft mir, mit den unangenehmen Situationen, denen ich ausgesetzt war, besser fertig zu werden.«

Unangenehmes »gleitet einfach ab«. Mit »dickerem Fell« kann man vieles »abschütteln«.

Immer häufiger findet sich beim Fortschreiten des Kurses in den Protokollen auch der Hinweis, daß die Übungen *trotz* widriger Umstände gelangen. Störungen beim Üben sind »nicht schlimm«. »Das macht nichts.«

»*Obwohl* ich meine Übungen wegen des Telefons wiederholt zurücknehmen mußte, gelang es mir danach zu meinem Erstaunen rasch, ganz ruhig zu werden.«

»Nachts beim Aufwachen drückendes Problem gewälzt. Mit Hilfe des autogenen Trainings schlief ich *trotzdem* bald wieder ein.«

Aus einem zwischenzeitlichen Italienurlaub schrieb eine Studentin: »In nervenden Situationen, wenn mich ein hektischer Bahnbeamter, frenetische Musik, der wahnwitzige Autoverkehr in Rom und Neapel oder der Preßlufthammer neben unserem Hotel aufregten, konnte ich mir mit formelhaften Vorsätzen *trotzdem* Ruhe verschaffen.«

Die Übungen »tun einfach gut«, in jedem Fall und *trotzdem!* Sie sind »angenehm«, »schön« und »sehr erholsam«. Man fühlt sich »ausgesprochen wohl« dabei. »Ausgesprochen wohl«, das bedeutet auch, daß man wieder seinen Gefühlen Ausdruck geben kann.

Nach den Übungen fühlt man sich »frisch«, »froh«, »frei«, »topfit«, »erleichtert«, »putzmunter« und »heiter«. Man ist »sehr ausgeruht«, »ausgeglichen«, »innerlich gesammelt«, »konzentriert« und »wieder unternehmungslustig«. Auch wer zuvor »ziemlich kaputt« war, erholt sich »prächtig«. Schließlich wird ein »gesteigertes Wohlbefinden« registriert, das »konstant« ist: »Kommt es vom Frühling oder vom autogenen Training? Ich fühle mich wohl.« »Ich könnte die ganze Welt umarmen.« »Das autogene Training hat mir geholfen, mit dem doch recht turbulenten Leben wieder auf freundschaftlichem Fuße zu stehen.«

Die meisten Absolventen sind schon beim Abschluß des Kurses »gelockert« und »gelöst«, weil sie »loslassen« können. Sie sind »zuversichtlich« und »gut gelaunt«. Die Übungen werden zur »lieben Gewohnheit«, nicht zuletzt auch, »weil sie Spaß machen«. »Weil ich nicht mehr so nervös wie vor dem Training und darum auch viel belastungsfähiger bin, werde ich das Training konsequent fortsetzen, obwohl ich bis jetzt sehr skeptisch war.«

Durch systematische Auswertung der Übungsprotokolle von 150 Kursteilnehmern aus sechs verschiedenen Kursen mit je sechs Doppelstunden haben wir 1975/76 versucht, einen *statistischen Querschnitt durchschnittlicher Übungsverläufe* zu erstellen. Dabei ergab sich, daß, wenn auch in unterschiedlicher Ausprägung, *Transfereffekte* schon nach der ersten Übungsstunde von 70%, nach der zweiten Übungsstunde von 90% und nach der dritten Übungsstunde von 100% der Teilnehmer und *Generalisierungseffekte* von 35%, 75% und 90% angegeben wurden. Nach der vierten Stunde ist auch die Generalisierung zur Allgemeinerfahrung geworden.

Trotz Skepsis und Krisen treten *Schwereempfindungen* schon nach der ersten Stunde bei 65% und im weiteren Verlauf bei 80% bzw. 100% auf.

Wärmeempfindungen treten ebenfalls schon nach der ersten Stunde bei 65% der Teilnehmer auf, obwohl die Patienten noch nicht angehalten wurden, sich darauf zu konzentrieren. Nach der Wärmeübung in der zweiten Stunde wurden sie von 95 % protokolliert und nach der dritten Stunde von 100 % der Teilnehmer.

Auch die *Herzempfindung* läuft der in der dritten Übungsstunde vermittelten entsprechenden Konzentrationsformel bei einigen Teilnehmern vorweg. 15 % haben schon nach der ersten, 30 % nach der zweiten Übungsstunde Herzempfindungen. Nach der planmäßigen Herzübung in der dritten Übungsstunde spüren 80 % ihr Herz oder vom Herzen ausgehende Pulsationen. Nach der vierten und fünften Übungsstunde sind es 90 %, nach der sechsten Stunde 100 %.

Die in der vierten Stunde vermittelte Erleichterung der *Atmung* wird schon in den drei Stunden zuvor von 7,5 %, 10 % bzw. 40 % protokolliert. Nach der planmäßigen Atemübung in der vierten Stunde berichten 80 % von wohligem Atmen. Nach der fünften Stunde sind es 85 % und nach der sechsten Stunde 100 %.

Vermehrte Leibwärme oder zumindest vermehrter *Speichelfluß* wird schon in den Stunden vor der Sonnengeflechtsübung von 7,5 %, 20 %, 25 % bzw. 50 % angegeben. Nach der planmäßigen Sonnengeflechtsübung in der fünften Stunde sind es 85 %, nach der sechsten Stunde 90 %: »Schon bei Schwere und Wärme bemerke ich oft, daß mein Körper zugleich auf manche nachfolgende Übungsteile reagiert, obschon ich gedanklich noch gar nicht in diesen Bereichen bin. Besonders das Sonnengeflecht hat es immer eilig« (typischer Protokollauszug).

Es ist aus solchen Angaben, die in der *Tabelle* zusammengefaßt sind, ersichtlich, daß in vielen Fällen die Übungsformeln den schon realisierten Phänomenen nur »angehängt« bzw. nur noch »nachgeschlabbert« zu werden brauchen.

Nur die Stirnkühle wird fast nie vorweg empfunden. Auch nach der Stirnübung in der sechsten Stunde wird sie – meistens mit vielen Einschränkungen – nur von 70 % der Teilnehmer protokolliert.

Übungsresultate im Verlauf von Kursen für autogenes Training

	I	II	III	IV	V	VI
»Transfer«	70%	90%	100%	100%	100%	100%
»Generalisierung«	35%	75%	90%	100%	100%	100%
1 Schwere	70%	85%	100%	100%	100%	100%
2 Wärme	65%	95%	100%	100%	100%	100%
3 Herz	15%	30%	80%	90%	90%	100%
4 Atmung	7,5%	10%	40%	80%	85%	100%
5 Leib	10%	20%	25%	50%	85%	90%
6 Stirn	—	—	—	—	—	70%

Es handelt sich um Durchschnittsergebnisse von sechs Gruppen mit je 25 Teilnehmern, die innerhalb von drei Wochen Kurse mit sechs Doppelstunden absolvierten. Die Resultate wurden nach jeder Kursstunde von allen Teilnehmern jeweils im Anschluß an selbständiges häusliches Üben frei protokolliert. Verwertet wurden alle in der Tabelle auf Seite 127 verzeichneten »subjektiven Empfindungen«. Die direkt rechts und oberhalb der dicken Stufenlinie stehenden Prozentangaben beziehen sich auf die Realisierung des Pensums der vorangegangenen Kursstunde, die links und unterhalb davon stehenden Angaben auf Phänomene, die spontan realisiert wurden, obwohl sie im Unterricht noch nicht vermittelt worden waren. Es ist z. B. zu sehen, daß planmäßig nach der zweiten Kursstunde 95 % der Probanden die Wärmeübung gelang (II), daß aber 65 % außerplanmäßig Wärmeempfindungen schon nach der ersten Kursstunde protokollierten (I).

22

Übungsprotokolle fördern den Lernprozeß

J. H. SCHULTZ hat in den ersten Entwicklungsstadien seines Verfahrens den pädagogischen Charakter des autogenen Trainings hervorgehoben. Ein autogener Trainingskurs ist ein Schulungskurs, die Aneignung des autogenen Trainings ein Lernprozeß. Zu einem Schulsystem gehören Hausaufgaben. Sie vertiefen das in der Schule Erlernte und dienen dem weiteren Lernprozeß. Der Schüler macht sich dabei unabhängig vom Lehrer das jeweils durchgenommene Pensum durch Wiederholung und selbständiges *(autogenes)* Arbeiten und Üben so zu eigen, daß der Lehrer darauf aufbauen und mit seinem Pensum fortfahren kann.

Regelmäßige Aufgaben erziehen zugleich zur Pflichterfüllung und Selbstverantwortung. Was man schwarz auf weiß dokumentiert, stärkt die Selbstdisziplin und trägt im Falle des autogenen Trainings zu intensiverer Selbstbeobachtung, Selbstbeurteilung und Selbstkritik bei. Außerdem fördert es die kritische Auseinandersetzung mit dem Pensum im Kreis der Mitschüler. Diese Auseinandersetzung kann schließlich im beratenden Gruppengespräch zu einem offenen Miteinander zwischen Schülern und Lehrer führen.

Mehr noch als mündliche Kontrollen geben regelmäßig kontrollierte Hausaufgaben dem Lehrer notwendige Informationen über den aktuellen Wissensstand seiner Schulklasse. Sie helfen ihm, sich ein Urteil darüber zu bilden, ob die Schüler sich nicht nur Wissen angeeignet haben, sondern ob sie dieses Wissen auch so verarbeitet haben, daß sie dem gebotenen Unterrichtsstoff weiter folgen können.

Im Gespräch, das an die Hausaufgaben anknüpft, tauchen oft

wichtige Fragen auf, mit denen sich manche Schüler nicht offen zu Wort gemeldet hätten. Darüber hinaus bietet dieses Gespräch die Möglichkeit zu individueller und gezielter Förderung.

Während eines autogenen Trainingskurses sind neben dem praktischen häuslichen Üben von den Teilnehmern zu Hause *Übungsprotokolle* anzufertigen. Es hat sich nämlich gezeigt, daß die Einbeziehung dieser Protokollaussagen in den Unterrichtskurs nicht nur gruppendynamische Prozesse begünstigt, sondern auch die raschere Erlernung des autogenen Trainings erleichtert (siehe Kapitel 10.4).

Im Protokoll sollen der bei jedem einzelnen Übungsvorgang gewonnene erste Eindruck, jede erste ursprüngliche Empfindung und jede bei der konzentrativen Selbstentspannung und Selbstversenkung gemachte Körpererfahrung und Neuentdeckung niedergeschrieben werden, ohne zunächst viel darüber nachzudenken. Kursleiter und Kursteilnehmer erhalten auf diese Weise wertvolle Dokumente, d. h. eine Art von Urkunden, die in der eigentlichen Bedeutung des lateinischen Wortes »documentum« zur »Belehrung und Erhellung dienlich« sind.

Die Spontaneität des Dokumentierens darf allerdings nicht so weit gehen, daß der Trainierende während des Übens durch ständige Gedanken an das Protokoll gestört und der Übungserfolg dadurch verringert wird. Das Protokollieren darf keinen Zwangscharakter haben. Furcht vor späteren Erinnerungstäuschungen ist unberechtigt. Man kann Erinnerungslücken und -täuschungen bei dem empfohlenen Vorgehen nicht sicher ausschließen. Sie betreffen aber in der Regel nur Unwesentliches und beziehen sich nie auf das für die Erlernung des autogenen Trainings Wesentliche.

In einem Vorspann zu den Protokollen geben die Kursteilnehmer nochmals den Grund für ihre Teilnahme an. Unter Zusicherung strengster Diskretion werden sie ermuntert, auch Teilnahmegründe zu notieren, die in der Gruppe aus bestimmten Gründen nicht genannt wurden. Der Übungsleiter kann sich auf diese Weise bei jedem einzelnen Teilnehmer ein besseres Bild davon machen, ob sich die weitere Teilnahme am Kurs lohnt oder ob er in Einzelfällen davon abraten muß (vgl. Kapitel 5 bis 7).

Jedem Teilnehmer ist die Gestaltung seiner Aufzeichnungen

völlig freigestellt. Es wird bewußt darauf verzichtet, den Protokollanten durch Anweisungen und Vorschläge etwas zu suggerieren. Deshalb werden zum Protokollieren auch keine Formulare benutzt. Es ist gleichgültig, ob die Protokolle ausführlich oder kurz und bündig sind. Sie sollen aber zumindest erkennen lassen, wann, wie oft und mit welchem Ergebnis zu Hause geübt wurde, warum eventuell nicht geübt oder ob vom vorgeschlagenen Übungsmodus abgewichen wurde. Ermuntert man die Kursteilnehmer durch Vorzeigen eines entsprechenden Briefblocks auf DIN-A4-Bögen zu protokollieren, so bekommt man nur selten gar zu spärliche Angaben auf kleineren DIN-A5-Bögen.

Die Protokolle der ersten Selbstversuche und Selbsterfahrungen sind vor allem anfangs von besonderem Wert und für den weiteren Lernprozeß äußerst ergiebig. Hat man sich die Grundzüge des Übens erst einmal zu eigen gemacht, kann großzügiger protokolliert werden.

Durch das Studium der Protokolle und durch ihre Besprechung in der Gruppe bleibt der Übungsleiter stets am Puls der aktuellen Übungsprobleme, vorausgesetzt, daß die Gruppe der Teilnehmer nicht zu groß ist (siehe Kapitel 10.4).

Die Bilanz der jeweiligen Protokollaussagen ist gleichermaßen eine Bilanz für die Kursteilnehmer wie für den Übungsleiter. Er erfährt von Unklarheiten und Schwierigkeiten, die ihm ohne Protokolle verborgen geblieben wären. Die Erkenntnis, daß auch er sich und seine Unterrichtsweise in Frage stellen muß, fördert außerdem die Mündigkeit des Schülers und dient dem »autogenen Prinzip«. Bei den Protokollbesprechungen tauchen weitere, allgemein interessierende Fragen auf, die dem Übungsleiter Hinweise auf Lehr- und Lerndefizite geben. Er erhält damit die Chance, als schwierig empfundene Unterrichtsinhalte eingehender zu erläutern und so zu wiederholen und zu vertiefen, daß sie besser »ankommen«. Aus den Protokollen erkennbare Zweifel, Unklarheiten, Übungsschwierigkeiten, -fehler, -versager und -komplikationen sollten in jedem Falle offen in der Gruppe besprochen werden. Die gegenseitige Kenntnisnahme von phasenhaften Verläufen und Rückschlägen beugt auch Entmutigungen vor und dämpft ein perfektionistisches Erfolgsstreben, das ein Gelingen der Übungen im Keime ersticken und jeder autogenen Entfaltung Zügel anlegen würde.

Bevor mit einer neuen Übung begonnen wird, werden im Kurs die bis dahin vorliegenden Protokollaufzeichnungen nicht nur im *Querschnitt,* sondern auch im *Längsschnitt* besprochen, d. h. daß nicht nur die gegenwärtigen, sondern auch frühere Protokolle zum Vergleich herangezogen werden. Der allmähliche Weg von der Skepsis zur Gewißheit wird so immer wieder dokumentiert.

Gerade anhand solcher chronologischer *Längsschnittvergleiche* läßt sich dann auch eindrucksvoll zeigen, daß dieser Weg im allgemeinen nicht gleichmäßig und gradlinig, sondern phasen- und wellenartig verläuft, wobei es – wie schon im Kapitel 16 beschrieben wurde –, je nach Reaktionstyp und reaktiv-nervöser Ausgangslage häufig *Übungskrisen* in etwa 7- (oder seltener!) 10tägigen Abständen gibt. Sie brauchen weder die Übenden noch den Kursleiter zu irritieren. Der Übungserfolg ist im Gegenteil hernach meistens um so gewisser. Auszüge aus einigen Protokollen, die von ein und denselben Kursabsolventen an kritischen Tagen und unmittelbar danach aufgezeichnet wurden, sollen das zeigen.

Zuerst entsprechende Auszüge vom 7./8., vom 10. und vom 14./15. Tag gemäß einer 7tägigen (»circaseptanen«) bzw. 10tägigen (»circadekanen«) Rhythmik:

A »Innere Unruhe, dumpfes Gefühl im Kopf, schlechte Konzentration, Tagesprobleme drücken sich durch.«

B »Unruhig im ganzen Körper, unangenehmes Herzpochen, Ziehen und ›Prankengefühl‹ in den Gliedern. Übung aufgegeben.«

C »Frösteln am ganzen Körper, Schmerzen in der rechten Hand und im linken Arm.«

D »Blutleere im Kopf, schwarz vor den Augen, abgebrochen wegen Leibschmerzen.«

E »Mit mir ist nichts los ... Nach der Übung sehr aufgeregt.«

F »Trotz äußerer Ruhe große innere Unruhe. Training bringt mich zur Verzweiflung. Es klappt nichts mehr.«

G »Starkes Vibrieren im Körper. Die herrliche Ruhe, die ich in den ersten Wochen des Trainings verspürte, erreiche ich nicht mehr.«

Und nun Notizen derselben Protokollanten, unmittelbar *nach* den kritischen Tagen:

A »Ich fühle mich nach dem Üben zu meinem eigenen Erstaunen wieder ungewohnt frisch.«
B »Bin wieder ganz ruhig und gelassen und nach der Übung fit.«
C »Während und nach den Übungen keine Schmerzen mehr... Fähig, eine wichtige Verhandlung in äußerster Ruhe allein zu führen, was seit langem nicht mehr möglich war.«
D »Nach der Mittagsübung gute Laune, nach Abendübung wunderbar geschlafen.«
E »Ganz entspannt. Übungen angenehm und wohltuend.«
F »Erfolg zeigt sich in tiefer Erholung und Loslösung aus dem Getriebensein.«
G »Wieder bessere Konzentration. Es klappt alles wunderbar.«

Wer nichts von reaktiv-biorhythmischen Krisen weiß, würde kaum annehmen, daß diese scheinbar so widersprüchlichen Aufzeichnungen ganz kurz hintereinander von denselben Protokollanten gemacht wurden.

Übrigens steigern auch bei der klassischen *Homöopathie* Patientenaufzeichnungen über die Abhängigkeit der Behandlungsergebnisse von äußeren Umständen (Modalitäten) die Erfolgsaussichten. Auch hier kennt man *Erstverschlimmerungen*, die den Kur- und Übungskrisen ähneln und die genauso wie diese positiv gedeutet werden.

Beim *autogenen Training* deuten manchmal auch Veränderungen im *Schriftbild* Übungsschwierigkeiten an. Bei einigen Teilnehmern festigt und harmonisiert sich ein vernachlässigtes, unregelmäßiges Schriftbild schon während des Kurses. Sogar bei Patienten mit Altersschüttellähmung (Parkinsonsche Krankheit) weichen zitterige Schriftzüge gelegentlich einem harmonischeren Schriftbild. Andere Kursteilnehmer verbergen die Aussagekraft ihrer Handschrift anfangs hinter maschinengeschriebenen Protokollen, gewinnen dann aber mit wachsendem Zutrauen zu sich selbst auch mehr Zutrauen zu handschriftlichen Notizen.

Die Protokolle beleben nicht nur das Gruppengespräch. Sie

veranlassen auch viele *Pausengespräche* unter vier Augen. Es hat sich gezeigt, daß Gruppenübungserfolge beim autogenen Training durch flankierende Gruppen- und Einzelgespräche verbessert werden und auch Impulse zur steten Verbesserung der Unterrichtsweise geben. Ich bin deshalb allen Protokollanten, Fragestellern und Diskutanten sehr dankbar, daß sie durch ihre vertrauensvolle Mitarbeit nicht nur die eigenen Übungsergebnisse, sondern auch die Erfahrungen ihres Übungsleiters vervollständigt haben, die nun mit diesem Buch auch vielen anderen Interessenten zugute kommen. Ohne die Protokoll- und Gesprächsbereitschaft meiner ambulanten Kursteilnehmer wäre der Erfahrungsschatz, auf den sich dieses Buch stützt, spärlicher; auch hätten manche Kapitel überhaupt nicht geschrieben werden können.

Wie das autogene Trainieren, so wird auch das begleitende Protokollieren anfangs von vielen Kursteilnehmern skeptisch beurteilt. Die nachfolgenden Protokollauszüge, die von einer bei Kursbeginn besonders skeptischen Studentin stammen, sind dafür ein Beispiel:

Im *ersten Protokoll,* das sie abgab, war zu lesen: »Auch das noch ... Ehrlich gesagt, widerstrebt es mir, daß ich für die Kursgebühren, die ich bezahle, auch noch Schularbeiten machen soll. Ich empfinde das als ein lästiges Muß. Ich halte nichts davon, kontrolliert zu werden ...«

Im *letzten Protokoll* stand: »So im nachhinein muß ich übrigens auch zugeben, daß das Protokollieren eine gute Sache war. Ich hätte das vorher nie geglaubt. Es war doch gut, daß beim Üben ein kleiner Druck dahinterstand. Zuerst dachte ich mir: ›Laß den Doktor nur reden ... man kann ja viel schreiben, und Papier ist geduldig.‹ Beim Üben habe ich dann gemerkt, daß man tatsächlich nur das aufschreiben kann, was man am eigenen Körper wirklich gespürt hat, und nichts, was man sich aus den Fingern saugt. Das Aufgeschriebene war für mich eine wichtige Hilfe, weil ich an meinen eigenen Aufzeichnungen doch selbst am besten sah, was klappte und was nicht und was sich verändert hatte. Außerdem erfuhr ich dann auch immer wieder bei den Protokollbesprechungen im Kurs, was die anderen erlebten. Das machte mich sicherer, und ich wurde offener und ehrlicher.«

23

Autogenes Training als Lebenshilfe

Wie die Schule durch planmäßigen Unterricht Kenntnisse und Fertigkeiten auf kulturellem, wirtschaftlichem und politischem Wissenssektor vermittelt, so vermittelt das autogene Training Kenntnisse und Fertigkeiten für einen mündigen Umgang mit sich selbst. Man lernt dabei Entspannungsmöglichkeiten, die in jedem Menschen verborgen sind, nach einer seit langem bewährten Methode planmäßig zu entfalten und zu nutzen, nicht mehr und nicht weniger! Schulkenntnisse, berufliche und sonstige Fertigkeiten können genauso wie die Kenntnisse und Fertigkeiten des autogenen Trainings versiegen, je nachdem, ob man sie braucht und anwendet oder eben nicht: »If you don't use it, you loose it« (»Wenn du es nicht nutzbringend anwendest, verlierst du es«; englisches Sprichwort).

Fünf verschiedene Nachbefragungsaktionen zur selbständigen Fortsetzung des autogenen Trainings bei fast 2000 Absolventen ergaben bei Rücklaufquoten von 60 bis 90 %, daß nach 4 bis 27 Monaten noch 43 bis 90 % der Befragten das autogene Training weiter praktiziert hatten. Davon übte jeweils die Hälfte »regelmäßig« oder »unregelmäßig« (46 % bzw. 54 %). Ruhe-, Schwere- und Wärmeübung gelangen, je nach Kursintensität und zeitlichem Abstand vom Kurs, noch 62 bis 100 % der Befragten, die Herzübung 42 bis 90 %, die Stirnübung jedoch nur noch 12 bis 73 % der Befragten. Wie ist das zu erklären?

Viele erlernen das autogene Training während eines Kuraufenthalts nur nebenbei. Wenn sie danach bei schwindendem Leidensdruck das Üben vernachlässigen, schlägt das zunächst kaum zu Buche, weil die Gesamtheit aller geistig-seelsorgerischen Bemühungen und aller Kurfaktoren noch wochen-, monate- oder sogar jahrelang nachwirken kann. Erst wenn der Kurerfolg nachläßt und die alten Beschwerden und Probleme zurückkehren bzw. neue hinzutreten, erinnern sich manche wieder der guten autogenen Trainingswirkungen. Sie merken dann zu spät, daß sie aus der Übung gekommen sind.

Bei Patienten mit Allgemeinbeschwerden, bei denen allein die Ruhe-, Schwere- und Wärmeübung geholfen hatten, gelingen diese nicht gleich wieder auf Anhieb, sondern erst nach einigen Versuchen. Schwieriger ist die vollständige Wiederaufnahme des Trainings mit allen sechs Übungen für Patienten, die wegen spezieller Beschwerden die Herz-, Atem-, Leib- oder Stirnübung als Schwerpunktübungen bevorzugten, dann aber mit diesen fortgeschrittenen Übungen vollständig aufgehört hatten. Sie werden feststellen, daß sie zwar bald wieder Ruhe, Schwere und Wärme empfinden, daß ihnen aber die nachfolgenden Übungen total entglitten sind. Mit diesen Organübungen geht es wie mit manchen virtuosen Techniken oder Fremdsprachen, deren Beherrschung ohne dauerhaftes Training abnimmt.

Je höher eine Übung im logisch-physiologischen Aufbau des autogenen Trainings plaziert ist, um so wichtiger ist es, daß man sie regelmäßig durchführt. Grob verallgemeinernd läßt sich aufgrund von Nacherhebungen sagen, daß schon die 3. Übung, die Herzübung, allen, die regelmäßig üben, auf Dauer dreimal häufiger gelingt als unregelmäßig Übenden. Die 4. Übung gelingt bei regelmäßig Übenden etwa viermal, die 5. Übung etwa fünfmal und die 6. Übung etwa sechsmal häufiger. Hat also jemand beispielsweise die Erfahrung gemacht, daß ihm hauptsächlich die 6. Übung, die Stirnübung, überaus guttut, so muß er folglich, um diese Übung auch später jederzeit verfügbar zu haben, ganz besonders auf regelmäßiges Üben bedacht sein.

Es wird zu wenig herausgestellt, daß Entspannung, Erholung, Kräftesammlung und Regeneration nicht nur erquicken und erfrischen, sondern daß sie durch Steigerung des Konzentrations- und Leistungsvermögens, durch Angstbewältigung, Affektdämpfung und bessere Selbstbeherrschung auch das Selbstvertrauen stärken. Daß ein wiedererlangtes Selbstvertrauen und eine positivere

Grundeinstellung zum Leben aber nicht nur die Folge eines erfüllten Leistungssolls, sondern auch einer Stärkung der psychischen Kräfte und der Fähigkeiten zum Loslösen, zum Abschalten sind, muß ebenso betont werden.

Als Antidot (Gegenmittel) gegen Zeitnot (»Angina temporis«), ungesunden Streß (Distreß) und die Schrittmacherkrankheiten und Risikofaktoren des Herzinfarkts, eine der weitest verbreiteten Krankheiten unserer Zeit, kann das autogene Training nicht genug empfohlen werden. Weil es die Selbstfindung fördert, schützt es auch vor Selbstentfremdung, die ein trauriges Zeichen unserer Zeit ist.

Das autogene Training lockert den Boden zur Aufnahme einer musischen, geistigen und geistlichen Saat, die bisher aufgrund der Verkrampfungen, Verhärtungen und Verkrustungen in unserem Inneren keine tiefen Wurzeln schlagen konnte. Als steter Wegbereiter sowohl eines gesünderen als auch eines erfüllteren Lebens war und ist das autogene Training für viele ein treuer Begleiter bis ins hohe Alter.

Es lohnt sich also, auch dann weiterzuüben, wenn sich beispielsweise Schlafstörungen oder Nervosität, Kopf-, Brust-, Bauch-, Rücken- oder Gliederbeschwerden, die einmal den Anlaß zum Besuch eines autogenen Trainingskurses gaben, längst gelegt haben sollten!

Allgemeinverständliche Literatur zum Weiterstudium

Dogs, W., *Autogenes Training – Erlebnisstufe für Fortgeschrittene*. 5. Aufl., K. F. Haug Verlag, Heidelberg 1993.

Kraft, H., *Autogenes Training – Methodik, Didaktik und Psychodynamik*. 3. Aufl., Hippokrates Verlag, München 1996.

Kruse, W., *Entspannung – Autogenes Training für Kinder*. 6. Aufl., Deutscher Ärzte Verlag, Köln 1994.

Lindemann, H., *Überleben im Streß – Autogones Training. Der Weg zur Entspannung, Gesundheit, Leistungssteigerung*. 21. Aufl., Heyne Taschenbuch Verlag, München 1989.

Lindemann, H., *Autogenes Training. Der klassische Weg zu Leistungskraft, Gesundheit und Lebensfreude*. Mosaik Verlag, München 1996.

Schenk, Ch., *Bewußtsein und Schlaf – Ein Brevier zur Entspannung*. Verlag Vandenhoek u. Ruprecht, Göttingen u. Zürich 1996.

Schultz, J. H., *Hypnosetechnik*. 9. Aufl., bearbeitet und ergänzt von G. Iversen und W. R. Krause. Gustav Fischer Verlag, Stuttgart 1994.

Staats, J. u. W. R. Krause, *Hypnotherapie in der zahnärztlichen Praxis*. Hüthig-Verlag, Heidelberg 1995.

Thomas, K., *Praxis des Autogenen Trainings – Selbsthypnose nach J. H. Schultz*, Grundstufe / Formelhafte Vorsätze / Oberstufe. 7. Aufl., Trias Thieme-Hippokrates-Enke, Stuttgart 1989.

Wallnöfer, H., *Seele ohne Angst. Autogenes Training und Hypnose: Wege zur Entspannung.* 6. Aufl., Edition Hannemann im Verlag S. Nagelschmid, Stuttgart 1992.

Wallnöfer, H., *Auf der Suche nach dem Ich. Psychotherapie, Meditation und seelische Gesundheit.* 3. Aufl., Edition Hannemann im Verlag S. Nagelschmid, Stuttgart 1992.

Adressen

Es muß immer wieder betont werden, daß die Bezeichnung »autogenes Training« leider nicht gesetzlich geschützt ist und daß nicht alles, was als autogenes Training angeboten wird, diesen Namen verdient.

Wo kann man das autogene Training richtig lernen? Die nachfolgenden Hinweise können nur als Richtschnur dienen, sie erheben keinen Anspruch auf Vollständigkeit. Fragen Sie im Zweifelsfalle Ihren Arzt!

Adressen in der Bundesrepublik Deutschland:
Zuerst ist auf die 1968 von J. H. SCHULTZ gegründete *Deutsche Gesellschaft für Ärztliche Hypnose und Autogenes Training* zu verweisen, eine Sektion der *International Society for Hypnosis.* Zur Aufnahme in diese älteste ärztliche Fachgesellschaft für das AT muß ein Qualifikationsnachweis erbracht werden. Das Mitgliederverzeichnis von 1996 enthält Namen, Anschriften und Rufnummern von mehr als 500 aktiven Mitgliedern, die das autogene Training in 280 verschiedenen Orten Deutschlands vermitteln. Sekretariat: Frau M. Brodowski-Stetter. Postfach 5028, 32457 Porta Westfalica. (Bei Anfragen Freiumschlag und 10 DM Bearbeitungsgebühr beifügen.)

Leitadresse für die Bundesländer im Gebiet der ehemaligen DDR:
Dr. med. W. R. KRAUSE, Chefarzt der Psychiatrischen Abteilung des Kreiskrankenhauses Blankenburg, Thiestraße 7–10, 38889 Blankenburg/Harz.

Leitadressen für Berlin:
SCHULTZ-THOMAS-Institut (vormals J. H. SCHULTZ-Institut), Glockenstr. 17, 14163 Berlin.
Dr. med. Sibylle DAESCHLEIN, Geygerstraße 3, 12043 Berlin.

Weitere Leitadressen für die Bundesrepublik:
Im allgemeinen wissen die Bezirks- und Landesärztekammern, die Kassenärztlichen Vereinigungen und die Krankenkassen Bescheid, wer wo autogenes Training lehrt.

Viele Kurse für autogenes Training, die im Rahmen von ärztlichen Fort- und Weiterbildungsveranstaltungen stattfinden, sind auch für Begleitpersonen und Nicht-Ärzte zugänglich. Beispielsweise werden alljährlich im Mai und September für Anfänger und Fortgeschrittene Kurse für AT und Hypnose im Rahmen der Kongresse des *Zentralverbandes der Ärzte für Naturheilverfahren* in Freudenstadt angeboten. Geschäftsstelle des Zentralverbandes: Alfred-Straße 21, 72250 Freudenstadt/Schwarzwald. – Unter Leitung des Autors finden AT-Seminare mit 8 Doppelstunden alljährlich in der zweiten März- und zweiten Novemberhälfte bei den Internationalen Ärztlichen Fortbildungskongressen für praktische Medizin auf Teneriffa statt, die vom *Deutschen Kassenarztverband* veranstaltet werden. Geschäftsstelle des Kassenarztverbandes: Darmstädter Str. 29, 64521 Groß-Gerau. Über AT-Möglichkeiten bei Rehabilitationsverfahren und Kuren (z. T. vermerkt im »Deutschen Bäderkalender«) informieren die zuständigen Versicherungsträger, die örtlichen Kurverwaltungen und der *Deutsche Bäderverband,* Schumannstraße 11, 53113 Bonn.

Auch viele Kneippvereine zeigen in ihren vielseitigen Gesundheitsbildungs-Programmen AT-Kurse an. Auskunft erteilen die örtlichen Vereine und der *Kneippbund e. V., Verband der Kneippvereine Deutschlands,* Adolf-Scholz-Allee 6, 86825 Bad Wörishofen.

Ferner werden AT-Kurse von Volkshochschulen, Kirchlichen Bildungsstätten und Selbsthilfegruppen angeboten (»Herzgruppen«, Diabetikerbund, Rheumaliga, Schmerz- und Krebs-Selbsthilfegruppen u. a.).

Nach J. H. SCHULTZ soll das AT nur von Ärzten vermittelt werden. Allerdings gab es zu seiner Zeit noch keine Diplom-Psychologen, die speziell als »Klinische Psychologen« eng mit der Ärzteschaft zusammenarbeiten. Der heutigen Situation entsprechend werden deshalb abschließend Leitadressen von einigen deutschen Institutionen mitgeteilt, über die Interessenten die Anschriften von Diplompsychologen erfahren können, die im Rahmen einer anerkannten, berufsbegleitenden Fachausbildung zum Klinischen Psychologen durch ein qualifiziertes Zusatzstudium das Zertifikat »Anerkannter Kursleiter für Autogenes Training« erwarben:

Arbeitskreis für Autogenes Training und Progressive Muskelralaxation im Berufsverband Deutscher Psychologen (Dr. D. OHM), Koogstraße 96, 25541 Brunsbüttel. (DIN-A4-Freiumschlag beifügen.)

Institut für Therapieforschung (IFT), Parzivalstraße 25, 80804 München.

Adressen in Österreich:

Österreichische Ärztekammer, A-1010 Wien, Weihburggasse 10-12.

Internationales College für bionorme Psychotherapie (Leiter: Doz. Dr. med. H. WALLNÖFER), Leitadresse: European Committee for Analytic Advances Autogenic Training (ECAAT) and International Committee for Autogenic Training and Autogenic Therapy (ICAT), A-1190 Wien, Pyrkergasse 23.

Österreichische Gesellschaft für ärztliche Hypnose und Autogenes Training, Dr. med. GÜNTHER BARTL, A-2145 Hausbrunn/NÖ, Hauptstraße 415–417.

Österreichische Gesellschaft für Autogenes Training und allgemeine Psychotherapie (Kurse alljährlich im Herbst in Bad Gastein), A-1040 Wien, Schnelleingasse 8.

Gesellschaft für Personalentwicklung (Managerkurse), A-1230 Wien, Valentinsgasse 16.

Österreichischer Kneipp-Ärztebund (1. Vorsitzender OMR Dr. med. H. KRAMMER), A-2622 Neunkirchen, Auzeile 220.

Österreichischer Kneipp-Bund, A-8707 Leoben-Göss, Turmgasse 3d.

Verband Österreichischer Volkshochschulen, A-1020 Wien, Weintraubengasse 5.

Bundeskammer der Gewerblichen Wirtschaft, A-1045 Wien, Wiedner Hauptstraße 63.

Leitadressen für die Schweiz:

Schweizerische Gesellschaft für Autogenes Training und verwandte Verfahren, Dr. OSWALD MEIER, CH-4800 Zofingen, Döbeligut 8.

Institut für Autogenes Training, Biofeedback und Hypnosetherapie, CH-9001 St. Gallen, Vonrilstraße 27 und CH-8001 Zürich, Stocker Straße 56.

Weitere Auslandsadressen:

Das Mitgliederverzeichnis der eingangs genannten *Deutschen Gesellschaft für Ärztliche Hypnose und Autogenes Training* enthält weitere Adressen von korrespondierenden Mitgliedern in Österreich und der Schweiz, ferner Adressen von korrespondierenden Mitgliedern in den drei Beneluxländern, in Tschechien und in den USA.

Anmerkungen zum Schlußregister, zugleich ein Vor-Wort für »Rückwärtsleser«

Nicht wenige Leute beginnen Bücher von hinten zu lesen. Sollten auch Sie dazugehören, so bietet Ihnen das abschließende Register mit Personen- und Sachverzeichnis einen Spiegel der Mannigfaltigkeit des Inhalts dieses Buchs.

Im *Personenverzeichnis* konnten nicht alle Persönlichkeiten genannt werden, die sich in Vergangenheit und Gegenwart um das autogene Training verdient gemacht haben. Die Auswahl ist norgedrungen mehr oder minder zufällig. Mit Absicht wurde allerdings immer wieder auf den Begründer des autogenen Trainings, Professor Dr. J. H. SCHULTZ, verwiesen, der leider heute mitunter von jungen Autoren, die sich seine Methode zunutze machen, nur noch beiläufig als »Urvater« erwähnt wird.

Beim Durchlesen des *Sachverzeichnisses* finden Sie wichtige Hinweise zu den Voraussetzungen und zur Methodik des autogenen Trainings und zu den reichhaltigen Möglichkeiten, damit in gesunden und kranken Tagen das Leben besser zu meistern. Für jeden unübersehbar sind im zunächst verwirrenden Vielerlei dieses Stichwortmosaiks zahlreiche zusammengesetzte Wortbildungen, die dutzendweise mit den Wortstämmen *Selbst*... oder *Übung*... anfangen. Sie können noch soviel über das autogene Training lesen oder hören, alles Lesen und Hören bleibt vergeblich, wenn Sie dieses bewährte konzentrative Entspannungsverfahren nicht *selbst* ausdauernd *üben*. »Es ist noch kein Meister vom Himmel gefallen« und »Vor den Erfolg haben die Götter den Fleiß gesetzt«. In diesem Sinn will das Sachverzeichnis Anregung, Mahnung und Studienhilfe zugleich sein.

Personenverzeichnis

Sachverzeichnis